Sur l'auteur

Né à Moscou en 1969, Pavel Sanaïev est l'un des réalisateurs et des scénaristes les plus prometteurs de la nouvelle génération de cinéastes russes. En 2002, il écrit le scénario de son premier long métrage, *The Last Week-End*, thriller mettant en scène une jeunesse moscovite privilégiée. *Enterrez-moi sous le carrelage*, véritable succès en Russie, a fait de lui l'un des auteurs phares de la nouvelle littérature russe.

PAVEL SANAÏEV

ENTERREZ-MOI
SOUS LE CARRELAGE

Traduit du russe
par Bernard KREISE

10
18

« *Domaine étranger* »

créé par *Jean-Claude Zylberstein*

LES ALLUSIFS

Cet ouvrage a été traduit avec le concours
du Centre national du livre.

Titre original :
Похороните меня за плинтусом

© Pavel Sanaïev, 2003.
© Les éditions Les Allusifs, 2009,
pour la traduction française.
ISBN 978-2-264-05021-2

Je m'appelle Sacha Savéliev. Je suis en CM1 et je vis avec ma grand-mère et mon grand-père. Maman m'a échangé contre un nabot buveur de sang et a accroché une lourde croix au cou de grand-mère. Et j'y suis pendu depuis l'âge de quatre ans.

J'ai décidé de commencer par le récit de mon bain. Sachez que ce sera une histoire intéressante. Le bain chez grand-mère relevait d'une importante procédure : vous allez en être convaincus.

LE BAIN

Tout débutait assez pacifiquement. La baignoire s'emplissait d'une eau bouillonnante sur laquelle flottait un thermomètre en plastique. Durant tout le bain, le capillaire rouge devait indiquer 37°5. Pourquoi? Je ne sais pas au juste. J'ai entendu dire que c'est à cette température que prolifère le mieux une algue tropicale, mais je ne ressemble pas vraiment à une algue tropicale et je n'ai pas l'intention de me multiplier. On plaçait dans la salle de bains un radiateur infrarouge — que grand-père devait emporter dès que grand-mère claquait des mains —, ainsi que deux chaises recouvertes de serviettes : l'une était destinée à grand-mère, la seconde… Mais n'allons pas trop vite.

La baignoire, donc, se remplit et je pressens la mise en route d'une «joyeuse» procédure.

— Sacha, au bain ! m'appelle grand-mère.

— J'arrive ! dis-je d'une voix alerte, et je retire en marchant ma culotte pure laine, mais je me prends les pieds dedans et je me casse la figure.

— Eh bien, tu ne tiens plus sur tes jambes ?!

Je tente de me relever, ma culotte s'accroche à je ne sais quoi, et je retombe.

— Tu vas te moquer de moi comme ça encore longtemps, damné salaud ?

— Je ne me moque pas !

— Ta mère m'a dit une fois à ton sujet : «Un jour je prendrai ma revanche.» Eh bien, sache que c'est moi qui vous ai tous dans le collimateur, et c'est moi qui prendrai ma revanche sur vous tous. Tu as compris ?

Je n'avais qu'une vague idée de ce que signifiait «prendre sa revanche», et j'en conclus, je ne sais trop pourquoi, que grand-mère allait me noyer dans la baignoire. Avec cette idée en tête, je filai retrouver grand-père. Celui-ci écouta ma supposition, puis éclata de rire, mais je le priai tout de même de rester aux aguets. Le fait de l'avoir prévenu m'avait rasséréné et je me rendis dans la salle de bains, assuré que, si grand-mère s'avisait de me noyer, grand-père accourrait, armé du hachoir à viande — je ne sais pourquoi j'avais décidé qu'il se précipiterait avec ce hachoir —, et lui réglerait son compte. Puis il téléphonerait à maman, elle viendrait et serait vengée. Tandis que je remuais dans ma tête ce genre de pensées, grand-mère confiait à grand-père ses dernières instructions concernant le radiateur électrique : il devait l'emporter au premier claquement de mains.

Les dernières préparations achevées, les ultimes injonctions notifiées à grand-père, je m'allonge dans une eau à 37°5, tandis que grand-mère, assise à côté de la baignoire, imprègne de savon un gant de crin végétal. Des flocons de mousse s'envolent et disparaissent dans la vapeur dense. Il fait très chaud dans la salle de bains.

— Allez, approche ton cou.

Je sursaute : si elle m'étrangle, grand-père ne m'entendra sans doute pas. Mais non, elle se contente de me laver…

Il doit sûrement vous paraître étrange de constater que je ne me lavais pas tout seul. Le fait est qu'un salaud de mon genre ne peut rien faire par lui-même. Sa mère l'a abandonné. En plus, un salaud pourrit en permanence et le bain peut aggraver ses saloperies de maladies. Telles étaient les explications de grand-mère pendant qu'elle frottait avec le gant l'une de mes jambes sortie de l'eau.

— Mais pourquoi l'eau est si chaude ?

— Elle est d'un degré au-dessus de la température du corps pour qu'il ne se refroidisse pas.

— Je croyais que j'étais une algue.

— Mais tu es une algue, bien sûr ! Tout maigrichon, tout vert... Ce n'est pas une jambe, mais une tige. Plonge-la dans l'eau avant qu'elle ne refroidisse. Lève l'autre... Les bras maintenant. Plus haut, je te dis, ils sont desséchés peut-être ? Mets-toi debout que je te lave le zizi.

— Attention !

— Ne crains rien, de toute façon il ne te servira à rien. Tourne-toi que je te frotte le dos.

Je me retourne et j'appuie mon front contre le carrelage.

— Ne t'appuie pas comme ça ! Les carreaux sont froids, ta sinusite va s'aggraver.

— Il fait très chaud.

— C'est normal.

— Pourquoi est-ce anormal pour tout le monde et normal pour moi ?

J'avais maintes fois posé cette question à grand-mère.

— Mais personne ne pourrit comme toi. Tu empestes déjà. Tu ne le sens pas ?

Non, je ne sentais rien.

Bon voilà, je suis propre, je dois m'extraire de la baignoire. Je pousse un soupir de soulagement, car je comprends que ce n'est pas aujourd'hui qu'elle va me noyer, et je sors de l'eau. Vous allez comprendre maintenant pourquoi la deuxième chaise est indispensable : je me mets debout dessus. Je n'ai pas le droit de poser le pied par terre parce qu'un courant d'air frisquet, susceptible de me refroidir les pieds, souffle sous la porte, contournant perfidement la vieille couverture qu'on a roulée sur son passage. En cherchant mon équilibre, j'essaie de ne pas m'étaler par terre pendant que grand-mère m'essuie. D'abord la tête. Elle l'enveloppe immédiatement dans une serviette afin que mes cheveux mouillés ne se rafraîchissent pas. Puis elle me frotte tout le corps, et ensuite je m'habille.

En enfilant mon collant — en pure laine bleu foncé, cher et quasiment introuvable —, je sens une odeur de roussi. L'une des jambes est à peine arrivée à ma cheville que sa partie la plus précieuse, celle qui forme la pointe du pied, achève de brûler contre le radiateur, hélas !

— Espèce de salaud puant et infect !

Quand elle m'a dit cela, j'ai eu l'impression qu'elle avait les dents qui claquaient.

— Ta mère ne t'achète rien ! Moi, je dois me traîner sur mes jambes malades ! Enfile-le, je vais t'envelopper le pied dans une serviette !

Après avoir passé entièrement le collant, je relève un pied dont les orteils sortent de l'extrémité carbonisée, et je le confie à grand-mère. Elle commence à l'emmailloter d'une serviette nid-d'abeilles, comme avec une bandelette, et, n'ayant rien d'autre à faire, je m'examine dans le miroir. La chaleur est telle dans la salle de bains que je suis aussi rouge qu'un Indien. La ressemblance est parachevée par la serviette nouée autour de ma tête et un reste de mousse sur mon nez. Après avoir soigneusement considéré l'Indien que je suis devenu, j'oublie que grand-mère et moi accomplissons quasiment un numéro de cirque sur une chaise branlante, je perds l'équilibre et j'effectue un vol plané dans la baignoire.

— Sa-lo-pard !!!

Paf !! Boum !!

Entre-temps, grand-père regardait un match de football. Ah ! Il avait beau être dur d'oreille, il avait perçu un bruit bizarre provenant de la salle de bains.

« Je dois emporter le radiateur ! » se dit-il, et il se précipite vers la salle de bains.

Il accourt, attrape l'appareil électrique au vol par le bout le plus chaud. Il le relâche contre son gré. L'appareil décrit un arc de cercle avant de retomber sur les genoux de grand-mère. Supposant que grand-père s'est précipité pour me sauver parce qu'il a entendu le clapotis de l'eau et qu'il prend maladroitement sa revanche sur grand-mère, je m'apprête à tout lui expliquer, mais les éléments se déchaînent d'ores et déjà dans la salle de bains :

— Maudit chourineur, Tatar de malheur ! hurle grand-mère en secouant le radiateur d'un geste belliqueux et en tapotant de son autre main sa jupe fumante. Que le ciel, que Dieu, que la terre, les oiseaux, les poissons, les hommes, les océans, que l'air te maudissent !

C'était la malédiction préférée de grand-mère.

— Que tous les malheurs de la terre se déversent sur ta tête ! Que tes yeux ne distinguent plus rien, hormis la vengeance !

S'ensuivait une formule de plusieurs mots dont je n'ai saisi la signification que lorsque j'ai fait la connaissance de Dima Tchougounov, qui est en cinquième.

— Sors de là-dedans, salaud !

Puis une nouvelle formule, qui m'est destinée, cette fois.

— Que tu sois maudit...

Avec sa malédiction préférée.

— Que ta vie s'achève en prison...

Puis une formule.

— Que tu pourrisses vivant à l'hôpital ! Que ton foie, tes reins, ton cerveau, que ton cœur se dessèchent ! Qu'un staphylocoque doré te dévore...

Une formule.

— Déshabille-toi ! Je vais t'essuyer, encore une fois !!!

Une formule inouïe.

Et puis ça continue, ça continue, ça continue...

LE MATIN

— On a beau dire, les framboises sont meilleures que les mûres !

Cette affirmation a été criée de façon si déchirante que je me réveille. Saisi de peur, je bondis sur mon lit et je regarde longuement autour de moi en m'efforçant de comprendre d'où provient ce hurlement, jusqu'à ce que je devine que c'est moi qui ai hurlé dans mon sommeil. Quand je m'en rends compte, je retrouve mon calme, je m'habille et je quitte ma chambre.

— Pourquoi tu te lèves si tôt ? s'étonne grand-mère qui se tient dans l'embrasure de la porte, une théière en porcelaine à la main.

— Je me suis réveillé.

— Si tu pouvais ne jamais plus te réveiller !

Manifestement, elle n'est pas de bonne humeur.

— Lave-toi les mains et viens bouffer.

Je me les savonne soigneusement, deux fois, puis je les sèche avec la serviette-éponge aux lapins. Grand-mère jette un œil dans la salle de bains.

— Relave-toi les mains ! C'est cette serviette que le vieillard puant avec une mycose au pied a prise pour s'essuyer les mains !

Je me relave les mains, définitivement convaincu cette fois que grand-mère n'est pas de bonne humeur aujourd'hui. La faute en revient à grand-père, autrement dit au «vieillard puant», traduit en langage grand-maternel. Il est assis sur un tabouret de la cuisine et farfouille attentivement dans une salade préparée avec des légumes achetés au marché. Il a mis grand-mère en furie parce qu'il vient de retrouver la théière en porcelaine. Deux semaines plus tôt, elle y avait fait infuser une tisane à base de tussilage, puis elle l'avait posée dans un endroit bien visible, mais jusque-là elle n'avait pas pu la retrouver. Il y a dans la cuisine une telle quantité de pots, de flacons, de boîtes et de paquets que n'importe quel endroit visible devient invisible, et il suffit pour cela de retirer la main de l'objet posé à cet endroit. La théière a été retrouvée sur le réfrigérateur, entourée de trois sachets de thé, d'un pot rempli de kacha, de deux paquets de pruneaux et d'un réveille-matin cassé de Toula, en haut duquel se sont figés pour l'éternité deux ours forgerons tenant des marteaux démantibulés au-dessus de la clochette. Grand-mère a retiré le couvercle de la théière et, au lieu d'une infusion bienfaisante, elle y a découvert une masse moisie et s'est mise à vociférer que grand-père lui a transformé son cerveau autrefois brillant en un magma identique. Et elle se lance dans des récriminations tout en extrayant cette pourriture :

— J'étais une élève excellente, finaude, un vrai boute-en-train, quelle que soit la compagnie, les garçons m'adoraient. «Où est Nina ? Est-ce que Nina va venir ?» J'étais de toutes les balades, de toutes les réunions… Et il a fallu que je rencontre ce demeuré ! Mais pourquoi, mon Dieu ? Et alors je me suis transformée en débile.

Je lui demande d'un ton impatient quand elle va me servir mon petit déjeuner, ce que je devais aussitôt amèrement regretter.

— Espèce d'abominable salaud puant, pestilentiel et exécrable ! vocifère-t-elle. Tu boufferas quand on te donnera à bouffer ! Il n'y a pas de larbins ici !

Je me tasse sur mon tabouret et regarde grandpère : il a laissé tomber sa fourchette et est en train de s'étrangler avec sa salade.

— Ces vénérables messieurs n'auront pas de domestique aujourd'hui…, ajoute-t-elle, et soudain la théière lui échappe des mains.

La poignée s'en détache lentement. Elle tombe et cliquette plaintivement, comme pour prendre congé de la vie avant de s'éparpiller en mille morceaux. Le couvercle rouge, comme s'il avait deviné ce qui devait se passer d'un instant à l'autre, roule avec circonspection sous le réfrigérateur et, s'étant sans doute confortablement installé à cet endroit, tintinnabule de satisfaction. J'envie ce couvercle, me disant qu'il est finaud, et je lève alors les yeux, terrorisé, vers grand-mère… Elle est en larmes.

Sans jeter le moindre coup d'œil aux débris, elle sort de la cuisine en silence et va s'étendre sur son lit. Grand-père la rejoint pour la consoler. Moi — non sans crainte —, je suis son exemple.

— Nina, qu'est-ce qu'il t'arrive ? lui demande grand-père d'une voix tendre.

— Est-ce que c'est vrai, mémé, que tu n'as pas beaucoup de théières ? On t'en achètera une nouvelle, encore plus belle, dis-je pour l'apaiser.

— Laissez-moi. Laissez-moi mourir en paix.

— Nina, mais enfin, qu'est-ce qui t'arrive ? demande grand-père, qui évoque le souvenir de la mère de grand-mère. On ne peut pas se mettre dans des états pareils à cause d'une théière !

— Laisse-moi, Sénetchka… Laisse-moi, je ne suis même plus capable de te toucher… Ma vie est brisée, la théière n'a rien à voir avec ça… Va-t'en. Va acheter le journal. Sacha, sers-toi de kacha… Oh, peu importe !

La voix de grand-mère commence soudain à retrouver sa force.

— Peu importe !

Là, elle récupère sa pleine puissance, et je bats en retraite.

— Le destin vous brisera comme cette théière. Vous n'avez pas fini de verser des larmes !

Je bredouille que ce n'est ni grand-père ni moi qui avons cassé la théière, et je me retourne vers lui en quête d'un soutien. Mais il a filé à temps pour aller chercher son journal.

— La ferme ! beugle-t-elle. Vous avez souillé mon cerveau, mon cerveau malade, mon pitoyable cerveau ! À cause de vous, je ne me souviens de rien, je ne peux rien retrouver, tout m'échappe des mains ! On ne peut pas souiller comme ça, jour et nuit, le cerveau d'un être humain !

Après avoir hurlé ces paroles, elle se lève et se dirige vers la cuisine. Je ne me risque pas à la suivre et je décide de rester dans la chambre, mais un appel impérieux et la promesse de me tailler en deux si je n'arrive pas sur-le-champ m'incitent à obtempérer. Sur le chemin de la cuisine, je réfléchis au fait qu'il ne serait pas si mal qu'on fasse de moi deux personnes. L'un de mes deux «moi» pourrait alors se reposer de grand-mère, et ensuite ils se remplaceraient l'un l'autre. Malheureusement, l'impossible est illusoire et j'abandonne mes rêves chimériques pour retrouver la réalité.

Quand je rejoins les lieux de la mort tragique de la théière, grand-mère a déjà ramassé les débris dans la pelle et les jette dans le vide-ordures. Puis elle se lave les mains et se met à râper dans une assiette des pommes du marché, que je dois manger tous les matins. Ce n'est qu'à cet instant que grand-père réapparaît avec son journal. Je le regarde comme s'il était un déserteur.

Grand-mère râpe les pommes énergiquement, ses joues rougissent comme à la patinoire, grand-père l'observe et reste béat d'admiration.

— Tu vois un peu comment mémé se donne du mal ! Ce n'est pas pour n'importe qui, mais pour toi, imbécile, remarque-t-il avant de retomber dans sa béatitude admirative.

— Qu'est-ce que tu as à me fixer de cette façon ? demande grand-mère, troublée comme une lycéenne à son premier rendez-vous.

— Comme ça, pour rien…, soupire grand-père, qui détourne les yeux vers la fenêtre crasseuse sur laquelle trottine une grosse mouche à la recherche de nourriture.

— Tiens !

Grand-mère pose devant moi l'assiette contenant des pommes râpées. À peine sorties de la râpe, elles ressemblent à une appétissante bouillie vert clair, mais juste après elles prennent une couleur marron qui n'est guère appétissante.

— Pourquoi je dois manger tous les jours ces pommes ?

Grand-père quitte du regard la mouche et répond :

— Mais enfin, bêta ! Tu en as besoin. Ça draine les résidus.

— Quels résidus ? dis-je, perplexe.

— Il y en a de toutes sortes. Tu dois nous dire merci de t'en donner.

— Et pourquoi les râper ?

— Mais enfin, tu mâches que dalle ! s'exclame grand-mère. Tu avales des morceaux si gros que tu n'assimiles rien ! Ah, Sénetchka, qu'est-ce que tu racontes, qu'est-ce que c'est que cette merde d'ingratitude ? Avec tous les efforts que je dois faire, tu pourrais au moins arrêter de te moquer de cette façon… Oh là là, écrase cette mouche, elle me tape sur les nerfs !

Grand-père roule le journal qu'il vient d'apporter et le plaque avec précision sur la mouche. Elle tombe sur le rebord de la fenêtre et relève ses pattes en l'air dans une pose édifiante destinée à montrer ce qui arrive à tous ceux qui tapent sur les nerfs de grand-mère.

— Ah ! Nina, le Spartak a perdu hier, annonce soudain grand-père en regardant le journal qui vient d'anéantir la mouche.

— Moi, j'en ai rien à secouer de ton Spartak et de sa défaite ! Qu'ils crèvent tous, et toi avec.

Le regard de grand-mère tombe sur le sol où restent des tessons de la théière brisée, et son humeur empire de nouveau.

— Bouffez !

Elle pose sur la table de la kacha et des boulettes de viande cuites à la vapeur sur des craquelins. À la vapeur, parce que ce qui est cuit à la poêle, c'est du poison, et il n'y a que les clébards qui n'ont pas les chocottes qui peuvent en boulotter, et, dans le pain, il y a de la levure qui fermente dans l'organisme.

Grand-père replonge le nez dans son assiette en marmonnant je ne sais quoi à propos du Spartak ;

moi, j'examine avec mélancolie les boulettes dont j'ai ras le bol et le Panzynorm vert que je dois ingurgiter tous les matins.

— Tu as pris ton Panzynorm ?

J'en avais par-dessus la tête de ce Panzynorm, et tout en disant «oui, je l'ai avalé», je fais une tentative pour le flanquer sous un paquet de farine posé sur la table, sans remarquer que grand-mère est dans mon dos.

— Espèce de salaud… Le vieux qui est malade prend sa voiture et va en acheter pour que tu grandisses, malgré tout, et toi tu t'en débarrasses ! Tu pourrais au moins avoir du respect ! Est-ce que les honnêtes gens agissent de cette façon ? Tu n'as pas pitié d'un vieillard malade, peut-être ?

Le «vieillard malade» énonce alors une parole lourde de sens :

— Oui.

Puis il replonge dans sa boulette.

— Oui-oui, oui-oui, c'est la seule chose que tu sais dire ! On a déjà élevé une salope, et maintenant on s'en traîne une autre.

Sous le vocable de «salope», elle sous-entend maman.

— Toute ta vie tu n'as fait que dire «oui-oui, oui-oui» et te balader. Moi, je te disais : mon petit Sénetchka, viens, on va faire ceci, on va faire cela. Toi, c'était toujours : plus tard. Plus tard ! Voilà le seul et unique mot que tu réponds à toutes mes demandes !

Grand-père mâche sa boulette d'un air appliqué, le regard perdu dans son assiette.

— Peu importe… Gorki a dit qu'un coup du destin arrive sans prévenir. Tu devras payer. La trahison ne reste pas impunie ! Le péché le plus grave, c'est la trahison… Apporte-moi un chou aujourd'hui, je vais faire de la soupe. Et va aux Dons de la Nature, pas au «Komsomolets». Là-bas, ils vendent des choux qui ne sont bons qu'à nourrir les cochons, et moi je dois préparer de la soupe pour le gosse, et pas seulement pour toi, espèce de porc. Tu iras?

— Oui.

— Je le connais, ton «oui»…

Je finis ma kacha, dis «merci» à grand-mère et quitte la table. J'entends alors dans mon dos :

— Il pourrait dire merci, au moins!

Avant d'entamer le récit suivant, je souhaite donner quelques explications. Je suis sûr qu'il se trouvera des gens pour dire : «Une grand-mère ne peut pas crier et jurer de cette façon! Ça n'existe pas! Peut-être jurait-elle, mais pas aussi grossièrement et aussi souvent.» Croyez-moi, même si la chose paraît invraisemblable, grand-mère jurait précisément comme je l'écris. Ses grossièretés sembleront outrancières, exagérées, mais c'est bien ainsi que je les entendais, chaque jour, presque chaque heure. Dans ce récit, j'aurais pu, bien entendu, n'en mettre que cinquante pour cent, mais moi-même, je n'aurais pas reconnu ma propre vie dans ces pages, comme un habitant du désert ne reconnaîtrait pas les dunes auxquelles est accoutumé son regard si la moitié de leur sable disparaissait soudain. De toute façon, j'enlève des expressions de grand-mère toutes celles qu'il n'est pas convenable de coucher sur le papier. La maman de mon ami nous a interdit de nous fréquenter quand je lui ai dit la façon dont grand-mère m'avait appelé à cause d'une brique de kéfir renversée sur la table, et Dima Tchougounov, qui est en cinquième, m'a longuement expliqué pourquoi on ne peut pas répéter devant des adultes les expressions de grand-mère. J'ai d'ailleurs appris à Dima beaucoup de ses formules, et ce qu'il a le plus apprécié, c'est le bref «ducon» qu'elle emploie en guise de réponse à n'importe quelle demande qu'on lui adresse et qu'elle se doit de refuser. J'espère que vous me croyez, maintenant, quand je dis que je n'ai aucunement exagéré sa façon de parler et que vous comprenez que la quantité de jurons n'est pas liée à une absence de sens de la mesure, mais qu'elle est dictée par le désir de montrer ma vie le plus exactement possible. Cela dit, le récit suivant s'intitule…

LE CIMENT

À côté de notre maison s'élevait l'énorme chantier du MADI, l'Institut de la circulation routière. Mon copain et moi, nous adorions y aller. Lui y « grimpait », comme il aimait à dire ; moi, je m'y rendais pour dégoter des pièces détachées avec lesquelles je devais bien pouvoir inventer quelque objet. On y « grimpait » souvent. L'endroit était déserté en fin d'après-midi et on pouvait faire tout ce qui nous passait par la tête. Il y avait là-bas plein de choses intéressantes qui toutes nous appartenaient. Et grand-mère ne pouvait m'y dénicher : c'est sans doute la raison pour laquelle elle m'interdisait d'y mettre les pieds. Mais comment y renoncer, alors que je pouvais faire là-bas tout ce dont j'avais envie et que personne ne pouvait me retrouver ?

J'aurais pu me sentir en totale liberté dans ce chantier, n'eût été une circonstance particulière. Six fois par jour je devais prendre des médicaments homéopathiques et, quand j'étais dehors, grand-mère me les apportait dans une petite boîte. Et si quelqu'un m'offrait un bonbon, elle me le confisquait et le faisait aussitôt disparaître dans sa poche, en ajoutant dans un soupir :

— Cela lui est interdit, que voulez-vous, il a d'autres bonbons, et elle me versait sous la langue un certain nombre de granules.

Un jour, grand-mère, qui était dehors pour me faire prendre à l'heure dite du conium — on l'appelait pour plaisanter du «déconium» —, ne me vit pas.

— Sacha, Sacha! cria-t-elle.

Le silence en guise de réponse.

— Sacha!!! hurla-t-elle, en partant faire le tour de l'immeuble dans l'espoir de m'apercevoir.

Elle ne pouvait pas me trouver. J'étais au MADI avec mon copain. Assis sur le toit d'un des ateliers de deux étages, j'étais en train de réfléchir à ce que je pourrais faire d'un vilebrequin que j'avais sorti d'un grenier. Entendant les appels de grand-mère pour mes médicaments homéopathiques, je fus pris d'une peur bleue et je me mis à m'agiter sur le toit, paniqué, ne sachant où déguerpir. Ne pas prendre mes granules équivalait à un abandon de poste sans permission. Ma frayeur se transmit à mon copain. Il se ratatina pour jeter en contrebas un regard inquiet, puis il me chuchota :

— Tu crois qu'elle va grimper jusqu'ici?

La terreur me fit prendre ses paroles au sérieux et je décidai qu'il fallait se précipiter le plus vite possible à sa rencontre avant qu'elle ne grimpe vraiment nous rejoindre. Il me fallut moins de cinq minutes pour retourner dans la cour à toute vitesse. Entre-temps, grand-mère avait fait le tour de l'immeuble, le tube de granules dans une main, en criant :

— Où es-tu, sale bête?

Dans un village, les passants auraient sans doute pensé qu'elle avait perdu une chèvre, mais en ville…

Je finis par arriver précipitamment dans la cour. Je ne la vis nulle part, mais d'après ses cris lointains je devinai qu'elle était repartie de l'autre côté de l'immeuble. Mon copain s'approcha de moi en courant pour me demander, hors d'haleine :

— On retournera y « grimper » ?

Je crachai, et comme une personne qui comprend les tenants et les aboutissants et connaît le dénouement de ce genre d'aventure, je lui répondis d'une voix pleine d'aplomb :

— C'était pharamineux.

— Oui, pharamineux…, répéta-t-il tout doucement, comme pour se pénétrer du sens de ce mot effroyable, et c'est à cet instant que grand-mère apparut au coin de l'immeuble.

— Où est-ce que tu traînais ? Viens ici ! Prends tes granules.

Mon copain se volatilisa aussitôt. Grand-mère s'approcha de moi… J'étais en nage !

Or, je n'étais pas autorisé à transpirer. C'était un crime plus grave encore que d'être en retard pour la prise de mes pilules homéopathiques ! Grand-mère expliquait que, lorsqu'un individu est en sueur, il se refroidit, par conséquent la résistance de son organisme diminue ; le staphylocoque le devine, il se multiplie et provoque une sinusite. Je me souvenais que, de toute façon, je n'aurais pas le temps de pourrir de sinusite, car si grand-mère me voyait dans cet état, elle me tuerait avant que le staphylocoque ne se réveille. Cependant, j'avais eu beau me modérer, j'étais bel et bien en sueur parce que j'avais couru et plus rien ne pouvait désormais me sauver.

— Va à la maison ! m'ordonna-t-elle après m'avoir fait prendre les granules.

Elle m'examina attentivement dans l'ascenseur, l'expression de son visage changea et elle ôta mon bonnet rouge. Mes cheveux étaient trempés. Elle passa la main derrière le col de ma chemise et comprit que j'étais en nage.

— Tu as transpiré… Très Sainte Mère de Dieu, protège-nous, il a sué, ce salaud ! Mon Dieu, sauve-le, épargne-le ! Mais maintenant, espèce de créature, tu vas en prendre pour ton grade !

Nous entrâmes dans l'appartement.

— Enlève-moi tout ça, et dépêche-toi. Ôte ta chemise ! Tu es en sueur, espèce de salaud, tu es en nage… Oh là là, gémit-elle en prenant ma chemise, elle est toute mouillée ! Complètement trempée ! Où étais-tu ? Réponds-moi !

— Je suis allé au MADI avec Boria, balbutiai-je.

— Au MADI ! Ah, espèce de fumier ! Combien de fois je t'ai dit de ne pas y mettre le pied ?! Ce Boria, il n'a pas de raison d'avoir les chocottes ! Il n'a qu'à s'y installer, dans son MADI, mais toi, espèce de créature putride, qu'est-ce que tu y faisais ? Tu ramassais encore des écrous ? On n'a qu'à te les enfoncer dans le derrière, tous ces écrous ! Oh, peu importe…

Ce «oh, peu importe» n'augurait rien de bon, comme toujours.

— Écoute-moi bien attentivement. Si tu vas encore une seule fois au MADI, j'y enverrai grand-père, et ton grand-père, c'est quelqu'un de respectable. Il ira là-bas donner dix roubles au gardien et il lui dira : «Si vous voyez un garçon, un gamin tout décharné, avec un bonnet rouge et un manteau gris… tuez-le ! Arrachez-lui les bras, les jambes, et fourrez-lui des écrous dans le derrière.» Ton grand-père, on le respecte, et le gardien, il fera ce qu'on lui dit. Il le fera, t'as compris ?!

J'avais parfaitement compris.

Le lendemain, avant de me laisser sortir, elle m'agrafa à l'envers de ma chemise deux mouchoirs avec des épingles à nourrice : l'un sur la poitrine, l'autre sur le dos.

— Si tu es encore une fois en sueur, ta chemise restera sèche, mais les mouchoirs, je les sortirai dès que tu reviendras, m'expliqua-t-elle. Une fois entre mes mains, je m'en servirai pour t'étouffer si je constate que tu as transpiré. C'est compris ?

— Oui.

— Autre chose. Tu te souviens de ce que je t'ai expliqué à propos du MADI ? Si tu retournes là-bas avec ce Boria, tu n'as qu'à t'en prendre à toi-même. S'il t'appelle, refuse. Fais preuve de caractère, et dis-lui avec fermeté : «Grand-mère me l'a interdit !» Les gens faibles de caractère finissent leur vie en prison, souviens-t'en et dis-le à ton copain. Tu as tout retenu ?

— Oui.

— Bon, vas-y.

Boria, le garçon qui n'avait aucune raison d'avoir les chocottes, m'attendait près de l'entrée de l'immeuble.

— On y va, dit-il.

— Où ?

— Au MADI.

— D'accord.

— Boria, où est-ce que vous allez ?! hurla soudain grand-mère qui nous observait depuis le balcon.

— Au kiosque ! répondit-il.

— Mon petit Boria, ne l'emmène pas au MADI, tu as compris ?! J'ai un certificat médical qui prouve que je suis une malade mentale. Je peux tuer et il ne m'en coûtera rien. Si vous allez au MADI, prends ça en considération, d'accord ?

— Ouais…, répondit-il.

Quand elle disparut du balcon, il me demanda :

— Dis-moi, c'est vrai qu'elle a un certificat médical ?

— Je sais pas.

— On ferait peut-être mieux de pas y aller.

— Mais si, viens ! Comment veux-tu qu'elle le sache ? lui répondis-je en me mettant en route.

J'étais sûr de n'être pas en nage et certain que grand-mère n'y verrait que du feu.

— On n'y restera pas longtemps. On y grimpe un petit moment, et on revient aussitôt.

Devant les immenses portes en fer rouillées sur lesquelles étaient tracées à la peinture blanche les quatre lettres qui nous étaient si chères — MADI —, je me figeai. « Ton grand-père, c'est quelqu'un de respectable… Il ira là-bas… » J'entendis résonner dans mes oreilles la voix de grand-mère.

— Tu sais, on ferait mieux d'aller au parc, proposai-je à Boria.

Le jardin réservé aux enfants était tout juste mitoyen du MADI dont il était séparé par une palissade trouée : il se trouvait en deuxième position dans la hiérarchie de nos centres d'intérêt. En fin d'après-midi, il n'y avait personne et nous le considérions comme notre propriété. Nous pouvions y jouer à loisir, rester dans les maisonnettes en bois et escalader leur toit pentu, allumer un feu avec des branches pour cuire des pommes de terre apportées de la maison, sans craindre qu'un quelconque passant ne l'éteigne et ne confisque nos allumettes. D'ailleurs, les allumettes, comme les pommes de terre, étaient cachées dans l'une des maisonnettes depuis notre visite précédente, et il allait de soi que nous savions ce que nous voulions faire ce jour-là.

Mais cet après-midi idyllique fut interrompu par des « grands ». C'est ainsi que nous appelions les garçons de l'école du cirque qui avaient dans les cinq ans de plus que nous et qui, comme nous, considéraient ce parc comme le leur. Malheureusement, ils avaient en partie raison. Ils pouvaient nous en chasser ; nous, non. Eux, par exemple, ils n'en avaient rien à faire que Boria n'ait pas les chocottes. Nous, on pouvait seulement leur crier des insultes après avoir mis entre eux et nous une distance respectable pour qu'ils ne les entendent pas. Boria les traitait de boucs, moi, je les maudissais au nom du ciel, de Dieu et de la terre. Et puis nous prenions nos jambes à notre cou en nous disant : « T'as vu un peu comment on les a eus ! C'est nous les meilleurs ! »

Si bien que, lorsque les « grands » apparurent dans le jardin, je me souvins que la veille j'en avais maudit un en bonne et due forme depuis mon balcon : alors, le mieux qu'il nous restait à faire était de nous carapater. Les garçons s'approchaient depuis le portillon, on ne pouvait donc filer qu'en direction du MADI. J'ai dit qu'il y avait un trou dans la palissade et on en profita. Je songeai aussi que le gardien ne m'attraperait peut-être pas, alors que les garçons, à tous les coups, m'arracheraient les bras, et utiliseraient nos pommes de terre à la place des écrous. L'essentiel était surtout de ne pas transpirer !

Bon, les garçons étaient loin de nous. Nous, on était sur le toit du MADI. Boria avait déjà filé loin devant quand j'aperçus par terre une guitare cassée : je la ramassai. Une idée me traversa alors la tête : si je grimpais sur la rambarde, je pouvais enquiquiner un bon coup les gardiennes de l'autre immeuble.

En évitant de faire des mouvements trop rapides, je montai dessus en secouant la guitare, puis je leur criai : « Aïe-aïe-aïe ! » Là, je fis une grimace, je jetai la guitare à leurs pieds et, constatant que je n'étais pas en sueur, je sautai de la rambarde pour rebrousser chemin…

Le terre s'écarta alors sous mes pieds et je fus enveloppé jusqu'à la taille d'une masse froide et visqueuse. Je compris que je m'étais enfoncé dans quelque chose. C'était, en fait, une cuve pleine de mortier. En outre, j'étais bloqué dedans non pas jusqu'à la taille, mais jusqu'à la poitrine et il m'était impossible de m'en extirper. Ma première idée fut de nager, mais je me souvins aussitôt que je ne savais pas nager. La seconde fut d'appeler au secours. Boria était déjà loin, mais même s'il avait été chez lui, il aurait entendu mes hurlements effroyables. Il se précipita vers moi et, avec une curiosité mêlée d'effroi, il examina longuement ma tête, mes épaules qui semblaient sortir de terre et mes mains qui pétrissaient le mortier convulsivement.

— Mais enfin, t'es complètement marteau ! Qu'est-ce que tu fais là-dedans ? finit-il par me demander.

— Oui, complètement, lui répondis-je d'une voix éraillée, tout en avalant désespérément de l'air.

Je m'enfonçais et il m'était de plus en plus difficile de respirer.

— Mais qu'est-ce que je peux faire ? Faudrait peut-être te tirer de là, non ? songea-t-il enfin.

Cette proposition était raisonnable, mais aussitôt lui-même s'enfonça jusqu'aux genoux.

— Tu vois un peu ce qui m'arrive à cause de toi ? soupira-t-il. Maintenant, on est bon pour se faire engueuler à la maison…

Il parvint à s'en sortir. Il essaya de retrousser son pantalon, mais ce n'était plus la peine.

— Tu vois comme je me suis tout taché ? observat-il en essayant de remonter son pantalon, mais comme il remarquait que le mortier m'arrivait à la hauteur du cou, il se mit à réfléchir.

— Tu sais, je vais probablement te tirer de là, décidat-il pour finir, et il partit chercher un bâton.

Il m'extirpa de ce magma comme dans les films où l'on voit des partisans qui parviennent à se tirer les uns les autres des marais. Avec une crispation cadavérique, je m'accrochai à la planche qu'il me tendait, et deux minutes plus tard nous clopinions en direction de notre immeuble. Quand nous débouchâmes dans le jardin d'enfant, en sautant par-dessus la palissade (nous étions si émus que nous n'étions même pas passés par le trou !), nous tombâmes nez à nez avec les grands. Ils achevaient de manger nos pommes de terre et discutaient avec animation en se demandant à qui elles pouvaient appartenir. Lorsqu'ils nous aperçurent, ils éclatèrent de rire, bien sûr, mais cela m'était égal. Il me restait encore à affronter grand-mère.

Nous arrivâmes devant notre immeuble. Le ciment dont j'étais enveloppé pesait une dizaine de kilos : cela me donnait la démarche d'un cosmonaute sur je ne sais quelle planète, Jupiter, par exemple. Boria était moins maculé de ciment que moi : il était un cosmonaute sur Saturne.

Les gardiennes, assises près de l'entrée, furent transportées d'enthousiasme en nous voyant.

— Oh là là ! s'exclamèrent-elles. Dans quoi ils se sont roulés, ces cochons ?

— Mais qui c'est ? Je n'arrive pas à les distinguer.

— C'est l'idiot des Savéliev, l'autre, c'est Nétchaev, du 21.

Pourquoi j'étais un idiot, je le savais déjà à l'époque. J'avais un staphylocoque doré logé dans le cerveau. Il me rongeait les méninges et chiait dedans. Même les gardiennes étaient au courant. Grâce à grand-mère. Tenez, par exemple, elle me cherche avec les granules homéopathiques et elle demande aux gardiennes :

— Vous n'avez pas vu mon débile ?

— Mais pourquoi un débile ?... Il a l'air assez dégourdi.

— Il en a l'air seulement ! Il y a belle lurette que le staphylocoque lui a dévoré tout le cerveau.

— Enfin, je m'excuse, qu'est-ce que c'est ?

— Un microbe, il est effroyable.

— Le pauvre garçon ! Et ça se soigne ?

— Chez les gens normaux, oui. Mais les antibiotiques lui sont interdits, comme les sulfanilamides.

— J'ai pourtant l'impression qu'il a grandi, ces derniers temps.

— Pour ce qui est de grandir, il a grandi, mais quand je le déshabille dans la salle de bains, je suis au bord de la syncope : il n'a que la peau et les os.

— Et en plus, il est débile ?

— Complètement ! s'esclaffe grand-mère, sûre d'elle, tandis qu'un sentiment de fierté pour son petit-fils la submerge : personne n'en a un de semblable.

Donc, quand le débile des Savéliev finit par atteindre son appartement et qu'il sonna à la porte d'une main tremblante, voilà que sa grand-mère était sortie on ne sait où. Bien entendu, je n'avais pas les clefs — on ne les confie pas à un débile —, et c'est pourquoi je dus aller chez Boria. Sa maman m'aida à me déshabiller. Il nous fallut cinq bonnes minutes pour retirer mon manteau et autant pour mon pantalon. Mes bottines clapotèrent longuement quand je les ôtai. Mes moufles se balançaient lourdement aux élastiques fixés à mes manches : elles aussi étaient pleines de mortier. Même les mouchoirs épinglés par grand-mère étaient imprégnés de ciment. Je me glissai dans la baignoire pour me décrasser. On me prêta une chemise et un collant de mon copain, lequel était une fois et demie plus imposant que moi, et, en plus, ce collant était trop grand pour lui. En fait, je dus le nouer sous les bras. J'allai ensuite jouer avec Boria. On était tranquillement en train de s'amuser en boulottant des bananes quand on sonna à la porte. Sa maman alla ouvrir.

— Vika, mon salaud, est chez vous ?

Je frissonnai de froid et me recroquevillai dans mon collant.

— Vika, où est-ce qu'il est ? On m'a dit qu'il est chez vous.

— Nina Antonovna, ne vous inquiétez pas. Nous allons tout nettoyer. Je lui ai prêté un collant de Boria, ils jouent sagement.

— Amenez-le-moi.

— Nina, tu ne le laisses pas s'approcher de moi, sinon je le tue ! fit la voix de grand-père.

— Sors de là, espèce de chourineur, allez !

Grand-mère me retrouva, enroula un bout de mon collant autour de son bras et me traîna à la maison.

— Viens, mon petit, suis-moi. On va y aller maintenant au MADI, toi et moi. Tu aimes bien t'y balader, n'est-ce pas ? Eh bien, on y va. Chez le gardien. Tu veux aller voir le gardien ? Tout de suite… Tu connais le gardien qui est là-bas ? Grand-père est déjà allé le voir. Maintenant, c'est moi qui vais t'amener chez lui. Il va te noyer, sale vermine, dans ton ciment. Oh là là, espèce de sauvage, tu as salopé tout ton manteau ! On devrait saloper ton âme de la même façon ! Et tes chaussures ! Et ton pantalon ! Je t'avais dit de ne plus y mettre les pieds ! Je te l'avais bien dit, hein ? Tu y es encore allé avec ce lascar ? Tu t'es tout salopé… Je voudrais que ce ciment te coule des oreilles et du nez ! Qu'il te bouche les yeux à tout jamais ! Tu sais, tu finiras ta vie en prison. Tu as des instincts criminels. Tu allumes du feu, tu te faufiles dans les chantiers… Et pour couronner le tout, tu es une créature veule. Tu ne veux pas étudier. La seule chose dont tu as envie, c'est de te taper de bonnes choses, de te balader et de regarder la télé. Tu vas voir un peu comment je vais t'emmener te balader ! Tu ne sortiras pas de la maison pendant un mois ! Tu veux toujours me prouver que tu es comme tout le monde. «Je suis comme tout le monde, je suis comme tout le monde !» Eh bien non, tu n'es pas comme tout le monde ! Si tu te sauves dans la rue, tu dois marcher tranquillement, t'asseoir, lire quelque chose… Tu vas voir comment on joue les scouts avec moi ! Je vais aller voir le directeur de l'école et je lui dirai comment tu te payes ma tête.

— Nina, surtout tu ne le laisses pas s'approcher de moi, sinon je le tue ! fit de nouveau la voix de grand-père.

— Eh bien, tue-le ! Une créature pareille n'a aucune raison de vivre, sinon pour empoisonner la vie des autres. Dommage qu'il ne se soit pas définitivement noyé dans ce ciment, ç'aurait été un soulagement pour tout le monde.

— Surtout, tu ne le laisses pas s'approcher de moi !

«Ouais, me suis-je dit, il vaut mieux ne pas retourner au MADI dans les prochains jours.»

LE PLAFOND BLANC

J'allais très rarement à l'école. Sept, voire dix fois par mois. La période la plus longue où j'y suis allé a duré trois semaines et j'en garde le souvenir d'une succession de journées monotones et insignifiantes. À peine avais-je le temps de rentrer à la maison, de manger, puis de faire mes devoirs que le journal télévisé était terminé, et je devais me coucher.

Je n'aimais pas aller dormir. D'habitude, si je n'avais pas à me lever tôt, grand-mère m'autorisait à regarder le film après le journal. Affalée sur le canapé de grand-père, le regard tourné vers l'écran, elle se grattait les endroits irrités par les élastiques de ses culottes vert salade, moi, je croquais des gressins. En général, les films étaient rasoir, mais il était encore plus ennuyeux d'attendre le sommeil, couché dans mon lit, et je regardais toutes les émissions à la file.

Un jour, on donnait un film sur une histoire d'amour.

— Pourquoi tu regardes ça ? Qu'est-ce que tu peux y comprendre ? me demanda-t-elle.

Je décidai de faire un bon mot et je lui sortis :

— Je comprends tout. Le fil de l'amour s'est rompu.

En prononçant cette phrase, je savais que je me « dévoilais », mais je ne m'attendais pas à ce que grand-mère éclate en larmes d'attendrissement et que toute la semaine suivante elle répète mes paroles à ses connaissances.

— Je croyais que c'était un petit imbécile qui ouvre de grands yeux sans rien comprendre, mais en deux, trois mots il a réussi à exprimer l'essentiel. «Le fil de l'amour s'est rompu.» Faut le faire, tout de même…

Dès lors, grand-mère m'autorisa à regarder la télévision jusque tard le soir, même les films en deux épisodes, mais je ne me risquai plus à en exprimer l'essentiel en deux ou trois mots. Je passais en permanence pour un débile auprès d'elle, je savais à quel point il était difficile de se distinguer et de faire sur elle une bonne impression, et une fois celle-ci produite, je m'efforçais de ne pas en rajouter pour que cette impression dure le plus longtemps possible.

Quand il fallait aller à l'école, grand-mère ne m'autorisait pas à regarder les films le soir, et dès la fin du journal télévisé j'allais me coucher. Je restais seul dans la chambre sombre, tendant l'oreille au marmonnement lointain du téléviseur et, par ennui, je ne cessais de remuer dans mon lit, jaloux de grand-mère et de grand-père qui se couchaient quand bon leur semblait. Heureusement, l'école, comme je l'ai dit, était un événement plutôt rare et je n'avais pas très souvent à me coucher tôt.

Les raisons qui me faisaient manquer les cours étaient nombreuses et toutes valables. Premièrement, j'étais constamment malade. Deuxièmement, maman, qui s'imaginait naïvement que j'allais vivre avec elle, m'avait inscrit dans une école près de son domicile, mais grand-père, qui m'emmenait et me ramenait en voiture, s'absentait parfois pour son travail sous une pluie de malédictions de grand-mère. Nous devions alors aller à sept stations de métro de chez nous, et grand-mère ne pouvait se résoudre à un tel exploit que lorsque j'avais un contrôle. Enfin, troisièmement, il nous arrivait de devoir aller dès le matin à un laboratoire d'analyses, et ce motif était celui qui avait le plus de poids.

Je subissais quantité d'analyses, d'examens et de consultations. On me prenait du sang dans une veine et à l'extrémité d'un doigt, on me faisait des tests d'allergie et des électrocardiogrammes, on m'examinait les reins aux ultrasons et on me demandait de souffler dans un appareil ingénieux qui traçait des lignes brisées identiques à celles d'un électrocardiogramme. Grand-mère montrait tous les résultats aux professeurs.

Un ponte de l'Institut d'immunologie examina la pile de mes analyses et déclara que je devais être atteint de mucoviscidose. Avec cette maladie, on ne vit pas longtemps, et, à toutes fins utiles, il conseilla de procéder à un autre examen spécial à l'Institut de pédiatrie. Là, on découvrit que je ne souffrais pas de mucoviscidose, mais on en profita pour mesurer ma tension intracrânienne : on la trouva trop élevée, ce qui confirma le diagnostic de « débilité » rendu depuis longtemps par grand-mère.

Elle avait été maintes fois convaincue de ma débilité quand j'apprenais mes leçons. J'ai expliqué pourquoi je n'allais pas à l'école, maintenant je vais vous raconter à quoi ressemblait ma scolarité. Tous les jours, grand-mère téléphonait à Sviétotchka Savtsova, l'une des meilleures élèves de la classe, pour se renseigner auprès d'elle non seulement sur les devoirs à faire à la maison, mais sur tous les exercices que les enfants avaient effectués en classe. J'avais même deux cahiers pour chaque matière : l'un pour la classe, l'autre pour le travail à la maison. Je remplissais l'un et l'autre chez moi, mais dans le cahier de classe il y avait, à la virgule près, la même chose que dans celui de Sviétotchka, qui assistait aux cours. S'ils avaient fait une dictée à l'école, Sviétotchka la lisait à grand-mère qui me la faisait faire ensuite. S'ils avaient rédigé une rédaction, je la composais. Si au cours de dessin ils avaient dessiné un marteau, je le dessinais, moi aussi, sous la surveillance de grand-mère.

Lorsque j'étais malade et alité avec de la fièvre, je ne faisais pas les exercices pendant un certain temps, mais ensuite, à peine sur pied, je devais tout rat-traper. C'est pourquoi il m'arrivait souvent de faire les exercices de plusieurs jours. Mais au moment où je venais à bout des problèmes de maths faits en classe et des devoirs pour le lundi, le mardi et le mercredi, je recevais les maths du jeudi et du ven-dredi. Je faisais la dictée donnée en classe le mardi et reprenais les exercices de russe à faire à la maison jusqu'au jeudi, mais il y avait encore le vendredi, et aux exercices de russe en classe du mercredi s'ajou-tait un résumé. Si je restais longtemps malade, je devais rattraper les devoirs de deux semaines et me dépêcher ensuite pendant une semaine de faire ceux qui venaient d'être donnés tandis que je mettais la dernière main aux précédents.

Je travaillais à un petit pupitre pliant que grand-père était allé spécialement chercher à l'entrepôt du magasin La maison du jouet. Grand-mère inscrivait les cours sur des feuilles de carton qu'elle posait devant moi. Je regardais avec effroi celles qui concer-naient les cours des 15, 16 et 17, tandis qu'elle se ren-seignait sur les exercices à faire du 18 au 22.

« Oncle Vania est communiste. » « Il y a une pomme rouge dans le jardin. » « Nous avons fait nous-mêmes notre locomotive», vociférait Sviétotchka en répétant les phrases qu'elle avait notées en classe.

— «Oncle Vania…», bien. «Il y a une pomme…» Écris, salaud, ne sois pas distrait ! (Ça, c'était pour moi.) Bon alors, la locomotive ? notait grand-mère étendue sur le canapé, l'épaule relevée pour maintenir le combiné contre son oreille. Merci, Sviétotchka. Dicte-moi maintenant ce qu'il y a à faire pour le 21, s'il te plaît. «Les pionniers avançaient en rangs réguliers…» Bien… «Oncle Yacha a chargé le fusil…»

Après avoir dicté à grand-mère le travail accompli en classe et les devoirs à faire à la maison pour plusieurs jours, Sviétotchka, qui étudiait dans un conservatoire, lui jouait au violon des études qu'elle avait elle-même composées. Les yeux de grand-mère s'emplissaient alors de larmes, elle me lançait des regards dédaigneux et me disait en me tendant le combiné :

— Tiens, écoute, ça c'est un enfant en or. Quel bonheur que d'en avoir un pareil.

Elle m'avait maintes fois proposé de l'écouter, mais je ne le fis qu'une seule fois. Je lui rendis ensuite le combiné en lui déclarant :

— Et alors ? Elle grince comme une porte, tu parles !

— Comme une porte ?! J'aimerais, mon salaud, que tu grinces comme une porte, toi aussi ! Elle joue du violon ! Voilà une jeune fille qui étudie au conservatoire. Elle est intelligente, alors que toi tu es un crétin qui ne vaut même pas la merde de cette fille !

En faisant cette dernière remarque, si vexante que plusieurs fois à l'école elle me donna envie de pousser Sviétotchka en bas de l'escalier, grand-mère me mit sous le nez une feuille avec les nouvelles leçons, en me jurant que si je commettais une faute elle me flanquerait un coup tel que les gens feraient eux aussi une faute en croyant me prendre pour un être humain. Une fois cette menace proférée, elle s'étendit à nouveau sur son lit et bavarda deux heures durant avec la maman de Sviétotchka.

— Oh là là, qu'est-ce que vous me dites !? s'exclama-t-elle. Votre Sviétotchka est une fille en pleine santé en comparaison de cette charogne ! Il a un staphylocoque doré pathogène, une inflammation du maxillaire, une sinusite, une ethmoïdite… Une amygdalite chronique aussi. Quand je le déshabille pour son bain et que je vois ce sac à os, je suis au bord de la syncope. Non, qu'est-ce que vous dites, dans une piscine ! Pourquoi voulez-vous qu'il grandisse ?! Il y en a qui grandissent, mais pas les gamins de son genre. Ah, pour ce qui est de votre Sviétotchka, elle pète de santé, elle va grandir, elle, c'est sûr ! Qu'est-ce qu'elle a ? Une diathèse due au chocolat ? Et vous n'avez pas fait examiner son pancréas ? Le sien est hypertrophié. Et en plus, il a le foie malade, une insuffisance rénale, une maladie zymotique… Une pancréatite congénitale. Vous connaissez ce dicton plein de sagesse, Véra Pétrovna : les enfants paient pour les péchés des parents. Eh bien, il paie pour sa traînée de mère. Son premier mari, le père de Sacha, l'a laissée tomber, et il a bien fait. Mais il ignorait qu'une hormone frapperait la tête de son ex-femme au point qu'elle en oublierait tout ce qui existe. À Sotchi, elle s'est dégoté une friandise, un soiffard qui a la folie des grandeurs et cultive son génie méconnu. Elle m'a laissé son enfant, accroché à mon cou. Voilà près de cinq ans que je m'use la santé avec lui, tandis qu'elle, elle se contente de débarquer ici une fois par mois, elle s'affale sur le canapé et, en plus, elle demande à bouffer. Et j'achète tous les produits frais au marché pour son invalide de fils, alors que moi je n'ai parfois rien à manger, je croupis en me nourrissant seulement de fromage blanc. Oh là là… C'est elle qui vient de jouer ? Elle joue comme un astre, la petite chérie ! Elle deviendra une grande violoniste, vous savez ! Je touche du bois ! Excusez-moi, mon borchtch est en train de brûler, je file. Au revoir. Je vous souhaite une excellente santé, parce que dès l'instant qu'on a la santé, le reste suit. Saluez Sviétotchka de ma part, elle est finaude, elle deviendra quelqu'un. À bientôt… Il faut le faire, tout de même ! Me bourrer le crâne de cette façon ! s'exclama-t-elle après avoir reposé le combiné. Elle parle tellement qu'on n'arrive plus à s'en dépêtrer. Bon, qu'est-ce que tu as écrit ? « Nous avons fait nous-mêmes notre *locomotif* »… Espèce de débile ! Salaud ! Qu'elle te passe sur le corps, la loco-motive qu'ils ont faite ! Passe-moi le rasoir !

Je donnai à grand-mère le rasoir, un objet essentiel pour mes exercices, qui se trouvait toujours à portée de main. Afin que mon cahier soit sans ratures, grand-mère ne m'autorisait pas à rayer quoi que ce soit et préférait gratter les fautes avec le fil de ce rasoir pour que je puisse ensuite corriger avec soin les lettres erronées.

— Tu parles d'un vaurien…, fit grand-mère, tout en grattant le *f,* mais curieusement dans le mot « fait ». Tu ne sais apprendre que sous la menace de la trique.

— Tu ne biffes pas la bonne lettre.

— C'est toi que je vais biffer dans un instant ! cria-t-elle en agitant le rasoir sous mon nez. Tu m'as bourré le crâne, bien sûr, et moi, je n'efface pas la bonne lettre !

La lettre erronée fut supprimée et je corrigeai la faute, puis elle vérifia la suite.

— « Il choisit le chemin des *boit*. » Tu parles d'un crétin. Voilà deux ans que tu étudies avec le rasoir sous le nez. J'aimerais qu'on te les plante dans la gorge, tous ces rasoirs ! Tiens, écris, j'ai corrigé ! Si tu fais encore une faute, je vais te transformer en petit bois.

Et elle me fourra le cahier sous le nez.

Je continuai d'écrire. Grand-mère s'allongea sur le canapé et entreprit la lecture de *Science et Vie*. De temps à autre, elle jetait un coup d'œil dans ma direction pour savoir s'il n'était pas temps de reprendre le rasoir pour me transformer en « petit bois ».

J'écrivais en regardant mélancoliquement la longue colonne de propositions et je me souvins que deux jours plus tôt j'avais écrit « la route *droate* est belle ». Grand-mère avait biffé le *a* fautif pour que j'écrive un *i* à la place, mais je m'étais trompé et j'avais mis un *y* qui ne convenait pas non plus. En me souhaitant une seule route — celle qui mène à la tombe —, elle se remit à gratter au même endroit, si bien qu'elle troua le papier et me força à récrire tout le contenu du cahier. Heureusement, je venais de l'entamer.

C'est là que je me rendis compte que, dans une phrase sur le soleil, j'avais écrit deux fois la même syllabe. Avec moi, le soleil se couchait en illuminant tout d'une lumière « crépupusculaire ». Voyant la faute que je venais de commettre, je me pelotonnai contre mon pupitre, je regardai grand-mère comme une bête traquée et croisai son regard fixe. Comprenant qu'elle soupçonnait une bévue de ma part, je décidai de sauver ma peau en prenant la fuite. Je me levai et sortis de la pièce en déclarant :

— Et puis zut, je peux plus travailler dans ces conditions.

— Quoi, tu as fait une faute ? demanda grand-mère en mettant de côté *Science et Vie* d'un air menaçant.

— Tu n'as qu'à regarder, répondis-je sans me retourner.

Afin de n'être pas acculé dans un coin, je devais atteindre au plus vite la chambre de grand-père où une grande table était posée au milieu. En courant autour d'elle, je pouvais maintenir grand-mère à distance.

— «Crépupusculaire» ! Espèce de salaud ! entendis-je derrière mon dos, mais j'avais déjà atteint la table et je me tenais prêt.

Lorsque grand-mère apparut au seuil de la chambre de grand-père, j'étais comme un sprinter près du starter.

— Putain de ta mère ! cria-t-elle en guise de coup de feu de départ.

Elle se jeta sur moi. J'esquivai. La ronde autour de la table démarra. Je voyais défiler le buffet, la desserte, le canapé, le téléviseur, la porte, puis de nouveau le buffet, de nouveau la desserte, je sentais sur ma nuque la respiration funeste de grand-mère que j'entendais fulminer contre moi.

— Approche, salaud ! me menaçait-elle. Viens, sinon ce sera encore pire. Viens, viens, que je te découpe en morceaux avec le rasoir… Approche-toi, n'aie pas la trouille. Arrête-toi, je ne te ferai rien. Stop ! Approche, je vais te donner du chocolat. Tu sais lequel ? Celui-là…

Lequel au juste, je ne le voyais pas, parce que je courais sans me retourner.

— Viens, je t'achèterai des wagons pour ton train électrique, et si tu ne t'approches pas, je les achèterai et je te les casserai sur la tête. Approche !

Soudain, elle s'arrêta. Je fis de même, en face. La table nous séparait.

— Sois gentil, approche-toi.

Je secouai la tête.

— Approche-toi, que je voie si tu n'es pas en sueur.

— Non.

Elle fit un pas dans ma direction en longeant la table. Je fis un pas pour m'écarter d'elle.

Soudain, son visage devint sournois. Elle s'effondra sur la table et moi, pris au dépourvu, je me retrouvai coincé contre la porte-fenêtre du balcon. Il n'y avait point de salut. Je me mis à glapir comme un renard piégé dans une chausse-trape. Elle m'agrippa et me traîna triomphalement jusqu'au pupitre.

— «Crépupusculaire»…, rabâchait-elle. Si tu pouvais ne plus jamais voir le moindre crépuscule !

Elle s'assit au pupitre, prit le rasoir et me le tendit :

— Or-dure. Se moquer de moi comme ça ! Autant sucer le sang de quelqu'un ! Combien de fois j'ai rebattu les oreilles de ta mère en lui disant : «Étudie, sois indépendante !» Combien de fois je vais devoir te rebattre les oreilles, et tout cela pour rien… Tu seras exactement comme elle. La même merde soumise. Tu vas étudier, exécrable vaurien, tu vas étudier, tu vas étudier, hein ?! hurla-t-elle soudain à gorge déployée, et, repoussant le rasoir, elle saisit la paire de ciseaux qui m'avait servi à découper l'applique donnée au cours de travaux manuels. Tu vas travailler ?! vociférait-elle en plantant les ciseaux dans le pupitre à chaque mot. Tu vas travailler ?! Tu vas étudier ?!!

Les pointes des ciseaux arrachaient de profondes entailles dans le bois.

— Tu vas travailler ?! Tu vas étudier ?!

Je tremblais, immobile à côté d'elle, n'osant pas m'enfuir ni même détacher d'elle mon regard.

— Tu vas travailler ?! Tu vas étudier ?! Ah ! A-ah ! Ah-ah-aaah !... Ah ! fit-elle soudain à travers un sanglot, puis, laissant tomber les ciseaux, elle se prit la tête entre les mains. Aaaah !... Ah ! continuait-elle de crier en se labourant le visage.

Du sang apparut. J'étais cloué sur place, ne sachant que faire. Saisi de terreur. Je pensais qu'elle était folle.

« Ah... aaaah ! » beuglait-elle en se griffant les joues. Puis elle poussa un « a-ah ! » particulièrement strident, elle se cogna le crâne contre le pupitre et commença à s'effondrer de son siège.

— Ma petite mémé, qu'est-ce qui t'arrive ?!

— Ah..., gémit-elle doucement, de façon presque imperceptible.

— Mémé, enfin... Qu'est-ce qui t'arrive ? Qu'est-ce que je peux faire pour toi ?!

— Va-t'en... Mon... garçon..., marmonna-t-elle laborieusement en détachant le dernier mot.

— Mémé, qu'est-ce que je peux faire ? Tu as besoin d'un médicament... Mémé !

— Va-t'en, mon garçon, je... je ne te connais pas... Je ne suis pas ta grand-mère, je n'ai pas de petit-fils.

— Mémé, mais c'est moi ! Sacha !

— Mon garçon, je... je ne te connais pas, dit grand-mère.

Elle se souleva en prenant appui sur ses coudes et elle me fixa de son regard. Puis, apparemment persuadée qu'elle ne me connaissait pas, elle recula de nouveau, renversa sa tête en arrière, et renifla.

— Mémé, qu'est-ce que je peux faire ? J'appelle le médecin ?

— Je n'ai pas besoin de médecin… mon garçon…
Appelle-le pour toi…

Je me penchai au-dessus d'elle. Son regard se tourna
vers le haut, comme s'il me traversait, et elle dit :

— Le plafond est blanc… Blanc, blanc…

— Mémé ! Ma petite mémé ! Mais enfin, tu ne
me vois vraiment pas ? Réveille-toi ! Qu'est-ce qui
t'arrive ? !

— Tu m'as poussée à bout, voilà ce qui m'arrive ! répondit-elle avant de se relever avec une facilité déconcertante. Tu étudies sous la trique et tu
m'éreintes à en mourir. Ça ne fait rien, mes larmes
feront que ça finira mal pour toi. «Crépupusculaire»,
ressassait-elle en me singeant. Abruti !

Après avoir éradiqué la faute grâce au rasoir,
grand-mère attacha ses cheveux ébouriffés avec un
élastique et alla nettoyer le sang qui maculait son
visage. Moi, ne comprenant rien à ce qui se passait,
je m'assis à mon pupitre.

— Mon Dieu ! pleurnicha soudain grand-mère
dans la salle de bains. Il existe quand même des
enfants dans ce monde ! Qui étudient dans un
conservatoire, qui font du sport, qui ne pourris-
sent pas comme cette charogne. Seigneur, pourquoi
m'as-tu accroché au cou une croix aussi lourde ?
Quels péchés ai-je commis ? À cause de mon petit
Aliocha ? C'était un garçon en or, il aurait été une
consolation pour mes vieux jours ! Ce n'est pas ma
faute… Non, c'est ma faute ! Je suis une salope ! Il
ne fallait pas l'écouter, ce traître ! Il ne fallait pas
partir ! Et il ne fallait pas mettre au monde cette
traînée ! Pardonne-moi, mon Dieu ! Pardonne à une
pécheresse ! Pardonne-moi, mais donne-moi la force
de porter cette croix ! Donne-moi de la force ou

envoie-moi la mort ! Mère de Dieu, sainte Protectrice, donne-moi la force de tirer cette lourde croix ou envoie-moi la mort ! Mais qu'est-ce que je peux faire de ce salaud ?! Comment puis-je le supporter ?! Comment ne pas lever la main sur lui ?!

Je me taisais. J'avais encore trois jours d'exercices de maths à faire.

ET LE SAU... MON !

Je commencerai ce récit par la description de notre appartement. Il consistait en deux pièces. Juste en entrant, une porte vitrée à double battant donnait dans la chambre de grand-père. Il dormait sur un canapé-lit qu'il n'ouvrait jamais parce qu'à l'intérieur était caché je ne sais quel tas de vêtements et des coupons de tissus protégés des mites grâce à des bottes de millepertuis. Les mites avaient peur du millepertuis et ne pénétraient pas dans le canapé, mais à la place s'y étaient installés de petits scarabées marron qui craignaient seulement le doigt puissant de grand-père et dont la mise à mort était accompagnée d'une puanteur étourdissante. Outre le canapé aux scarabées, il y avait dans cette pièce une table, une desserte, un immense buffet que grand-mère qualifiait de sarcophage, un téléviseur et deux tabourets. Le haut du buffet était entièrement encombré de souvenirs de grand-père. En tant que comédien, il avait beaucoup voyagé dans de nombreuses villes pour donner des soirées et il en avait rapporté des ours en bois avec un tonnelet, une Mère-Patrie en bronze tenant un glaive, un obélisque avec l'inscription «Personne n'est oublié, rien n'est oublié» ou un insigne en ivoire commémorant les «390 ans de Tobolsk». Chacun de ces souvenirs provoquait un déluge de malédictions sur grand-père.

— Il faut le faire, quand même, rapporter toute cette camelote à la maison ! vitupérait grand-mère contre une assiette décorée portant une inscription en ukrainien — *Course de taureaux* — et un Ilia de Mourom sculpté dans une petite souche d'arbre. Quand on t'enterrera, on ne pourra même pas tout mettre dans ton cercueil !

— Qu'est-ce que tu veux que je fasse, Nina, on me les offre…, répondait grand-père en installant le preux Ilia de Mourom entre un tank en fer-blanc de la division Taman et un buste en bronze de Maxime Gorki perdu dans ses pensées.

— On te les offre, mais tu n'es pas obligé de les prendre !

— C'est gênant.

— Alors, tu les prends et tu les laisses à l'hôtel. Ou tu les donnes aux contrôleurs dans le train.

— Mais comment veux-tu que je les « donne », ce sont des cadeaux, tout de même…, insistait grand-père d'une voix hésitante en calant amoureusement sa *Course de taureaux* contre un porte-cigarettes musical représentant trois volumes des œuvres de Lénine. La *Course de taureaux* avait du mal à tenir, elle roula par terre en entraînant un jeune Moldave coiffé d'un grand bonnet, et l'un et l'autre s'éparpillèrent en une multitude de tessons.

— C'est parfait, tout ça ne vaut même pas une lichette de merde ! se réjouit grand-mère. Moi, je concasserais bien tout ça, et même sur ton crâne !

— Je n'arriverai pas à les recoller…, bougonnait grand-père en ramassant les débris.

Si le haut du buffet était obstrué par les souvenirs de grand-père, personne ne savait au juste ce dont ses tiroirs étaient bourrés. Deux ou trois fois, je les avais ouverts et j'y avais vu des disques, des pelotes de laine, des bouteilles de vin empoussiérées, de la vaisselle. Ces objets n'étaient jamais sortis de là et justifiaient pleinement le nom attribué au buffet : un sarcophage. Nous ne possédions pas de tourne-disque, grand-mère ne tricotait pas, et pour boire du vin ou sortir la vaisselle, il aurait fallu recevoir des invités, or il n'en venait aucun.

Grand-mère m'avait interdit d'ouvrir le buffet et de toucher aux bibelots qui s'y trouvaient, parmi lesquels j'avais remarqué une voiture en bois — une Pobieda dont la roue de secours avait été transformée en pendule. Elle affirmait qu'il s'agissait d'objets qui ne lui appartenaient pas. Elle prétendait que des gens partis on ne sait où lui avaient laissé la garde de toutes ces choses. Même la boîte de bonbons acidulés n'était pas à elle, et elle soutenait qu'un général l'avait laissée en dépôt. Une fois, je l'avais malgré tout serrée dans mes mains, mais, en l'examinant attentivement, j'avais lu l'inscription : « S^{té} Babaïev ». M'étant mis en tête que Babaïev était le nom du général, et Sté son étrange prénom, j'avais aussitôt remis les bonbons à leur place. Il valait mieux ne pas entretenir de relations avec un homme qui s'appelle Sté Babaïev.

La seconde pièce était appelée la chambre. Là se trouvaient deux énormes armoires remplies d'on ne sait quoi, comme le buffet de grand-père, un miroir terni dans un cadre, des tables de nuit de part et d'autre, un immense lit à deux places dans lequel grand-mère et moi dormions. Du côté de grand-mère était placée une autre table de nuit où elle gardait mes analyses, et du mien, les dossiers de trois chaises étaient coincés contre le lit afin que je ne tombe pas la nuit. Sur leur siège étaient généralement posées mes affaires : des gilets de laine, des chemises de flanelle, des collants. Je détestais ces collants ! Grand-mère ne m'autorisait pas à les ôter, même la nuit, et je m'y sentais en permanence à l'étroit. Si par quelque hasard je me retrouvais au lit sans en être affublé, c'était comme si mes jambes plongeaient dans une tiédeur agréable, je les agitais alors sous la couverture, m'imaginant en train de nager.

On a compris à quoi ressemblait notre cuisine quand j'ai parlé de la théière qui était posée à l'endroit le plus visible. Je peux ajouter, toutefois, que tout l'appartement était constitué d'endroits « les plus visibles », en fait. Partout s'entassaient des objets dont personne ne connaissait l'usage, des boîtes dont on ignorait qui les avait apportées, des paquets enveloppant on ne sait quoi. La table de la cuisine était entièrement recouverte de boîtes de médicaments et de flacons. Quand grand-père et moi déjeunions ensemble, il fallait les écarter, et certains d'entre eux, ne supportant pas notre voisinage, tombaient par terre à l'autre extrémité de la table. Au-dessus des armoires étaient disposées, selon la saison, des kyrielles de pommes, de bananes ou de kakis qui achevaient de mûrir. Parfois, les kakis devenaient blets et de minuscules mouches voletaient autour d'eux. Elles tournoyaient en permanence au-dessus de boîtes posées sur la paillasse de l'évier et remplies d'épluchures fraîches et d'autres petits déchets que grand-mère réservait pour les oiseaux. Elle étalait sur le sol du couloir des journaux qu'elle changeait au fur et à mesure qu'ils se périmaient. Elle craignait les infections, ébouillantait les cuillers et les assiettes, mais disait qu'elle n'avait pas la force de faire le ménage.

Deux réfrigérateurs constituaient les éléments les plus intéressants de notre intérieur. Dans l'un étaient gardés les aliments et les conserves qu'emportait à la pêche le vieux chourineur; le second était bourré de bonbons au chocolat et de conserves destinés aux médecins. Grand-mère offrait le caviar et les meilleurs bonbons aux homéopathes et aux professeurs de médecine; les bonbons ordinaires et les conserves, de saumon par exemple, étaient réservés aux médecins traitants du dispensaire; les chocolats et les sprats étaient pour les médecins de garde et les infirmières qui venaient me faire des prises de sang.

La journée que je vais décrire dans ce récit commença de la façon suivante : tandis que grand-mère prenait dans l'un des réfrigérateurs les bonbons de première qualité pour l'homéopathe, elle abreuvait d'injures grand-père qui venait de sortir du second réfrigérateur les conserves les plus médiocres pour aller à la pêche, parce que les meilleures pouvaient encore attendre, alors que les moins bonnes étaient là depuis longtemps et risquaient de se gâter à tout moment.

— Quand je m'échinais avec notre fille, toi, tu flânais; quand ton petit-fils est en train de crever, toi, tu flânes. Tu as été un traître et tu restes un traître ! s'exclama-t-elle en triant les boîtes de bonbons, parmi lesquelles de nombreuses étaient ratatinées à force d'être stockées et n'étaient désormais plus bonnes qu'aux médecins traitants. En plus, tu as une voiture jaune, et le jaune c'est la couleur de la trahison, quelle autre voiture tu aurais pu choisir, espèce de judas de province ?! Je t'ai dit, il y a une semaine, que je devais voir l'homéopathe aujourd'hui, mais qu'est-ce que ça peut te faire ? Tes propres intérêts sont supérieurs à tout le reste ! Peu importe, tout se paye. Dieu fasse que ce soit ta dernière journée de pêche ! Tu vas peut-être t'empoisonner avec tes conserves, tu parles, elles datent de la Première Guerre mondiale.

— Nina, j'ai promis à Liécha, fit-il d'un air pas vraiment coupable, mais comme s'il doutait de son bon droit, puis, après un silence, il ajouta : Ça fait un mois.

On sonna à la porte.

— Ouvre, Nina, c'est Liécha !

Après avoir essuyé contre la manche de sa robe de chambre, copieusement ravaudée aux coudes, la boîte de bonbons choisie pour l'homéopathe, grand-mère alla ouvrir.

— Je vais l'envoyer balader, ton Liécha, et il en oubliera son chemin…, martela-t-elle en manipulant la serrure qui fonctionnait mal et se coinçait fréquemment.

— Bonjour, Nina Antonovna. Je peux ? demanda Liécha, un retraité qui s'était lié d'amitié avec grand-père à l'époque où il travaillait comme tailleur dans un atelier au rez-de-chaussée de notre immeuble.

— Impossible ! Je ne veux pas vous voir chez moi, espèces de sadiques ! Des pêcheurs… Mais vous êtes des bourreaux ! La passion du meurtre ne vous lâche pas, vous ne savez pas comment la satisfaire. Vous avez peur de tuer un homme, alors vous vous contentez d'exterminer des petits poissons. Ce sont des trouillards de votre genre qui ont inventé la pêche.

— Mais toi, tu en manges bien, du poisson ! la piqua au vif grand-père en faisant un clin d'œil à Liécha qui entrait.

En sa présence, il devenait toujours plus joyeux.

56

— Étouffe-toi avec ton poisson ! J'en donne au gosse, et moi je n'en mange que parce que j'ai le foie malade et que la viande m'est interdite. Tu n'as jamais songé à ma santé. Si tu me consacrais ne serait-ce qu'une infime partie du temps que tu passes avec ta voiture et à la pêche, je serais Shirley MacLaine !

Liécha, qui avait l'habitude de ce genre de scène, s'assit sans rien dire sur le canapé de grand-père et appuya son menton sur sa canne à pêche repliée.

— Ça fait dix ans que je te demande de t'occuper de mes dents. Et alors ? Une seule fois tu m'as emmenée faire une radio. Tiens, regarde dans quel état elles sont, maintenant !

Grand-mère lui exhiba les quelques chicots cariés qui lui restaient et qui poussaient dans tous les sens.

— Dès qu'il y a quelque chose de branlant dans ta voiture, tu parles, tu l'emmènes tout de suite se faire rafistoler ! Tu n'as qu'à te fracasser dans ta voiture !

— On y va, Liécha ! dit-il en ramassant ses lignes et son sac à dos.

Grand-mère se tenait à côté de lui, et en mettant son sac sur l'épaule, il la frôla.

— Vas-y, pousse-moi ! vociféra-t-elle en le suivant jusqu'à l'ascenseur. Le destin te poussera de sorte que tu ne retrouveras pas tes esprits ! C'est ton sang qui répondra de mes larmes ! Toute ma vie, j'ai été seule ! Toutes les joies sont pour toi, moi je suis écrasée sous le poids des tracas ! Sois maudit, traître abhorré !

Elle claqua la porte derrière lui, puis essuya ses larmes qui jaillissaient. Et elle me dit :

— Ce n'est pas grave, mon petit Sacha, on ira en métro. Qu'il s'étouffe de ses propres mains, de toute façon il n'y a rien à en attendre.

— Mais pourquoi on va voir un homéopathe ?

— Pour ne pas crever ! Ne pose pas de questions stupides.

On sonna de nouveau à la porte.

— Il a oublié quelque chose, ce vieux chibre…, grommela grand-mère. Je vais te l'envoyer… Qui est là ?

— C'est moi, Nina Antonovna, fit derrière la porte Tonia l'infirmière.

Dans sa blouse elle ressemblait à un papillon blanc et elle venait une fois par semaine me prélever du sang au bout d'un doigt pour faire une analyse. Ensuite, grand-mère montrait ces analyses aux spécialistes afin d'établir une « courbe ». Mais il n'y avait toujours pas de courbe, bien que Tonia nous rendît visite depuis plusieurs mois.

— Ma petite Tonia, vous êtes mon rayon de soleil, bonjour ! fit grand-mère tout sourire, mais elle n'ouvrit la porte qu'après s'être empressée de cacher sous un journal les bonbons réservés à l'homéopathe. Nous vous attendions, comme la lumière du jour à la fenêtre ! Entrez !

Tonia ouvrit sur la table sa mallette spéciale, elle en sortit des tubes de verre et me frotta un doigt avec un coton imbibé d'alcool.

— Que se passe-t-il, Nina Antonovna, j'ai l'impression que vous avez pleuré ? demanda-t-elle en soufflant dans un tube pour le dépoussiérer.

— Ah, ma petite Tonia, comment ne pas pleurer avec une vie pareille ! se lamenta grand-mère. Je hais Moscou ! Depuis quarante ans, je ne vois rien d'autre ici que du chagrin et des larmes. J'ai vécu à Kiev, et quelle que soit la compagnie, j'étais une meneuse, la première à entonner un chant.

J'adorais réciter des poèmes de Chevtchenko en ukrainien !

> *Ma pauvre âme, pourquoi pleurer avec ardeur ?*
> *Quelle est ta douleur ? Ne te penches-tu pas,*
> *N'entends-tu pas quelqu'un pleurer ?*
> *Regarde, sois surprise. Je vais m'envoler.*

Je voulais faire du théâtre, mais mon père me l'a interdit, j'ai donc travaillé au parquet général. C'est alors que l'autre a fait son apparition. Un acteur du Théâtre d'art qui était en tournée à Kiev. Il m'a dit : on se marie, je t'emmène à Moscou. Moi, je me suis mise à rêver, comme une petite idiote de vingt ans ! Je pensais que j'allais voir du monde, j'ai songé au Théâtre d'art, je me suis dit que je me ferais des relations… Tu parles !

Tonia me piqua le doigt et fit couler le sang dans un tube capillaire. Grand-mère poursuivit son récit en essuyant ses larmes :

— Il m'a flanquée dans une chambre de neuf mètres carrés, et on a eu tout de suite un enfant… Aliocha ! Une merveille de garçon ! À un an, il parlait déjà ! Je l'aimais plus que ma propre vie. C'est alors que la guerre a éclaté et que ce traître m'a forcée à partir en évacuation. Je l'ai supplié à genoux pour qu'il me laisse à Moscou ! Il m'a envoyée à Alma-Ata, et c'est là que mon Aliocha est mort de diphtérie. Et puis Olia est née : elle était tout le temps malade. Tantôt la coqueluche, tantôt les oreillons ou la jaunisse. Je me tuais à la tâche en m'occupant d'elle, et pendant ce temps, lui, il partait en tournée et allait chez nos voisins, les Rozalski, faire des parties de dames. Et c'est comme ça depuis quarante ans. Maintenant, il ne va plus en tournée, mais il enchaîne les soirées, il va à la pêche et il se consacre à des activités sociales : monsieur joue les sénateurs ! Moi, comme toujours, je me retrouve avec un enfant malade. Qu'est-ce que ça peut lui faire : Nina s'occupe de tout ! Un vrai cheval de trait ! Et si elle ne tient pas le coup, il se trouvera une jeunette. N'importe laquelle se mettra avec lui pour un appartement et une voiture, et elle ne prendra pas garde que c'est un étron de soixante-dix ans qui porte des caleçons rapiécés.

Tonia répartit le sang dans les différents tubes et, après avoir comprimé mon doigt avec un coton imbibé de teinture d'iode, elle rangea ses affaires.

— Merci, ma petite Tonia, pardonnez-moi d'avoir pleurniché devant vous, dit grand-mère. Mais quand toute sa vie on est seule, on a envie de partager ses sentiments avec quelqu'un. Restez un instant, je veux vous faire un petit cadeau, vous êtes un tel soutien pour nous.

En disant cela, grand-mère ouvrit le réfrigérateur au contenu précieux et en sortit une boîte de conserve.

— Tenez, mon soleil, c'est une boîte de sprats. Je comprends que ce n'est pas grand-chose, mais j'ai très envie de vous remercier, et je n'ai rien d'autre, tout simplement.

L'étourderie de grand-mère me stupéfia. Je connaissais parfaitement le contenu de ce réfrigérateur et je voulus lui rappeler qu'on pouvait remercier Tonia avec autre chose encore.

— Pourquoi tu dis qu'il n'y a rien d'autre ?! m'exclamai-je en ouvrant en grand la porte du réfrigérateur. Et le sau… mon ?! Et tout le caviar qui est là-dedans ?

— Idiot, ce sont des conserves de l'an dernier !
m'interrompit grand-mère. Tu t'imagines que je peux
donner à notre petite Tonia des produits qui ne sont
pas frais ?!

— Au revoir, Nina Antonovna ! Au revoir, Sacha…,
fit l'infirmière, qui se hâta vers la porte d'entrée après
avoir alourdi la poche de sa blouse d'une boîte de
sprats, ronde et plate, puis sortit de l'appartement.

— Eh bien, moi qui croyais qu'il n'existait pas dans
la nature d'abruti plus fieffé que ton grand-père ! Tu
l'as surpassé, dit grand-mère après avoir refermé la
porte derrière Tonia. Qui t'a mis dans le même bour-
bier ? « Et le sau… mon !… » Je vais t'en donner tellement, du saumon, que tu vas oublier jusqu'à ton
nom ! Le saumon, il est pour Galina Sergueïevna, et
le caviar, il est pour le professeur. Habille-toi, crétin,
il est temps d'aller voir l'homéopathe. Avant qu'on y
arrive en métro, il aura cessé de nous attendre. Que
cette voiture s'effondre sous ton grand-père, comme
ma vie s'est effondrée ! Habille-toi…

Grand-père et Liécha pêchaient, assis sur la berge
d'une retenue d'eau. Liécha guettait la sonnette de sa
ligne lancée loin à la surface et écoutait d'une oreille
distraite les propos de grand-père, installé près de
lui avec sa canne.

— C'est dur, tu sais, Liécha, je n'ai plus de force, se
plaignait grand-père en regardant de temps à autre le
flotteur effilé muni d'une plume d'oie. J'ai déjà songé
deux ou trois fois à m'enfermer dans mon garage,
puis à démarrer le moteur, et la question est réglée…
La seule chose qui me retient, c'est que je n'ai personne à qui la confier. Elle me maudit parce que je
donne des spectacles, que je vais à la pêche, mais où
veux-tu que j'aille ? Je me suis imposé au conseil de

quartier, au syndicat aussi, rien que pour ne pas rester à la maison. Tiens, demain je distribue les bons de séjour pour les vacances, c'est déjà quelque chose, ça me fait passer une journée. Personne ne donne ce genre de soirées comme moi. Tantôt à Rostov, tantôt à Moguilev, tantôt je ne sais où. Tu crois que ça m'amuse vraiment ? Au moins, je suis à l'hôtel, au calme, et parfois je suis bien reçu. Et il suffit que je passe plusieurs jours chez moi pour que je sente mon cœur défaillir. Elle m'épuise à en mourir. Elle est tantôt Desdémone, tantôt Anna Karénine. Pourquoi tu m'as emmenée de Kiev, pourquoi tu m'as envoyée en évacuation, pourquoi tu m'as enfermée à l'hôpital psychiatrique ?…

— À l'hôpital psychiatrique ?

— Mais c'est une malade mentale, Liécha. Il y a trente ans, elle avait la manie de la persécution. Elle a raconté je ne sais quelle anecdote au sujet du tsar, et quelques jours plus tard des mouchards sont venus, ils ont emmené Fedka Sielberman, un médecin qui logeait dans l'appartement d'à côté, et ils l'ont interrogé à son sujet : « Qui est-ce, pourquoi cette femme si jeune ne travaille nulle part ? » Il leur a expliqué qu'elle s'occupait de son enfant, n'est-ce pas ? Elle, elle a été prise de panique : « On va me mettre en prison, on va m'emmener… » Elle s'est précipitée chez Verka, la voisine, qui lui a répliqué vertement : « Mais bien sûr qu'on va te mettre en prison ! J'en connais un qu'on a mis en prison pour avoir raconté une anecdote et un autre qu'on a arrêté ! » Tu peux pas savoir comme ça l'a travaillée, Liécha. Je lui avais rapporté de Yougoslavie un manteau de fourrure : elle l'a mis en lambeaux. Un flacon de Chanel : elle l'a brisé. Elle me disait qu'ils allaient venir faire une perquisition, qu'ils trouveraient ces cadeaux et diraient qu'elle a des liens avec l'étranger. Si dans un trolleybus quelqu'un lui jetait un coup d'œil, elle en sortait précipitamment et prenait un taxi. Elle cachait sa fille sous une couverture et lui chuchotait : «Ma petite fille, on va m'arrêter, sois débrouillarde, obéis à papa.» On m'a conseillé de la faire hospitaliser, et je l'ai fait. On l'a tellement piquée qu'elle en avait des cloques, et ça a été pis encore. Depuis, la vie est devenue insupportable. On me conseille maintenant de la faire hospitaliser, ne serait-ce que pour un mois. L'époque est tout de même différente, il est possible de discuter avec les médecins, de rendre visite aux malades. Mais je ne peux pas ! Voilà trente ans qu'elle me maudit à cause de la première fois, elle me traite de renégat, alors qu'est-ce que je peux faire aujourd'hui ? Et qui va s'occuper de Sacha ? Ce gamin est tout le temps malade et il ne survit que grâce à elle.

— Et que fait sa mère ?

— Sa mère ! Mémé l'a maudite, et à juste titre ! Sacha a vécu avec elle jusqu'à l'âge de quatre ans. Sa grand-mère allait chez eux presque tous les jours, elle les aidait. Elle lavait les langes, préparait les repas. Toute la maison reposait sur ses épaules. Puis Olia a divorcé. Sacha avait alors trois ans et je lui ai fait une proposition : «Olia, viens chez nous avec ton fils, grand-mère est folle de Sacha, on va vivre tous ensemble. On mettra ton appartement en location et la vie sera plus facile pour tout le monde.» Elle m'a répondu : «Non, je ne veux pas dépendre de vous, je ne peux pas vivre avec ma mère.» J'ai insisté, et je lui ai dit : «Ton gamin est malade, ça va être difficile pour toi. Installe-toi chez nous.» Elle était sur le point d'accepter quand l'autre nabot nous est tombé dessus sans crier gare…

— Un nain ?

— Non, pas un nain, mais il est de cette taille, Liécha !

Grand-père leva la main à un mètre du sol.

— Un artiste ! Tu parles ! C'est un pauvre type, un ivrogne, et tu sais d'où il vient en plus ? De Sotchi !

— L'amour est aveugle…, fit Liécha en riant.

— J'ai failli avoir un deuxième infarctus ! Elle prétend qu'il a du talent, mais il faut être une idiote pour ne pas comprendre que la seule chose dont il a besoin, c'est d'un permis pour résider à Moscou ! Enfin quoi, il n'y a pas assez d'alcooliques de talent dans la capitale ?! Mais, crois-moi, Liécha, j'aurais tout pardonné — qu'il soit un nabot, qu'il boive, qu'il veuille être régularisé. À elle de s'en tirer, si elle est bête à ce point ! Mais qu'elle ait trahi son gosse à cause de lui, ça, jamais je ne le pardonnerai ni à lui ni à elle. Elle a emmené Sacha en vacances à Sotchi pour qu'il fasse sa connaissance, et elle l'a ramené avec une pneumonie pour nous le laisser, puis elle est repartie là-bas le jour même. Je ne sais pas si son nabot est tombé malade lui aussi ou s'il a pris une cuite.

— Ouais…, fit Liécha d'un ton réprobateur en rembobinant son moulinet.

— Après ça, mémé et moi, on a décidé de ne pas lui rendre Sacha. Un enfant ne peut pas avoir une mère pareille ! Quand elle est revenue, on le lui a annoncé. Mais elle, la salope, tu sais ce qu'elle a fait ? Elle a attendu qu'il se rétablisse, elle l'a guetté dans la cour pour l'emmener. Ce bêta, il l'a suivie, bien entendu, c'est sa maman tout de même, et il n'était pas capable de comprendre qu'il n'avait rien à faire d'une mère pareille. Mémé courait dehors en vociférant de toutes ses tripes. C'était affreux… Les gardiennes ont dit qu'elle l'avait emmené au cirque. J'ai alors pris ma voiture, j'y suis allé avec mémé. On est arrivés juste pour l'entracte. Ils étaient sortis. Lui suffoquait, le visage gonflé, les yeux remplis de larmes. Parce qu'il est allergique, et il y a des animaux au cirque. Quand mémé l'a vu, elle a failli tomber dans les pommes. J'ai mis le garçon dans la voiture et je l'ai emmené. Et ça fait cinq ans qu'il vit avec nous. Elle, elle est avec son nabot. Il s'est installé chez elle il y a deux ans.

Liécha poussa un sifflement

— Et comme ça, elle a oublié son enfant ?

— Au début, elle a pleuré, elle nous a demandé de lui rendre son fils. Le nabot s'en est mêlé. Il m'a écrit une lettre ! « Vous n'avez pas le droit… Vous forcez un enfant à trahir sa propre mère… » Il va me faire un cours de droit, ce foutu ivrogne ! Et puis tout s'est tassé. À présent, elle vient de temps en temps, chaque fois elle fait une scène à mémé, elle la pousse à la crise de nerfs. Elle prétend qu'on lui a volé son enfant. L'idiote ! Chez elle, il aurait crevé. Il faut s'en occuper du matin au soir, l'emmener chez les médecins, alors qu'elle, elle n'a en tête que ce connard et ses œuvres d'art. Il a bourré tout son appartement de ses « créations », appartement, soit dit en passant, que j'ai fait construire pour ma fille, pas pour qu'il en fasse son atelier. Et tu sais la goujaterie qu'il m'a sortie ? On voulait envoyer Sacha se reposer avant qu'il entre à l'école, alors il m'a fait cette proposition : « Ma maison de Sotchi est libre, vous pouvez y aller pour l'été. » Lui, il s'incruste dans mon appartement et il me dit que sa maison est libre ! C'est incroyable !

— Mais pourquoi ? demanda Liécha, surpris de l'indignation de grand-père, tout en coupant une tranche de pain pour se faire un sandwich. Tu aurais dû accepter et y aller.

— À Sotchi ?! Après son voyage là-bas, Sacha a eu deux autres pneumonies. À moins de souhaiter sa mort… Tu ne manges pas le croûton ? Donne-le-moi pour mémé, elle ne digère pas la mie… Merci. Je lui ai alors payé un séjour à Jéleznovodsk. Mémé et le gosse y sont allés : elle est restée à la maison de repos des adultes, lui à celle des enfants. Il y avait des médecins, des soins, des régimes spéciaux. Il s'est reposé tout l'été et il s'est soigné. À peine rentré, il est retombé malade. Il est toujours malade, ce gamin. S'il était en bonne santé, il vivrait peut-être avec sa mère, et on aurait moins de soucis, mais maintenant on ne peut pas le laisser partir. Il crèvera si on n'est pas là. Aujourd'hui, ils sont encore allés voir un homéopathe…

— Bonjour, bonjour ! fit un très vieil homéopathe en nous accueillant, grand-mère et moi.

— Pardonnez-moi, au nom du Ciel, s'excusa grand-mère en franchissant la porte. Pépé ne nous a pas emmenés en voiture et il a fallu se traîner jusqu'ici en métro.

— Ce n'est rien, ce n'est rien, l'excusa volontiers le médecin, qui se pencha vers moi pour me demander : C'est donc toi, Sacha ?

— Oui, c'est moi.

— Pourquoi es-tu si maigre, Sacha ?

Quand on parlait de ma maigreur, j'étais toujours vexé, mais je prenais sur moi et je me résignais. Je me serais bien résigné cette fois encore, mais quand grand-mère et moi, nous étions sortis de notre immeuble, l'une des gardiennes avait chuchoté à l'autre :

— Comme elle se démène, la pauvre. Elle emmène encore ce rachitique chez le médecin.

Toute ma résignation avait été consacrée à ne pas répondre à ce qualificatif de « rachitique » avec l'une des formules de grand-mère, et je n'en avais plus suffisamment pour l'homéopathe.

— Et vous, pourquoi vous avez d'aussi grandes oreilles ? lui demandai-je d'un ton vexé en pointant un doigt vers les oreilles du médecin, qui le faisaient véritablement ressembler au vieux Yoda.

Le médecin faillit s'étrangler.

— Ne faites pas attention, Aron Moisséïévitch ! intervint grand-mère, prise de panique. Il a la tête malade ! Allons, dépêche-toi de t'excuser !

— Du moment qu'il est malade, il n'y a pas lieu de lui demander des excuses ! dit-il en éclatant de rire. Il s'excusera quand nous l'aurons guéri. Passons dans mon cabinet.

Les murs du cabinet étaient décorés de pendules anciennes et, désirant exprimer mon admiration, je dis d'un ton respectueux :

— Il y a de quoi voler, chez vous.

À cet instant, je vis de nombreuses icônes dans la pièce voisine et je m'exclamai triomphalement :

— Oh-oh ! Là, il y en a encore plus !

— C'est un idiot, que voulez-vous ? intervint encore une fois grand-mère pour calmer l'homéopathe qui avait de nouveau failli s'étrangler...

— Tu m'as bien ridiculisée, dit-elle quand nous fûmes dans la rue. Il est convaincu maintenant que nous élevons un voleur. « Et le sau... mon »... « Il y a de quoi voler »... Ça c'est de la spontanéité de débile ! Pour ce qui est de voler, certes, il y a de quoi. À cinquante roubles la visite. Le filou ! Mais il faut réfléchir avant d'ouvrir la bouche.

Grand-mère m'expliquait souvent ce qu'il fallait dire et quand il fallait le dire. Elle m'enseignait que la parole est d'argent et que le silence est d'or, qu'il y a de pieux mensonges et qu'il vaut mieux mentir parfois, qu'il faut toujours être aimable, même si on n'en a pas envie. Elle suivait sans déroger le principe du pieux mensonge. Si elle arrivait en retard chez quelqu'un, elle prétendait s'être trompée d'autobus ou avoir été contrôlée ; si on lui demandait où grand-père était parti jouer, elle répondait qu'il ne jouait pas mais était à la pêche, afin que les amis n'aillent pas croire qu'il gagnait beaucoup d'argent, qu'ils soient jaloux et qu'ils lui jettent le mauvais œil. Grand-mère était toujours aimable.

— Au revoir, ma très chère Zinaïda Vassiliévna, dit-elle un jour, tout sourire, en prenant congé d'une amie. Soyez en bonne santé. Le principal, c'est la santé, le reste suivra. Mes salutations à Vanétchka. Il est en quelle classe déjà ?

— En CM2, avait répondu la dame, rayonnante.

— C'est un garçon intelligent, on en fera quelque chose. Tous mes vœux de santé à lui aussi, et qu'il n'obtienne que des vingt.

Et dès que nous fûmes un peu plus loin, grand-mère sortit :

— Elle a piqué un appartement de trois pièces à la coopérative, la salope : qu'elle crève ! Et elle a dégoté une sinécure pour son idiot de fils. Tout ce qu'ils possèdent, ces gens-là, ils l'ont chapardé. C'est pas comme ton grand-père, ce vieux schnock. Ça fait dix ans qu'il est au conseil de quartier, et pendant toutes ces années il ne s'est servi que d'un bon de séjour à Jéleznovodsk. Monsieur est gêné, voyez-vous…

En suivant les principes du pieux mensonge et de l'amabilité obligatoire, il arrivait à grand-mère d'oublier que les paroles sont d'argent et le silence est d'or : parfois elle se trahissait avec du « saumon » plus gravement que moi-même. En sortant de chez l'homéopathe et en écoutant les reproches concernant ma spontanéité, je me souvins que, quelques jours plus tôt, nous étions allés au dispensaire pour une piqûre de cocarboxylase. Avant de partir — et je demande pardon pour ce détail délicat —, grand-mère me mit un suppositoire. Pourquoi elle me mettait des suppositoires, je l'ignore. J'espère que ce n'était pas pour déterminer, d'après les taches graisseuses que je laissais çà et là, quelles chaises j'avais utilisées et combien de fois. Ces suppositoires avaient une caractéristique épouvantable qui se manifesta un jour dans la salle d'attente d'un médecin où se trouvaient huit ou neuf personnes.

« Pou-ou-ou », entendit-on soudain provenant de ma personne, ce qui fit sourire tout le monde. Je me recroquevillai, épouvanté. « Péé-éé-éé », fis-je en modifiant le timbre de la chose qui n'en finissait pas. Tout le monde autour éclata de rire.

— Qu'est-ce que vous avez à rire, bande d'idiots ?! s'écria grand-mère. Cet enfant a un suppositoire dans le trou de balle ! Et ce bruit en est la conséquence. Ce n'est pas drôle !

Les gens qui se trouvaient dans la salle d'attente avaient une autre opinion et certains s'étaient même effondrés de leur chaise à force de se tordre de rire. Pour ce qui était de parler spontanément, grand-mère ne me le cédait en rien !

Alors que je réfléchissais pour savoir si je devais ou non le dire, je marchais sur les quais en compagnie de grand-mère, en direction du métro, et je regardais de l'autre côté de la Moskova où j'aperçus les attractions du parc de la Culture Gorki. J'en rêvais depuis longtemps, et il va en être question dans le récit suivant.

LE PARC DE LA CULTURE

Grand-mère se considérait comme une personne très cultivée et ne cessait de me le répéter. En outre, que je porte ou non des chaussures, elle me traitait de va-nu-pieds en se composant une figure olympienne. Je croyais les paroles de grand-mère, mais je ne pouvais comprendre, puisqu'elle était une personne aussi cultivée, qu'elle ne m'ait pas une seule fois emmené au parc de la Culture. Il doit y avoir là-bas, me disais-je, un tas de gens cultivés. Grand-mère les fréquenterait, elle leur parlerait des staphylocoques, pendant que moi, je profiterais des attractions.

C'était un vieux rêve. Combien de fois avais-je vu à la télévision des gens, la mine épanouie, assis sur des sièges multicolores, tourner sur un immense manège ! Combien de fois avais-je envié ces passagers, hurlant et hululant dans des wagonnets, qui montaient au sommet d'une montagne russe, puis se précipitaient en bas de ses entrelacs ajourés ! Combien de fois avais-je été fasciné par ces autos tamponneuses, munies d'un drôle de truc ressemblant à une antenne, qui se télescopaient, puis se dispersaient sur une piste rectangulaire, dans des gerbes d'étincelles.

Je formulais des hypothèses quant à la trajectoire qu'accomplirait chaque passager d'un manège si les chaînes de ses nacelles venaient à se rompre, sur ce qu'il adviendrait au cas où un wagonnet déraillerait des montagnes russes, sur la puissance du choc électrique que produiraient les étincelles émises par des autos tamponneuses, mais, en dépit de telles élucubrations, j'avais une envie folle de m'adonner à toutes ces attractions et je suppliais grand-mère de m'emmener au parc de la Culture. Elle, à l'inverse, n'en avait pas la moindre envie. Une fois, cependant, alors que nous revenions de chez l'homéopathe qui habitait à côté du parc Gorki, je réussis à l'y entraîner.

— Mémé, viens te promener juste quelques minutes dans le parc ! Je n'y suis jamais allé ! la suppliai-je, étant parvenu, je ne sais comment, à accumuler assez de culot pour lui faire une proposition pareille.

— Ce n'est pas la peine. Il n'y a que des alcooliques qui viennent là pour se soûler.

— Non, pas seulement… Je t'en prie, mémé. Allons-y ! Juste une petite demi-heure !

— Il n'y a rien à faire là-dedans.

— Dix minutes seulement ! Juste pour voir comment c'est !

— Bon, d'accord…

J'étais ravi que grand-mère accepte ! Je me voyais déjà au volant d'une auto tamponneuse, je goûtais d'avance aux sensations fortes que j'allais éprouver dans une cabine qui fait virevolter ses passagers aux accents d'une musique pleine d'entrain et, à peine passé la grille d'entrée du parc, j'attirai grand-mère du côté où, d'après mes suppositions, devaient se situer les attractions en question. Il n'y en avait aucune. Je m'imaginais que le parc serait bourré de montagnes russes et de manèges décorés de lampions multicolores, mais je ne voyais alentour que des fontaines et de belles allées recouvertes de sable rouge.

— C'est vrai que c'est bien, remarqua grand-mère en marchant d'un pas nonchalant dans l'allée. Bravo ! tu as su entraîner ta grand-mère. Elle n'a quand même pas à rester tout le temps dans le bordel de la maison.

Voir grand-mère d'une telle humeur était un événement rarissime et, dans ces moments-là, je jouissais toujours de cette paix. J'en aurais bien joui au moment présent également, mais je n'avais qu'une idée en tête : les attractions. Je regardai autour de moi et je me pris à penser avec terreur que je n'avais pas emmené grand-mère dans le bon parc, que celui que je tenais à visiter était ailleurs, et je me dis que nous ne parviendrions jamais à le trouver, car il me serait, bien entendu, impossible de convaincre grand-mère une seconde fois. Désespéré, je levai très haut mon regard et découvris ce que je n'avais pas perçu de prime abord, pour je ne sais quelle raison : une roue immense, ressemblant à celle d'un vélo, se dressait au-dessus des arbres. Elle tournait lentement et les cabines suspendues à la jante effectuaient un tour complet, hissant les passagers tout en haut et les ramenant en bas. Clouée à un arbre, une flèche en contreplaqué, portant l'inscription « Grande roue d'observation », indiquait la direction à prendre. Bien entendu, je voulus aussitôt pouvoir observer les alentours, et même si les cabines qui montaient jusqu'aux nuages me paraissaient assez effrayantes, je demandai à grand-mère :

— Viens, dépêchons-nous d'aller là-bas ! C'est une roue d'observation. De là, on découvre tout ce qu'il y a alentour.

Grand-mère leva un regard circonspect et me rétorqua d'une voix ferme :

— Idiot, on se retrouve la tête en bas. Pour y aller, il faut un certificat médical, et toi, avec ton hypertension crânienne, personne ne te le délivrera. Tu as compris ?

Il fallut aller plus loin.

Le parc était fort beau, mais seule grand-mère savourait cette beauté ; moi, je ne voyais rien en dehors des montagnes russes qui apparurent soudain devant moi. Le hululement joyeux des passagers, le grondement des wagonnets dans les courbes nous assourdirent quand nous nous approchâmes, mais avant de dire à grand-mère que c'était sur ces montagnes que je voulais absolument grimper, je les examinai attentivement pour m'assurer qu'il n'y avait pas quelque looping sournois à négocier, la tête en bas. Il n'y en avait apparemment aucun. Il ne fallait pas non plus présenter de certificat médical au contrôle, et c'est pourquoi, en me disant « c'est bon, cette fois je vais y faire un tour ! », je déclarai avec aplomb à grand-mère :

— On y va !

— Et quoi encore ! répondit-elle d'un ton tranchant.

— Mais on ne roule pas la tête en bas là-dedans !

— Oui, mais on en sort les pieds devant !

Un homme à barbichette, portant des lunettes, se retourna devant nous pour répliquer à grand-mère d'un air provocateur, presque en la brocardant :

— Mais enfin, mamie, il faut pas avoir peur ! Installe ton petit-fils, et vas-y, toi aussi, c'est super. Il y a des masses de gens qui y sont allés, et personne n'en est sorti les pieds devant, per-sonne…

— Eh bien soyez le premier à en sortir de cette façon ! Viens, Sacha.

L'homme resta bouche bée. La gaieté s'effaça de son visage aussi vite qu'une feuille emportée par le vent. Quand nous fûmes à une certaine distance, je me retournai et j'eus l'impression qu'il vendait des billets.

L'attraction suivante, à propos de laquelle je me disais « et hop, là je vais y faire un bon tour ! », c'était les autos tamponneuses. Elles représentaient mon rêve le plus cher. Et bien qu'il soit impossible de s'y retrouver pieds par-dessus tête, à moins de le désirer vraiment très fort, et qu'il n'y ait aucune contre-indication apparente, je ne parvins pas, malgré tout, à y faire un tour.

— Idiot, fit grand-mère. Ils se télescopent si fort que les gens en sortent tout cassés. Tu vois cette bonne femme qui vocifère ? Ça lui a cassé les reins.

« La pauvre », me dis-je.

Je ne réussis pas non plus à faire un tour de chenille. Grand-mère s'imaginait que je pouvais glisser sous les courroies et faire un vol plané chez la mère du diable. Je ne compris pas au juste de quelle mère il s'agissait. Pas de la mienne, c'est sûr.

Désespéré, je parcourais les allées du parc avec grand-mère. Nous nous sommes retrouvés dans un endroit isolé. Il n'y avait plus aucune attraction, mais toutes sortes de bouteilles vides portant de jolis noms près desquelles des pochards s'enivraient.

— On n'a donc fait aucun tour de quoi que ce soit, remarquai-je, désolé, en guise de conclusion… J'en avais une telle envie… Rien du tout… Dans aucune des attractions… Pourquoi être venu ici, mémé ?

— Je t'avais bien dit qu'on n'avait rien à y faire ! Mais tu es têtu comme un âne et tu rabâches : « Le

parc… le parc… » Regarde un peu autour de toi !
Qui est-ce qui vient ici ?

« Citoyens visiteurs, bougonna une voix mono-
corde et nasillarde dans un haut-parleur, nous vous
invitons à effectuer une promenade en barque. Le prix
de la location est de trente kopecks de l'heure. »

Une étincelle d'espoir jaillit dans mon cœur.

— Mémé, on y va !

— On va couler en enfer, sortons d'ici.

Cette fois, je n'avais même pas eu le temps de
penser « et hop là ! je vais faire du bateau ».

« C'est fini ! Je suis dans le parc, j'en ai tellement
rêvé, j'ai tellement attendu ce moment, et puis voilà…
J'ai roulé là-dessus, j'ai roulé là-dedans. Mais non »,
pensais-je en perdant tout espoir.

— Tu veux une glace ? fit la voix de grand-mère
qui me sortit de ma rêverie pleine de désolation.

— Oui !!

J'étais fou de joie. Je n'en avais jamais mangé.
Grand-mère s'achetait souvent un esquimau ou
quelque friandise, mais elle m'interdisait d'y donner
ne serait-ce qu'un coup de langue, ne m'autorisant
qu'à goûter le nappage de pépites de chocolat, à la
condition que je boive immédiatement après du thé
brûlant. Était-il possible que maintenant, comme
tout le monde, j'aille m'asseoir sur un banc et que
je croise les jambes pour manger toute une glace ?
Ce n'était pas possible ! La manger, puis m'essuyer
les lèvres et jeter l'emballage dans une corbeille.
Génial !

Grand-mère acheta deux esquimaux. J'allais
tendre la main quand elle en déposa un dans son sac,
avant de déballer le second dans lequel elle planta
ses dents.

— Je te donnerai le tien à la maison avec du thé, sinon tu vas encore pourrir pendant un mois, m'expliqua-t-elle.

Puis elle s'assit sur un banc, croisa les jambes, mangea l'esquimau, s'essuya les lèvres et jeta l'emballage dans une corbeille.

— Délicieux ! conclut-elle après avoir mangé la glace. On y va.

— D'accord, dis-je en traînassant derrière elle. C'est bien vrai que tu me donneras le mien à la maison ?

— Pourquoi crois-tu que je le charrie dans mon sac ? répondit-elle comme s'il s'agissait non d'une glace, mais de deux briques. Bien sûr que je te le donnerai !

« Bon, alors ça peut encore aller… », me dis-je en songeant à ma pauvre vie. Mais quand j'aperçus une salle de jeux électroniques, quand j'entendis des « tic-tic-tac » et que j'appris que grand-mère était d'accord pour aller y faire un tour et me donner une pièce de cinq kopecks pour une partie, j'estimai que la vie était redevenue belle.

Je gravis quatre à quatre les marches qui menaient à la salle et aussitôt, trébuchant sur la dernière, je m'étalai par terre, après être entré tête la première dans une « Chasse sous-marine ».

— Tu parles d'un invalide ! fit derrière moi la voix de grand-mère. Tu ne tiens plus sur tes jambes ! ajouta-t-elle, mais, après avoir trébuché sur la même marche, elle dut enlacer la « Bataille navale » pour ne pas tomber à son tour. Ils ont mis le perron de travers, ces salauds ! Qu'ils trébuchent toute leur vie ! Viens, mon petit Sacha, on fiche le camp d'ici.

— Quoi ? Partir comme ça du parc ? Sans avoir roulé sur quoi que ce soit ni joué à rien ? Je t'en prie, mémé ! la suppliai-je.

— Bon, d'accord, joue ! Mais vite fait. Le vieux chourineur va bientôt revenir de la pêche et il va vouloir bouffer. Tu fais un jeu et un seul, puis on file.

Un seul, c'était vexant, mais tout de même mieux que rien. Je pris une pièce de cinq kopecks et allai au « Sauvetage en mer ». Là, je lus les règles du jeu inscrites sur une plaque métallique. Elles étaient simples : en se servant des manettes « haut-bas » et « vitesse », il fallait piloter un hélicoptère pour sauver des hommes qui avaient subi une catastrophe en mer. Le jeu consistait à récupérer l'un sur une poutre, l'autre sur un phare, etc. Pour chaque sauvetage, on obtenait un point. Entre les manettes, il y avait un compteur. Je glissai ma pièce de cinq kopecks dans une fente et je commençai à jouer, mais à cause de ma petite taille je ne pouvais voir l'écran où se trouvaient l'hélicoptère et les hommes qui attendaient que je vienne à leur secours. Dans ces conditions, je décidai que pour rendre ma mission plus complexe encore il fallait jouer au hasard, à l'aveuglette en quelque sorte. Des gémissements effrayants et un vacarme épouvantable ne cessaient de provenir de l'appareil.

— Mais tu te diriges vers les rochers ! hurla grand-mère en regardant par-dessus ma tête. Soulève celui-ci de la banquise ! Vole plus bas, crétin !

— Mais arrête de me donner des conseils ! Je sais ce que je dois faire, répliquai-je en estimant que j'étais plus expert que grand-mère en matière de sauvetage en mer, tout en continuant à actionner les manettes avec application. Mais le compteur qui restait à zéro et les vociférations de grand-mère, pour qui j'étais un pilote d'hélicoptère aussi efficace qu'une balle de merde, finirent par m'interpeller. Je suivis son regard et je compris ce qui se passait…

À côté de l'appareil se trouvait un tabouret spécialement conçu pour les gens de petite taille, comme moi. Je montai dessus et je vis la mer, les rochers, l'hélicoptère et les hommes qui avaient subi une catastrophe. Je tirai une manette, l'hélicoptère obtempéra et prit de la hauteur. Mais soudain l'écran s'éteignit, la partie était terminée.

— C'est fini, on y va, trancha grand-mère.

— Encore une petite partie, je n'ai pas joué comme il fallait ! Je n'ai pu sauver personne ! l'implorai-je.

— On y va, ça suffit.

— Juste une fois encore, et j'arrête ! Il faut quand même que je sauve quelqu'un !

— On y va, parce que sinon je vais t'en flanquer une qui fera en sorte que personne ne te sauvera !

Et je dus me résoudre à partir. Cette fois, nous nous dirigeâmes directement vers la sortie sans nous arrêter. Mon rêve d'aller au parc s'était réalisé, mais avec quel résultat… J'étais d'une humeur épouvantable. Des gens passaient à côté de nous en souriant et lorsqu'ils me regardaient ils étaient interloqués : dans tout le parc il n'y avait pas une autre physionomie aussi affligée que la mienne.

Tandis que nous rentrions à la maison, j'étais comme un somnambule triste, mais arrivé tout près de l'entrée de l'immeuble, je me souvins soudain de la glace que m'avait achetée grand-mère et mon humeur s'améliora nettement. Je franchis la porte de l'appartement, l'œil fixé avec impatience sur le sac de grand-mère.

«Pourvu qu'elle ne change pas d'avis ! me dis-je soudain. Elle me l'a promis ! »

Et elle ne se ravisa pas, en effet.

— Sacha ! fit-elle depuis la cuisine. Viens, je vais te donner ta glace.

Je me précipitai. Grand-mère ouvrit son sac, y jeta un œil et éructa :

— Sois maudit avec ta glace, exécrable salaud…

Je jetai aussi un œil dans le sac et je vis à l'intérieur une grande flaque blanche. J'éclatai alors en larmes.

Le soir, de retour de la pêche, grand-père ouvrit la porte avec sa clef, il entra silencieusement dans l'appartement et posa par terre d'un air satisfait sa musette contenant trois brèmes. Des cris parvenaient de la cuisine. Grand-père tendit l'oreille.

— … tous mes papiers sont mouillés, tout l'argent ! À cause d'une petite demi-heure ! Tout ça à cause de cette créature, de cet enfant gâté. Le petit Sacha veut ceci, le petit Sacha veut cela ! Il y a une tombe qui pleure, car il lui tarde de l'accueillir. J'ai vu tes analyses : le cimetière, voilà le genre de parc qu'il te faut !

— Que se passe-t-il, Nina ? demanda grand-père dans le couloir.

— Fiche le camp là où tu sais !

Il ferma la porte, ôta le sac de son épaule et, sans se déshabiller, s'étendit sur son canapé, le visage tourné vers le coussin.

MON ANNIVERSAIRE

Comment j'ai fêté mes huit ans et mes neuf ans, je ne m'en souviens pas. Je me rappelle seulement mon septième et mon quatrième anniversaire.

— C'est ton anniversaire aujourd'hui, me dit un jour grand-mère, allongée sur le canapé en train de gratter les traces laissées sur le côté par sa culotte vert salade.

Surpris, je lui demandai ce que cela signifiait. Grand-mère m'expliqua que désormais je n'avais plus six, mais sept ans. Elle avait oublié l'anniversaire de mes cinq ans, comme celui de mes six ans, et moi j'avais toujours cru qu'un anniversaire, c'était une fête comme une autre, sans aucun rapport avec l'âge. Il se trouvait, à l'inverse, que c'était la fête qui n'avait aucun rapport avec mon anniversaire.

À l'époque lointaine où je vivais encore avec maman, j'avais cru comprendre qu'un anniversaire était une fête : elle m'avait alors emmené à Sotchi. J'ai en mémoire un taxi où je suis assis ; je regarde avec curiosité grand-mère (je la connais à peine à l'époque) saisir la main de maman pour ne pas la laisser entrer dans la voiture. Maman crie qu'on a déjà délogé de chez elle un mari, qu'elle ne veut pas recommencer à réclamer de l'argent pour acheter une paire de bas, qu'elle refuse de passer pour une idjote.

Puis maman parvient à se dégager et nous partons. Grand-mère court derrière le taxi en criant :

— Que le ciel te maudisse ! Que Dieu et la terre te maudissent !…

Moi, je pense qu'il faut lui dire au revoir en agitant la main, et je me retourne donc à moitié pour lui faire signe à travers la lunette arrière.

Puis nous avons pris le train et regardé par la fenêtre. Maman me tenait dans ses bras et j'étais étonné qu'elle ait soudain tellement grandi : à la maison, sa tête ne touchait pas le plafond, alors que dans le train, voilà qu'elle le frôlait. Je me souviens ensuite d'une maison avec beaucoup de tableaux, d'un bonhomme trapu au visage rougeaud qui rampait pour m'embrasser et m'appelait Sachoukha. J'ai demandé à maman ce que ce type voulait de moi, et elle m'a expliqué qu'il s'agissait d'oncle Tolia chez qui nous étions arrivés.

L'oncle Tolia commença par me déplaire. Il ne me laissait jamais en paix et j'avais l'impression qu'il voulait absolument me prouver à quel point il m'aimait. Mais ensuite, il m'oublia apparemment et décida de faire rire maman, moi aussi par la même occasion, et j'ai alors songé que c'était assez drôle de rester avec lui, en fait. Quand nous avons mangé tous les trois au restaurant, puis quand nous nous sommes promenés sur le bord de mer, c'est là que j'ai appris que c'était mon anniversaire. L'oncle Tolia m'a annoncé qu'on devait le fêter, et il m'a emmené voir un navire. Il était amarré à quai, énorme, plus vaste que notre immeuble, et oncle Tolia s'est débrouillé pour qu'on nous laisse monter à bord. Maman est restée sur le quai à nous attendre. Tandis que nous parcourions les longs couloirs recouverts de tapis et que nous visitions les cabines, j'avais peur que le bateau ne largue les amarres sans que nous le remarquions, qu'il parte en mer et que je perde maman. À cause de cette crainte, je trouvais cette visite sans intérêt, je ne regardais rien sérieusement, n'attendant qu'une seule chose : que l'on quitte le navire. Après ce gros bateau, nous sommes montés sur un remorqueur, mais là, je n'avais plus aucune appréhension. Il était petit et ne pouvait quitter le port sans qu'on le remarque, et, si tel avait été le cas, j'aurais eu le temps de bondir aussitôt sur le pont. Des marins nous ont offert du poisson séché, puis j'ai compris que l'oncle Tolia connaissait le capitaine, et, à l'occasion de mon anniversaire, celui-ci nous a fait faire à tous les trois le tour du port. Ça, c'était vraiment génial !

Ensuite, nous nous sommes promenés dans un parc. C'était une nuit noire et chaude, de petites lampes multicolores enguirlandaient des palmiers et les illuminaient gaiement ; on entendait le ressac au loin, et juste devant nous tournait un immense manège éclairé par des lampions. Nous avons acheté des billets et nous y sommes allés l'un derrière l'autre. Maman était devant moi et riait ; derrière, l'oncle Tolia sifflait et hululait ; moi, accroché à la chaîne, je vociférais, prêt à défaillir à cause de l'enthousiasme mêlé de terreur que j'éprouvais. Sous mes pieds la terre clignotait, des lampions garnissaient des câbles entortillés qu'ils éclairaient vivement, le vent refoulait mes cris, les empêchant de jaillir de ma bouche.

À la maison, oncle Tolia a posé sur la table un gâteau dans lequel étaient fichées quatre bougies et a déclaré que je devais les éteindre d'un seul souffle. J'ai regretté de devoir le faire. Elles étaient multi-colores et évoquaient le parc où nous venions de nous balader, mais oncle Tolia m'a expliqué que c'est ainsi qu'on doit faire. Je les ai éteintes et nous avons mangé le gâteau avec du thé. Puis j'ai tracé avec un doigt un poisson sur une vitre couverte de buée. Ce n'était pas très réussi. L'oncle Tolia a éclaté de rire et a ajouté quelques traits à mon poisson pour lui faire des nageoires, et il est devenu soudain comme réel. Sur une autre vitre, nous avons dessiné un bateau, puis une voiture, sur une troisième oncle Tolia a dessiné maman. Ce dessin était très simple et j'ai essayé par la suite de le reproduire, mais au lieu de maman, je n'ai réussi à tracer que des courbes alambiquées.

Après le thé, oncle Tolia s'est allongé dans la baignoire, et maman s'est assise sur le rebord pour discuter avec lui. Comme je m'ennuyais, je suis allé les rejoindre. Je faisais des bulles dans la salle de bains, oncle Tolia sortait ses mains de l'eau, puis les enfonçait à nouveau pour représenter un sous-marin. Ensuite, il m'a montré comment explosait une mine : il a claqué des mains sur l'eau si fort que maman a été éclaboussée et a dû se changer pour mettre le maillot de marin d'oncle Tolia. Maman nous a alors annoncé qu'elle était désormais le bosco et qu'elle allait nous donner des ordres en sifflant. Elle n'a pas joué à siffler et, à la place, nous nous sommes endormis sur un grand lit. J'étais blotti contre maman, me disant que le lendemain ce serait de nouveau mon anniversaire et que la journée serait peut-être encore plus joyeuse que celle-ci.

Mais le matin, oncle Tolia était malade. Il ne pouvait se lever, il ne blaguait pas et ne riait plus. Il est resté au lit jusqu'en fin d'après-midi et c'est la raison pour laquelle nous n'avons pu aller où que ce soit. Encore heureux qu'il m'ait offert une voiture de course : j'avais au moins de quoi jouer. Le soir, maman et moi, on a repris le train pour Moscou. Maman m'a dit qu'elle allait me laisser quelques jours chez grand-mère et qu'elle retournerait voir l'oncle Tolia. Je ne voulais pas la quitter, je pleurais, mais elle m'a fait cette remarque :

— Tu es en bonne santé et tu vas être avec grand-mère, alors que lui est malade et complètement seul. Tu n'as pas pitié de lui ?

J'avais pitié d'oncle Tolia, certes, mais il n'était pas plus facile pour autant d'être séparé de maman. N'eût été la petite voiture, je l'aurais complètement effacé de ma mémoire et je supposais que, peut-être, le lendemain matin, maman l'oublierait, elle aussi, et resterait avec moi. Mais le matin, c'est moi qui étais souffrant et tout m'est devenu indifférent. Maman m'a laissé malade chez grand-mère et quand j'ai été rétabli, on m'a annoncé que désormais j'allais vivre avec celle-ci pour toujours.

Dès lors, il m'a semblé qu'une autre vie n'avait jamais existé, qu'il ne pouvait en exister une autre et que jamais il n'y aurait une vie différente. Grand-mère était le centre de cette vie ; maman faisait de très rares apparitions dans mon existence, et seulement avec l'autorisation de grand-mère. Je m'y étais habitué et je n'imaginais pas qu'il pouvait en être autrement. Sotchi, la nuit illuminée par les lampions bariolés, le gâteau avec les bougies ne furent plus dans ma mémoire qu'un rêve agréable, mais désormais extrêmement lointain. Dans ce rêve, il y avait aussi des épisodes effrayants : un cirque, une querelle au cours de laquelle j'avais étouffé et beaucoup pleuré, mais que s'était-il passé exactement, pourquoi avais-je pleuré ? Je ne pouvais m'en souvenir, je ne cherchais pas non plus à le faire. C'était sans intérêt.

Grand-mère m'expliqua alors que l'oncle Tolia était un nabot buveur de sang qui voulait s'installer à Moscou et tout nous voler. Il convoitait l'appartement de maman, la voiture de grand-père, le garage, bref, toutes nos affaires. Dans ce but, il avait besoin que nous soyons tous morts. Il attendait donc le décès de grand-mère et celui de grand-père; quant à moi, il m'avait déjà infecté avec un staphylocoque et m'avait presque tué. Il m'avait même offert une voiture noire avec des roues dorées, qui ressemblait à un corbillard. Grand-mère avait jeté la voiture en prétendant qu'elle m'en achèterait une dizaine de semblables, mais de couleur normale. Ensuite, je commis je ne sais plus quelle faute et elle déclara que si elle les achetait, ce serait seulement pour me les casser sur la tête.

J'étais convaincu que le nabot buveur de sang avait l'intention de tout nous chiper, mais grand-mère affirmait qu'elle ne le laisserait pas faire et je me sentais comme protégé du nain par la muraille d'une forteresse inexpugnable.

— Il n'obtiendra rien, c'est vrai? demandai-je un jour pour admirer une fois de plus la détermination de grand-mère à me défendre ainsi que nos biens.

— Rien!

— Même pas le petit éléphanteau?

J'avais vu cet éléphanteau dans le buffet-sarcophage et il m'avait paru si insolite qu'il fallait, avant tout le reste, le protéger du nabot.

— Même pas l'éléphanteau… Mais de quel éléphanteau tu parles?

— Peu importe, je disais ça comme ça…

Je m'étais ressaisi à temps, car grand-mère m'avait mis en garde: si j'ouvrais le buffet, je resterais dedans pour toujours.

— Pas d'éléphanteau, des haricots, des clous! Voilà trois ans qu'elle ne parvient pas à emporter son propre manteau de fourrure, alors ils peuvent toujours courir pour le garage et la voiture ! Il compte dessus, c'est sûr ! Il s'est déjà débrouillé pour s'infiltrer à Moscou, maintenant il va régulariser sa situation avec elle, et il l'obtiendra, son permis de séjour. Maudit salopard ! Il comprend qu'on va crever, et que l'héritage ira à toi et à cette débile ! Mais toi, tu vas passer l'arme à gauche, et tout reviendra à elle, et par conséquent à lui. Tu es pour lui comme une arête en travers de la gorge et la seule chose qu'il attende, c'est que tu clamses. Eh bien, il peut encore attendre, je vais lui faire un procès...

Le nabot buveur de sang m'apparaissait, depuis longtemps déjà, comme une espèce d'individu armé d'un couteau et portant un masque noir ; j'en avais peur comme d'un assassin on ne peut plus réel. Quelques mois avant mes sept ans, il s'était installé chez maman, puis avait déboulé un jour chez nous avec un carton rempli de raisins de Crimée. Ayant reconnu sa voix, je m'étais carapaté sous la table et je m'attendais à ce qu'il flanque grand-mère à la porte, puis qu'il m'attrape pour m'étrangler. Mais grand-mère était sur ses gardes.

— Du raisin ?! Moi, je ne mange pas plus les arêtes du poisson que les pépins du raisin ! glapit-elle comme une sirène en élevant la voix sur chaque voyelle, et le nabot repassa notre porte comme emporté par un ouragan.

— Le salaud ! Il se radine avec des raisins, dit grand-mère en tournant le verrou. Et en plus, il a choisi ceux qui ont le plus de pépins. Il l'a fait exprès pour que tu t'étouffes.

Grand-mère avait très peur des pépins et des arêtes, et quand je mangeais du poisson, elle le triait entièrement, puis elle pétrissait sa chair blanche entre

ses doigts jusqu'à obtenir des sortes de petites que-
nelles grisâtres. Elle les disposait au bord de mon
assiette et je les mangeais avec de la kacha et de
la pomme râpée. Je les ingurgitais avec son aide,
d'ailleurs. En effet, après avoir préparé ces boulettes
sans arêtes, grand-mère prenait avec une cuiller à
soupe de la kacha dans une assiette posée devant moi,
elle plaçait au milieu une boulette qu'elle recouvrait
de pomme râpée à l'aide d'une autre cuiller dont
elle se servait pour lisser l'ensemble, à l'instar de
ces crèmes glacées qu'on vend dans la rue. Ensuite,
j'ouvrais la bouche pour qu'elle y enfourne cette préparation en couches superposées, accompagnant la
fermeture de mes lèvres d'un étrange mouvement
des siennes. C'était comme si elle mangeait en même
temps que moi, mais mentalement.

Quand le contenu de la cuiller se retrouvait dans
ma bouche, elle disait :

— Mâche, mâche, je te dis !

— Je mâche.

— Tu parles, tu ne mâches absolument pas. Si tu
avales ça tel quel, tu n'assimileras rien. Amossov a
écrit que même l'eau, il faut la garder dans la bouche
et la savourer comme ça…

Elle remua les lèvres comme si elle marmonnait
quelque chose.

— Et il faut d'autant plus mâcher la nourriture.
Mâche ! Mâche et n'avale pas !

Le jour de mon anniversaire, dont elle m'avait informé
en se grattant la trace laissée sur la peau par l'élastique de sa culotte, j'avais encore mangé du poisson
et de la kacha. J'avais beau déjà savoir qu'un anniversaire n'avait rien à voir avec une fête, je m'étais
figuré que ce pouvait être l'occasion de recevoir en

guise de dessert des bonbons destinés aux médecins ou, au pire, un carré de chocolat.

— Tu déconnes, du chocolat ! Tu en as mangé un hier, ça suffit.

— Mais hier, c'était simplement comme ça, alors qu'aujourd'hui c'est mon anniversaire.

— Et alors ?

— On aurait pu le fêter.

— Fêter quoi ? La vie fout le camp, en quoi est-ce bien ? Mâche !

Après le repas, grand-mère m'offrit tout de même un chocolat Contes de Pouchkine et, m'ayant donné par-dessus le marché un cachet contre les allergies, elle m'envoya dans la cour pour que je me promène. C'est là que maman devait me retrouver.

Nous nous voyions rarement. La dernière rencontre avait eu lieu plus d'un mois auparavant alors que soufflait un vent dont les bourrasques m'effrayaient beaucoup. Jusque-là familière, la cour m'avait soudain paru étrangère et menaçante, les arbres bruissaient de façon épouvantable au-dessus de ma tête, des bouts de carton et des ordures volaient tout autour, comme s'ils étaient ensorcelés, et bien que l'immeuble fût à quelques pas de là, je m'étais senti soudain comme égaré, comme perdu au milieu d'une forêt. Le vent agitait mes vêtements, de la poussière s'incrustait dans mes yeux, je piétinais sur place, me recouvrant le visage de mes mains, ne sachant que faire. Maman arriva alors. Elle me prit par la main et m'emmena dans l'immeuble voisin où habitait l'une de ses amies. Là, nous nous installâmes à la cuisine et nous allumâmes une petite lampe au-dessus de la table, aussi agréable qu'un feu de bois. Le vent, qui m'avait donné l'impression d'être égaré, tourmentait les arbres derrière la fenêtre, il se vengeait sur eux, vexé de nous voir manger tranquillement de la purée de pommes de terre. Elle était absolument délicieuse, je l'engloutis à toute vitesse, puis je voulus du rab et je plongeai ma fourchette dans l'assiette de maman, prétendant que la purée était mal pressée. L'ayant écrasée trois ou quatre fois, je léchai ce qui restait sur les dents de ma fourchette avant de la replonger dans son assiette. Comprenant mes manigances, maman éclata de rire et me donna la moitié de son assiette. Nous restâmes dans la cuisine jusqu'à ce que le vent se soit calmé, et maman me ramena ensuite à la maison. Là, j'annonçai à grand-mère que maman m'avait sauvé de la tempête, et c'était bien ce que je pensais, en effet.

Les rares retrouvailles avec maman étaient les événements les plus radieux de ma vie. Il n'y avait qu'avec elle que je me sentais à l'aise et plein de gaîté. Il n'y avait qu'elle qui racontait des histoires vraiment intéressantes, il n'y avait qu'elle qui m'offrait ce que j'aimais pour de bon. Grand-mère et grand-père m'achetaient d'exécrables collants et des chemises de flanelle. Tous les jouets que je possédais, c'était maman qui me les avait offerts, ce qui provoquait les invectives de grand-mère à son encontre et ses promesses de tout flanquer à la poubelle.

Maman ne m'interdisait rien. Un jour où nous nous promenions, je lui avais raconté comment j'avais tenté de monter sur un arbre, mais j'avais eu peur et je n'y étais pas parvenu. Je savais que cela l'intéresserait, mais je n'imaginais pas qu'elle allait me proposer de refaire une tentative et qu'elle me regarderait y grimper en m'encourageant d'en bas et en me conseillant quelle branche il valait mieux saisir. Ce n'était pas effrayant de le faire, car elle était là, et j'arrivai à la hauteur qu'atteignaient d'habitude Boria et les autres enfants.

Maman se moquait toujours de mes peurs et elle n'en partageait aucune. Moi, j'avais peur d'un tas de choses. J'avais peur de certains signes ; j'avais peur que si quelqu'un me voyait faire une grimace et me terrorisait, je resterais figé ainsi pour le reste de mes jours ; j'avais peur des allumettes parce qu'elles étaient fabriquées avec du soufre empoisonné. Une fois, je m'étais amusé à marcher à reculons et je fus mort de peur ensuite durant toute une semaine, parce que grand-mère m'avait alors affirmé que « celui qui marche à reculons verra sa mère qui mourra ». J'avais pareillement peur d'intervertir mes chaussons, de mettre celui de droite au pied gauche. Un jour, je vis à la cave un robinet mal fermé d'où l'eau s'écoulait, et je fus pris de panique à l'idée d'une inondation imminente. Je le signalai aux gardiennes, voulant les convaincre de fermer le robinet, mais elles ne comprirent pas où était le problème et se contentèrent d'échanger des regards stupides.

Maman m'expliquait que toutes mes peurs étaient infondées. Elle disait que l'eau s'écoulerait dans les égouts, que je pouvais marcher à reculons autant que je le voulais, et qu'il n'existe que des signes favorables. Elle fit même exprès de grignoter l'extrémité d'une allumette pour me prouver que ce n'était pas aussi dangereux que je me l'imaginais. Je l'écoutais avec une incrédulité pleine d'enthousiasme, la considérant comme une magicienne. Le mot sibyllin d'« anticonformisme », que j'avais entendu un jour à la télévision, correspondait on ne peut mieux à ses paroles. Maintenant, en me promenant dans la cour, j'étais impatient d'entendre ce qu'elle allait dire de l'affirmation de grand-mère selon laquelle il y avait dans ce monde un Dieu qui voyait toutes mes frasques et qui me châtierait en m'envoyant des maladies.

Maman n'arriva qu'en fin d'après-midi. Elle s'assit sur un banc dans la cour et je grimpai sur ses genoux. J'avais envie de l'enlacer, de me serrer contre elle de toutes mes forces. J'eus beau le faire, cette envie ne me quittait pas. J'avais beau me blottir contre elle, je savais que cette envie demeurerait toujours, et je me serrai contre elle encore une fois, et nous commençâmes à discuter. Elle m'avait acheté un cadeau, un train électrique, mais c'était grand-père qui me le donnerait afin que grand-mère croie qu'il venait de lui et qu'elle ne s'avise pas de le mettre à la poubelle. Je lui demandai à quoi il ressemblait, elle m'en fit la description, puis je lui annonçai que j'avais peur de Dieu.

— Qu'est-ce que c'est que ce froussard qui a peur de tout ? s'exclama-t-elle en me regardant avec un étonnement amusé. Voilà qu'il a inventé Dieu, maintenant ! C'est encore grand-mère qui te raconte des histoires à dormir debout ?

Je lui racontai d'où provenait cette crainte, et maman m'expliqua que personne ne savait si Dieu existe ou non, que je n'avais aucune raison d'en avoir peur parce que j'étais un enfant. Et pour rien au monde Dieu ne châtierait un enfant.

Nous avons quitté le banc. Je marchais à côté de maman, me disant qu'à côté d'elle je n'aurais jamais peur de rien. Jamais, au grand jamais, je ne serais épouvanté. Et là, je fus saisi de terreur au point de rester pétrifié…

Juste devant nous, le nabot buveur de sang avait surgi d'un coin de rue. C'était lui, je l'avais immédiatement reconnu et j'eus la gorge sèche.

— Voilà une demi-heure que je vous cherche, dit-il avec un sourire funeste, et il me tendit ses mains effroyables. Mon petit Sacha, bon anniversaire ! cria-t-il, et il me souleva en l'air en me prenant par la tête.

Je n'avais jamais encore éprouvé pareille terreur. Si je ne me suis pas enfui en courant, c'est qu'après m'être retrouvé par terre je fus incapable de faire le moindre geste. Comme dans un rêve où l'on ne peut échapper à un train ou à un couteau qui s'approche de vous. Je ne me souviens pas comment nous nous sommes fait nos adieux ni comment je me suis retrouvé à la maison. Je me souviens seulement que j'ai poussé un soupir de soulagement en voyant grand-mère et que j'ai senti mon cœur se recroqueviller, puis retrouver calmement sa place normale : j'étais sauvé…

— Le salaud, il t'a pris par la tête ! me dit ensuite grand-mère. Dans le cou, il y a une cheville qui tient dans un arceau, comme ça. (Elle me montra comment avec les doigts.) Un enfant a des os fins et la cheville peut s'échapper de l'arceau, il suffit de tourner juste un tout petit peu. Et si elle sort, c'est fichu. Je t'ai pourtant dit de prendre tes jambes à ton cou quand tu le vois ! Hein ? À quoi ça sert que je te mette en garde ? Bon, peu importe… Dieu te châtiera pour cela !

— Mais Dieu ne châtie pas les enfants, lui rétorquai-je après une hésitation.

— Il te châtiera quand tu seras grand. Même si tu n'as pas le temps de grandir, parce que tu pourriras quand tu auras dans les seize ans. Et sache une chose : si elle se radine ici encore une fois avec lui, vous ne vous reverrez plus jamais. Et ne va pas croire que je sois incapable de prendre cette décision.

Tu parles ! Et comment ! T'as compris ? Eh bien, souviens-t'en !

Je m'en souvins et longtemps par la suite j'eus peur de Dieu, j'eus peur aussi de pourrir, mais surtout j'avais peur de cet épouvantable nabot à cause duquel je risquais de ne plus voir maman.

JÉLEZNOVODSK

Bien que j'aie sept ans, grand-mère avait décidé de ne pas encore me laisser aller à l'école. Je savais lire et écrire les lettres en caractères d'imprimerie, et même compter jusqu'à douze, mais elle estimait superflu que je risque ma vie au nom de l'arithmétique et des lettres cursives.

— Tu y entreras avec un an de retard. Qu'est-ce que tu pourrais y faire maintenant, espèce de charogne ? Pendant les récréations, il y a des armoires à glace qui cavalent avec une telle puissance que le sol tremble. Ils te tueraient sans même y prendre garde. Dès que tu seras plus robuste, tu iras à l'école.

Grand-mère avait raison. Un an plus tard, quand j'entrai à l'école, je ne pus qu'être surpris de sa clairvoyance. Au cours d'une récréation, une armoire à glace de dimension moyenne me télescopa. Le garçon ne s'en aperçut même pas et continua de courir ; moi, je dus me réfugier sous le rebord d'une fenêtre où je restai engourdi. Je m'étais cogné le dos contre un radiateur et j'avais eu l'impression que mes poumons étaient restés collés à ses côtes en fonte massive. Durant quelques secondes, je fus incapable de respirer et je pris la grisaille rougeâtre qui s'intensifiait devant mes yeux pour le voile de la mort. Celui-ci se dispersa et, au lieu d'un squelette armé d'une faux, ce fut l'institutrice qui se pencha vers moi.

— Tu t'es étalé ? me demanda-t-elle d'un ton attendri en me relevant. Ta grand-mère avait raison de me demander de t'enfermer dans la classe pendant les récréations. Dorénavant, c'est ce que je ferai.

Dès lors, je restais cloîtré dans la classe à chaque récréation et je pensais à grand-mère qui voulait que je prenne des forces avant d'aller à l'école. Sans doute, si j'avais commencé ma scolarité à sept ans, sans être devenu plus robuste, fixerait-elle maintenant à ce radiateur de petits bouquets de fleurs, comme certains parents en accrochent à des poteaux le long des routes, aux endroits où des chauffeurs ont péri dans des accidents. Mais comme j'avais commencé à fréquenter l'école à huit ans, j'avais eu le temps de devenir plus costaud, et tout s'arrangea. Avec ce récit, vous allez voir de quelle façon grand-mère voulait me rendre plus vigoureux.

Peu après mon anniversaire, grand-père posa devant grand-mère une enveloppe blanche.

— Qu'est-ce que c'est ?

— Un bon de voyage, répondit-il, le visage épanoui dans l'attente de louanges.

— Lequel ?

— Dans une maison de repos, pour Sacha. À Jéleznovodsk.

— Mais enfin, serais-tu un débile, par hasard ? s'enquit grand-mère d'une voix glaciale, tandis que le visage de grand-père, qui espérait être encensé, pâlissait comme du persil oublié au fond d'un réfrigérateur. Dieu m'a punie en m'obligeant à partager la vie d'un crétin pareil : mais il nous faut bien vivre et le subir ! Mais te supporter, toi, Sénetchka, autant s'étouffer, s'exclama-t-elle avant d'expliquer la bévue de grand-père. Qui va le surveiller, là-bas, ce monstre? Dans ce genre d'endroit, les médecins sont incapables de poser le moindre diagnostic en dehors des maladies respiratoires aiguës et des hémorroïdes. Qu'est-ce qu'ils peuvent faire d'un enfant éclopé? Le climat ne lui convient pas, ils n'ont pas les médicaments nécessaires… Après tout, à quoi bon discuter! Ça t'est égal. Il te suffit de te pavaner et de dire : « Regarde, Nina, ce que j'ai fait! C'est moi qui ai fait ça, prosternez-vous! » Eh bien, ce bon de voyage, tu peux te le mettre où je pense durant toute la durée de sa validité!

Grand-père ne fourra le bon nulle part et trouva une solution : il proposa d'en acheter un autre pour grand-mère. La maison de repos pour adultes se trouvait à côté de celle qui était réservée aux enfants, grand-mère pourrait suivre personnellement les thérapies, me donner les médicaments indispensables et former les médecins de Jéleznovodsk dans le domaine du diagnostic. Cette idée lui convint, un second bon de séjour fut acheté et on commença à faire nos bagages.

En premier lieu, grand-mère commanda à la laverie des étiquettes portant mon nom, pour les coudre à toutes mes affaires afin que les aides-soignantes et les infirmières de l'établissement n'aient pas l'idée d'emporter pour leurs enfants immondes les collants et les chemises achetés au prix de la sueur de grand-père et du sang de grand-mère. Il n'y en avait pas suffisamment pour les chaussettes : elle dut broder mon nom sur chacune d'elle en grandes lettres majuscules.

— Ta mère, elle est incapable de prendre une aiguille! Y a-t-il quelqu'un pour lui coudre un linceul! ressassait-elle en brodant de gros points de fil blanc afin de former la lettre *S*. Je couds à en avoir la colique dans les yeux. Tiens, fiche ça dans ta valise…

Quand c'en fut terminé avec les chaussettes et que toutes, roulées en boule, furent rangées parmi les autres affaires, grand-mère rassembla les médicaments. Parmi ceux dont je me souviens, il y avait six tubes de granules homéopathiques que je devais prendre toutes les trois heures dans un ordre précis, du collargol, de l'albucide et de l'huile d'olive dont je devais mettre des gouttes dans le nez, du mexaforme, du Panzynorm et une huile essentielle à prendre après les repas, de la suprastine en cas d'allergie, de la poudre de Zviagintseva en cas de symptôme asthmatique, et un flacon de jus d'aloès au miel à toutes fins utiles. Il n'y avait plus de place pour ce dernier dans le sac contenant les médicaments et, juste avant le départ, grand-mère le déposa dans celui qui contenait un poulet rôti.

Nous arrivâmes à la gare une demi-heure avant le départ du train. Grand-mère marchait en tête en balançant le sac avec le poulet, j'étais derrière elle, et grand-père, qui était venu nous accompagner, traînait les valises derrière nous.

— Il n'y a pas le moindre panneau normal ici, rien, s'indignait-elle. C'est quelle voie, merde…

— C'est là-bas, Nina, la voie 5, répondit grand-père en hochant la tête vers le panneau indicateur où de petites ampoules vertes indiquaient le numéro du quai d'où devait partir notre train.

— C'est sûr ? Attends, je vais demander. Sacha, tiens-moi ça.

Grand-mère, croyant que j'étais juste à côté d'elle, projeta son bras en arrière et, sans même qu'elle jette un œil dans ma direction, sa main lâcha le sac. Je me trouvais à quelques pas en retrait et je ne réussis qu'à attraper son regard catastrophé : le sac atterrit sur les dalles de granit, et un liquide épais suinta aussitôt à travers la toile.

«Ça ne vient pas du poulet, me dis-je, c'est le flacon d'aloès au miel qui s'est cassé…»

— Soyez trois fois maudits, tous les deux ! hulula grand-mère en ramassant le sac, puis en regardant à l'intérieur. Il est en morceaux, conclut-elle.

Elle alla se débarrasser des débris dans une corbeille. Une grande flaque dorée resta sur le sol.

— *Kaput,* le flacon ! fit grand-père en me faisant un clin d'œil complice et un sourire.

Après avoir apporté les valises dans notre compartiment à deux couchettes, il descendit du train et prit un air ému sur le quai en nous regardant à travers la vitre, tandis que grand-mère sortait le poulet du malencontreux sac. Elle posa le volatile sur la tablette du compartiment pour l'examiner.

— Il reste des bouts de verre… Je le savais bien… Sénetchka, il y a du verre dans le poulet !

Les doubles vitres du wagon empêchaient la voix de grand-mère d'atteindre les oreilles faiblardes de grand-père, qui ne comprenait rien de ce qu'elle lui disait.

— Hein ?! fit-il en appliquant une main contre son oreille.

— Des morceaux ! Tout le poulet est rempli de morceaux de verre !

— Quoi ?

— Le poulet est rempli de morceaux du flacon.

— Hein ?!

— Il est sourd comme un pot ! Il y a des morceaux de verre dans le poulet !

— J'entends pas !

— Des morceaux !!! On ne peut pas le manger !!!

99

Grand-père écarta les bras d'un air impuissant. Grand-mère, qui avait, semble-t-il, décidé que durant la dernière minute qui restait avant le départ du train elle devait absolument lui faire comprendre ce qui se passait, recourut au mime.

— Le flacon, cria-t-elle en joignant les mains pour obtenir une forme arrondie — patatras ! Cassé ! expliqua-t-elle en frappant la vitre avec le supposé flacon.

— Vous arriverez sans problème ! fit grand-père, qui agita les mains en croyant, comme je l'appris plus tard, que grand-mère avait peur que le train ne déraille. Bonne chance !

— Va au diable !

— Hein ?!

Le train démarra.

— Ça y est, on part, fit grand-mère en enveloppant le poulet dans du papier. Il est criblé de verre. On va devoir se contenter de bouffer les sandwichs. Tu as faim ?

— Pas encore.

— Alors prends tes granules.

Grand-mère sortit pour inhumer la dépouille du poulet dans la boîte à ordures et, une fois de retour, elle prit dans la valise le sac contenant les médicaments. Afin qu'ils ne s'ouvrent pas, les tubes contenant des granules étaient bien serrés tous ensemble avec un élastique à cheveux. Grand-mère commença à défaire celui-ci, elle fit un geste malencontreux et ce fut l'horreur : les tubes lui échappèrent des mains et une myriade de minuscules billes blanches se répandirent par terre…

J'avais très peur des malédictions de grand-mère quand c'est moi qui les provoquais. Elles s'abattaient sur ma tête et je les ressentais dans tout mon corps, je voulais me cacher le visage dans les mains, fuir, comme pour échapper à une effroyable catastrophe naturelle. Mais quand la cause des malédictions était une bévue de grand-mère elle-même, j'y assistais comme depuis une cachette. Elles devenaient pour moi une sorte d'animal sauvage vu dans une cage, une avalanche à laquelle on assiste à la télévision. Je n'en avais pas peur et je me contentais de constater avec un frémissement d'admiration leur puissance torrentielle.

L'avalanche qui s'était déclenchée dans le compartiment était titanesque. Elle avait pris naissance au moment où grand-mère avait laissé tomber son sac, quand elle avait su par miracle garder son self-control et avait découvert des débris de verre dans le poulet. Maintenant, elle déferlait dans toute sa magnificence. Et quelles malédictions proférait-elle ! Le claquement des roues leur faisait écho, comme le tic-tac d'une pendule ! Quel bonheur que ce ne soit pas moi qui aie éparpillé les granules !

Quand le plafonnier s'éteignit, le compartiment fut plongé dans la lugubre lumière bleu-gris de la veilleuse et grand-mère m'installa pour la nuit. Elle m'ordonna de me coucher les pieds vers la fenêtre, pour que ma tête ne risque pas de se trouver dans un courant d'air, et elle les enveloppa dans une couverture pour les protéger du froid. Mon sommeil fut agité. Toute la nuit, d'immenses boules et des roues métalliques roulèrent dans ma direction. Elles s'entrechoquaient, se heurtaient au-dessus de moi en un vacarme épouvantable ; je courais parmi elles, craignant d'être écrasé, et je me réveillais quand je ne trouvais nulle part où me réfugier. Après m'être réveillé pour la énième fois, je remarquai que le soleil était déjà levé.

Grand-mère était assise près de la tablette et écalait un œuf dur. Une petite cuiller tintait dans son verre de thé. Un sandwich au fromage était posé sur une feuille de cellophane. Je me souvins que nous allions à Jéleznovodsk pour les vacances d'été, et j'en fus ravi.

— Tu veux aller aux toilettes ? me demanda-t-elle. Allons-y. Je vais t'ouvrir la porte. Et tu ne touches pas aux poignées, elles sont toutes recouvertes de germes !

Elle ouvrit la porte des W.-C., qu'elle referma derrière moi ; elle la maintenait pour que personne n'y entre, puis elle la rouvrit. Elle me permit de faire moi-même couler l'eau, car le robinet était actionné par une pédale et les semelles de mes chaussures ne craignaient pas les infections. Ça me plut beaucoup d'appuyer sur la pédale, mais grand-mère ne me permit pas de me consacrer autant que je l'aurais souhaité à cette activité et me ramena dans le compartiment pour que je me frotte les mains avec une serviette imprégnée d'eau de Cologne.

— N'importe quel gitan utilise le savon des W.-C. et ces gens-là ont des mycoses et tout ce qu'on veut plein les mains.

Maintenant, il était temps de prendre le petit déjeuner. Je mangeai l'œuf écalé par grand-mère en buvant du thé sucré, puis je plongeai dans l'ennui. Il n'y avait rien à faire dans le compartiment, et j'en avais assez de regarder par la fenêtre. Grand-mère alla rapporter les verres à l'accompagnateur des wagons-lits. Et là, ce fut comme un éclair qui jaillit dans ma tête : la pédale !!

Je jetai un œil dans le couloir et, certain que grand-mère n'était pas en vue, je me dirigeai vers les W.-C.

«Je vais faire vite… Avant qu'elle ne revienne…, me dis-je. Juste le temps d'y aller et de revenir…»

Près de la porte qui me séparait de la pédale convoitée, je m'arrêtai, comme médusé. INFECTION !!! Mon regard empreint d'une peur insondable fixait le métal dépoli de la poignée de la porte : j'avais l'impression que le mot «infection» y était inscrit en lettres invisibles, mais menaçantes. Comment faire ? Ma chemise avait des manches longues. J'approchai alors mon bras replié de la poignée pour essayer d'appuyer dessus juste avec la pointe de mon coude. Et la porte s'ouvrit. Je la refermai, puis j'avançai un pied pour appuyer avec entrain sur la pédale.

C'était génial ! Le clapet brillant s'abaissait, je voyais les traverses défiler sous l'ouverture circulaire, la cuvette s'emplissait d'un grondement sonore dont le volume augmentait lentement si on appuyait en douceur sur la pédale, mais si on la pressait brusquement, le gargouillement soubresautait, évoquant des exclamations de désespoir. Les traverses se confondaient en un clignotement continu, mais il était parfois possible de happer l'une d'elles du regard, et c'était alors comme si, l'espace d'un instant, elles marquaient une pause. On pouvait même observer certains cailloux dans les interstices.

Je détachai des feuilles de papier toilette que je mis en boule pour les jeter dans l'ouverture, m'imaginant que c'étaient des médecins que je punissais de m'avoir prescrit des maladies.

— Mais écoute, enfin, tu as déjà un staphylocoque doré ! cria plaintivement l'un d'eux.

— Ah, un staphylocoque ! répondis-je d'une voix funeste, et, faisant une boule encore plus compacte d'un médecin, je le jetai dans la cuvette.

— Laisse-moi ! Tu as une sinusite infectieuse ! Il n'y a que moi qui puisse te guérir !

— Me guérir ? Tu ne pourras plus jamais me guérir…

— Ah-ah ! hurla le médecin en s'envolant sous les roues du train.

Après avoir puni un demi-rouleau de médecins et tiré de la pédale tous les plaisirs possibles et imaginables, je m'avisai qu'il était temps de retourner dans le compartiment. La porte des W.-C. s'ouvrait vers l'intérieur, c'est pourquoi sortir en appuyant sur la poignée avec le coude s'avéra bien plus compliqué que d'entrer. Je devais appuyer dessus délicatement et tirer je ne sais comment la porte vers moi. Plusieurs fois, je fus sur le point d'y parvenir, mais au dernier moment mon coude glissait de façon abjecte et le pêne claquait à nouveau dans la gâche. D'après mes calculs, grand-mère devait revenir d'une minute à l'autre. Après avoir repris mon souffle un instant, je me concentrai, puis je plaçai précisément mon coude sur la poignée, j'appuyai dessus avec précaution et, profitant du moment où le pêne était rentré dans la serrure, je me ruai de toutes mes forces. La porte s'ouvrit en grand, je perdis l'équilibre et m'effondrai par terre, en arrière, au cœur même de l'infection. Dans l'ouverture de la porte se tenait grand-mère qui me regardait…

— Ordure !!! éructa-t-elle. Lève-toi immédiatement, sinon je t'écrase sous mes pieds !!!

Je me levai, me recroquevillant de froid sous ma chemise trempée sur le dos, et je m'approchai de grand-mère. Elle m'attrapa par le col et me tira jusqu'au compartiment.

— Tu parles d'un vaurien ! répétait-elle. Tu es tout couvert de pisse ! Pourquoi es-tu allé traîner là-dedans ?

— Pour pisser...

— Que ce soit la dernière fois de ta vie que tu pisses ! Il fallait m'attendre ! Là-dedans, personne ne désinfecte jamais quoi que ce soit ! Là-dedans, il y a des vers, là-dedans il y a de la dysenterie, il y a tout ce qu'on veut là-dedans ! Si tu crèves, on ne comprendra même pas de quoi tu es mort ! Ôte toutes tes affaires ! Que tes bras se démontent comme tu démontes mon âme ! Et grouille-toi de m'ôter tout ça !

Je me déshabillai, puis grand-mère tira le loquet de la porte, et, après avoir imprégné d'eau de Cologne une serviette, elle m'en frictionna des pieds à la tête. Elle me rhabilla avec des affaires propres et fourra les vêtements mouillés dans un sac en plastique spécial, pour les laver plus tard, en s'accompagnant de ces paroles : « C'est toi, espèce de chienne, qu'on devrait envoyer faire des courses ! » Jusqu'à Jéleznovodsk elle ne sortit plus du compartiment.

Nous arrivâmes en fin d'après-midi. On était venu nous accueillir. Un minibus jaune stationnait à la sortie de la gare avec une plaque sur le pare-brise portant l'inscription : « Maison de repos Doubrovka ». Beaucoup d'enfants étaient déjà dans le bus, et je me dépêchai de m'installer sur un siège libre près d'une fenêtre afin de me coller contre la vitre sans accorder d'attention à quiconque. Je n'avais jamais été confronté à un si grand nombre d'enfants en même temps et j'avais l'impression que tous me regardaient d'un air bizarre. Je ne fus rasséréné que lorsque grand-mère s'assit à côté de moi, constituant une barrière contre les regards des autres. Je me décollai alors de la vitre à travers laquelle je m'obstinais à scruter ce qui se déroulait dehors sans rien voir de ce qui se passait devant moi, puis je me mis à examiner en douce mes futurs compagnons. «L'un d'entre eux sera mon copain…», me dis-je, et je fus si ému que je ne pus en distinguer aucun : leurs visages se confondaient en une seule masse indistincte et énigmatique avec laquelle il me semblait impossible de faire connaissance un jour et de me lier d'amitié. Je remarquai seulement que tous les garçons me paraissaient avoir deux ou trois ans de plus que moi.

Débuta alors l'appel. Une femme replète vêtue d'un corsage marron, qui par la suite s'avéra être la monitrice de notre groupe, égrena les noms d'une liste : nous devions répondre «présent» à l'énoncé du nôtre. Je me préparai à répondre au bon moment et, dans ce but, je ravalai plusieurs fois ma salive afin que ma voix ne s'éraille pas d'émotion.

— Zavarzine.

— Présent.

— Joukova.

— Présente.

— Lordkipanidzé.

«Pas mal!» me dis-je en oubliant mon trac, et je me retournai pour voir qui portait un nom aussi extraordinaire. Personne ne répondit.

— Lordkipanidzé.

— Présent, répondit un garçon tout au fond du bus, avec un fort accent géorgien. J'avais pas entendu.

Lordkipanidzé me déplut tout de suite. Non content d'avoir un nom pareil, il expliquait en plus qu'il n'avait pas entendu, au lieu de répondre tout simplement «présent». Cela me parut le comble de l'indécence. «Moi aussi, je suis un Lord!» me dis-je.

— Kouranov.

— Présent, répondit un garçon obèse, assis devant moi.

Nous avions le même âge et, m'étant une fois encore interrogé sur celui qui pourrait devenir mon copain, je l'examinai plus attentivement : ne serait-ce pas lui ?

— Savéliev.

Je ravalai une fois de plus ma salive. Elle venait de prononcer mon nom. Je devais répondre !

— Présent, nous sommes présents, répondit grand-mère.

Je n'avais même pas eu le temps d'ouvrir la bouche…

Jamais je ne pouvais accepter la façon dont grand-mère répondait partout et toujours à ma place ! Si des amis me demandaient dans la cour comment j'allais, sans regarder dans ma direction elle répondait quelque chose du genre : «Mal, bien sûr.» Si lors de la visite à un médecin il me demandait mon âge, c'est elle qui le précisait, même si le docteur s'adressait à moi, alors que grand-mère était assise à l'autre bout du cabinet. Elle ne m'interrompait pas, ne me faisait pas de gros yeux pour que je me taise, elle réussissait simplement à répondre une seconde avant moi, et je ne parvenais jamais à la précéder.

— Pourquoi tu réponds toujours à ma place ?! lui demandai-je.

— Mais tu vas devoir réfléchir une demi-heure ! Les minutes sont précieuses pour les gens.

— Mais enfin, tu ne me laisses pas le temps ! Tu pourrais au moins attendre une seule fois que je puisse répondre.

— Tu n'as qu'à répondre, espèce de dégénéré. Qui t'en empêche? me demanda-t-elle, sincèrement surprise, et les choses en restèrent là.

Chaque fois que grand-mère répondait à ma place, je me ratatinais et me laissais aller à la tristesse durant deux minutes. Lors de l'appel, je me blottis de nouveau contre la vitre, attristé, jusqu'à ce que le bus démarre. Puis je me souvins de toutes les activités intéressantes qui m'attendaient et je fus euphorique.

Sur le quai déjà, la monitrice vêtue d'un corsage marron m'avait annoncé que ce séjour serait très intéressant pour moi.

— Nous avons un cinéma, toutes sortes de jeux, précisa-t-elle en se penchant vers moi d'un air affectueux. Il y a le club des «Mains habiles». Vous pourrez y sculpter, y faire des découpages, des maquettes. Je suis sûre que ça va te plaire!

Je m'imaginai alors tous ceux qui étaient dans le bus, assis dans une grande pièce lumineuse, sous un éclairage éblouissant, se consacrant à la sculpture, au modelage, au montage de maquettes… Moi, je me voyais en train de faire une sculpture. Je n'avais jamais essayé de sculpter; quant au montage de maquettes, ça ne m'intéressait pas du tout. Je pensais qu'on ne recollait que la vaisselle cassée, et j'abandonnai mentalement cette activité à Lordkipanidzé.

Une fois arrivés à la maison de repos, on nous répartit dans les chambres, et la monitrice nous emmena, grand-mère et moi, chez le médecin-chef. Grand-mère l'avait prévenue que je n'étais pas un banal enfant venu se reposer, mais un malheureux abandonné par sa mère qui l'avait pendu au cou de ses vieux parents invalides; mon état nécessitait une surveillance particulière, et si grand-mère ne s'entretenait pas personnellement avec le médecin-chef, les infirmières me feraient inéluctablement courir un risque mortel. Le médecin-chef, une femme, accepta de bonne grâce de discuter avec grand-mère, et on me laissa dans un coin quand la discussion, dont je ne saisissais que des bribes, démarra :

— ... il faut aussi que je vous signale ce qu'il doit prendre et dans quel ordre... D'abord le conium... J'en ai répandu la moitié, mais pour l'instant il en reste suffisamment... Pépé en fera parvenir par le train, et je vous le transmettrai... Du collargol, de l'albucide... de l'huile d'olive contre le dessèchement nasal, sinon il va se mettre les doigts dans le nez, et il aura des saignements... Ça, c'est s'il va très mal...

— Mais ne vous inquiétez pas.

— Je ne m'inquiète pas, je sais ce que je dis...

— Nous avons ici tous les médicaments indispensables, nous pratiquons toutes les thérapies. Un bâtiment entier est réservé aux soins...

— ... Le régime... Pas de friture, pas de sel... Il a une colite, une pancréatite chronique... Je prépare tout sur des biscottes... Depuis trois ans... Parce que, elle, elle se radine seulement une fois par mois, elle bouffe, puis elle s'installe sur le canapé...

— ... C'est très agréable ici... Il y a toutes sortes de jeux, un cinéma, les monitrices sont excellentes...

— Il ne doit pas utiliser de la colle. Il a de l'asthme. S'il en respire trop, il aura une crise. De la poudre de Zviagintseva... Une sinusite chronique...

— Ne vous inquiétez pas...

— Il a un bonnet dans sa valise, en tissu éponge, il faut le lui mettre après son bain, et qu'il le garde pour dormir... La sinusite... Une polypose nasale !

« Après son bain..., me dis-je. En effet, ici aussi on va me faire prendre mon bain. Mais comment ?

Qui va me frotter le dos sur une chaise comme le fait grand-mère ? Est-ce qu'il va y avoir un réflecteur dans la salle de bains ? »

Après mon bain, grand-mère avait l'habitude de m'envelopper dans un plaid pour m'emmener sur ses épaules jusque dans mon lit, me faisant frôler chaque fois le rebord pointu du réfrigérateur bourré de bonbons pour les médecins. Une fois que j'étais dans le lit, elle me bordait, puis elle glissait ses mains sous la couverture, comme si elle chargeait une pellicule dans un appareil photo, elle me frictionnait les orteils, puis elle étendait des mouchoirs sous ma chemise. Dans mes rêves, je la sentais me palper toute la nuit et remplacer les mouchoirs humides par des mouchoirs secs quand je transpirais, puis elle m'enveloppait de nouveau la tête d'une serviette que je rejetais. « Dors tranquillement, ne t'agite pas ! l'entendais-je chuchoter hargneusement. Si ta tête se refroidit, tu vas te remettre à pourrir. »

Je ne parvenais pas à dormir calmement et je rejetais la serviette plusieurs fois par nuit. Grand-mère avait alors décidé de confectionner un bonnet en tissu éponge. Maintenu sous le cou par une épingle à nourrice, il restait solidement en place et me protégeait la tête contre les refroidissements.

« Qui va me l'épingler ? me dis-je. Est-ce que ça va être cette femme de service qui lave le sol avec une serpillière ? Est-ce que grand-mère a laissé une épingle, au fait ? »

Et je saisis alors les paroles de grand-mère :

— J'y ai piqué une épingle, fixez-la bien comme il faut pour la nuit, il remue dans son lit, il a le sommeil agité, dit-elle, comme pour répondre à mes interrogations.

— Nous ferons tout ce qui est nécessaire, ne vous inquiétez pas.

Sur ces paroles, le médecin-chef et grand-mère se quittèrent. Et après s'être séparée de moi avec une étonnante facilité, elle partit pour la maison de repos réservée aux adultes, qui se trouvait de l'autre côté de la route. La doctoresse en chef prit ma valise et me conduisit dans ma chambre.

En chemin, j'observai attentivement les lieux de part et d'autre pour me familiariser avec cet endroit nouveau. Le bâtiment de la maison de repos était vaste et blanc. Des lampes «lumière du jour» éclairaient le couloir et se reflétaient sur la surface miroitante du lino vert-jaune du sol. L'air était imprégné d'une odeur d'eau de Javel. À mi-parcours, le couloir s'élargissait en un hall où se trouvaient un immense ficus aux feuilles jaunies et poussiéreuses, deux canapés sur roulettes, quatre fauteuils également sur roulettes et un téléviseur noir et blanc qui, comme je m'en aperçus plus tard, ne captait que la première chaîne. Au bout du couloir était située la salle de jeu, appelée salle latérale, selon l'expression incompréhensible pour moi du médecin-chef. Il y avait là des tables de jeu, des cubes, tout et n'importe quoi.

C'était une chambre de quatre lits. Mes camarades étaient Zavarzine et Kouranov. Ils s'étaient installés depuis longtemps et jouaient aux échecs quand le médecin me présenta en leur disant :

— Faites connaissance et, en attendant, je vais aller vous trouver un quatrième compagnon de chambre.

Je ne savais pas comment on faisait connaissance, parce que cela ne m'était encore jamais arrivé : c'était la première fois que je me trouvais en compagnie de garçons de mon âge. Sans trop réfléchir, je m'approchai de Kouranov, je lui donnai une tape sur l'épaule, comme se devaient de le faire, croyais-je, de véritables amis, avant de lui faire cette proposition :

— Soyons copains.

Je fis de même avec Zavarzine.

L'un comme l'autre consentirent à l'être. Kouranov se prénommait Igor ; Zavarzine, Andréï. Igor avait le même âge que moi, Andréï un an de plus. Mais ce dernier n'arrivait pas à rouler les *r*, il bégayait, et la différence d'âge ne se sentait absolument pas. J'attendis que mes nouveaux copains finissent leur partie pour aller visiter avec eux le bâtiment.

Il restait très peu de temps avant l'extinction des feux. L'heure tardive inclinait à une humeur triste et empêchait de parler. Une certaine solennité émanait des portes closes de la salle de billard, de celles du cinéma et du club « Les mains habiles ». On avait l'impression que derrière chacune d'elles se cachait un trésor de satisfactions, destiné à se retrouver entre nos mains le lendemain, mais en aucun cas à cette heure tardive. Toutefois, nous éprouvions des regrets, même à ce moment-là. J'avais envie de faire durer cet instant le plus longtemps possible, de m'attarder encore dans l'espoir de tomber sur un nouvel événement, tout en comprenant avec désolation que tout ce qui pouvait avoir lieu aujourd'hui s'était déjà produit et que, à part dormir, il ne restait plus rien à faire.

Lorsque nous sommes revenus dans notre chambre, nous avons découvert notre quatrième camarade. Les larmes aux yeux, il essayait de convaincre la monitrice de le changer de chambre :

— Mais pourquoi je dois rester dans la même chambre qu'eux ? demandait-il avec son accent géorgien très prononcé. Je veux aller avec Medvedev et Korotkov ! Ce sont eux, mes copains ! Être avec eux, c'est comme être assis sur un pot de chambre ! Transportez un lit, de toute façon je ne resterai pas ici !

Lordkipanidzé devint notre quatrième compagnon de chambre. Il avait treize ans et voulait rejoindre des camarades de son âge, mais les quatre lits de leur chambre étaient déjà occupés. Pour qu'il puisse y emménager, il fallait transporter le lit inoccupé de notre chambre dans celle où Lordkipanidzé voulait séjourner, mais la monitrice n'était pas d'accord pour effectuer un tel chambardement.

Alertée par ce vacarme, le médecin-chef arriva.

— Qu'y a-t-il ?

La monitrice lui expliqua ce qui se passait. La doctoresse rassura alors Lordkipanidzé, lui promettant que dans deux ou trois jours il pourrait déménager, puis elle dit à mon propos :

— On se débrouillera avec Lordkipanidzé, mais avec ce Savéliev, je ne sais pas quoi faire, Tamara Grigorievna. Sa grand-mère m'a prévenue qu'il était gravement malade, que tout lui est interdit. Elle m'a ordonné de prendre garde qu'il ne coure pas, elle m'a donné des mouchoirs avec des épingles à nourrice. «Mettez-les sous sa chemise et changez-les quand il aura transpiré. » Il faut peut-être que je le suive à la trace, comme un toutou ? Elle m'a confié un sac entier de médicaments.

L'infirmière de garde se prit la tête dans les mains : rien que pour l'homéopathie, il y avait six boîtes.

— Sacha, dit la monitrice en s'adressant à moi, quel genre de malade es-tu pour débouler chez nous comme ça ? Tu aurais mieux fait de rester chez toi ou d'aller à l'hôpital. Ici, c'est une maison de repos, pas un service de réanimation. S'il t'arrive quelque chose, ta grand-mère nous fera passer le goût du pain. Qu'est-ce qu'on peut faire de toi ? T'enfermer dans la chambre ?

— Non, pourquoi ? répondit le médecin-chef à ma place. Sa grand-mère m'a dit qu'elle lui rendrait visite toutes les fins d'après-midi, eh bien elle n'a qu'à le coucouner elle-même. Pour le reste de la journée, je lui prescrirai des thérapies, et le soir il sera avec sa grand-mère.

— Et l'après-midi ?

— Il y a le déjeuner et, après, ils sont au repos.

Je faillis éclater en larmes à l'idée de devoir dire adieu au rêve de joyeuses vacances estivales, et je pensais qu'au retour je châtierais certainement la doctoresse et la monitrice dans les W.-C. du train. Je commençai même à me demander en mon for intérieur laquelle des deux serait punie la première, mais soudain la monitrice me dit comme pour me consoler :

— Bon, ne te fais pas de bile. Tout le monde se sent bien ici. On va se débrouiller pour inventer quelque chose pour toi.

Et bien que la doctoresse lui ait jeté un regard incrédule, je leur pardonnai à l'une et à l'autre au nom de la joie d'un espoir retrouvé. Mais les choses n'en restèrent pas là, cependant.

Après nous avoir souhaité une bonne nuit, le médecin-chef se tourna vers l'interrupteur pour éteindre la lumière, mais elle jeta par hasard un coup d'œil dans ma direction et se figea, comme si elle avait découvert quelque chose d'effrayant.

— Mais où est ton bonnet ? me demanda-t-elle d'un ton angoissé.

— Quel bonnet ?

— Ta grand-mère a dit que tu devais porter un bonnet pour la nuit.

C'était au-dessus de mes forces !

— C'est seulement après mon bain…

— Mets-le, mets-le ! Elle m'a dit que tu devais dormir avec.

— Après le bain !

— Mets-le, et ne discute pas ! Où est-il ? Dans ta valise ?

Elle l'ouvrit et trouva aussitôt le bonnet qui était, paraît-il, la chose la plus indispensable qui soit, posé juste sur le dessus. Une étiquette à mon nom y était fixée.

— Allez, pose-le sur ta tête !

— Après le bain !

Sous les rires amicaux de Kouranov, de Zavarzine et de Lordkipanidzé, la doctoresse m'enfonça prestement le bonnet sur la tête et réussit à me l'agrafer du premier coup, ce que grand-mère ne parvenait jamais à faire.

— C'est bon, dors. Et ne t'avise pas de l'ôter ! Je passerai cette nuit pour vérifier, me promit-elle, puis elle éteignit la lumière et sortit de la chambre en compagnie de la monitrice.

Voilà comment se termina ma première journée dans la maison de repos.

Dès lors et jusqu'à mon retour chez moi, ma vie se transforma en un kaléidoscope d'événements dont il est impossible de rendre compte de façon conséquente et détaillée. Que ne m'arriva-t-il pas durant ce mois de repos ! Ce fut l'époque la plus flamboyante de ma vie, que ni le bonnet en tissu éponge, ni grand-mère, ni Lordkipanidzé, ni même le lavement de trois litres que l'on me fit subir pour rien, juste avant mon départ, ne purent assombrir.

Je m'essayais au billard et au ping-pong. Tous les deux jours avait lieu une projection de film et ce fut une découverte, car grand-mère ne me laissait pas aller au cinéma, prétendant qu'on pouvait y attraper la grippe. La nuit, nous ne dormions guère, nous nous faisions rire, et le silence de la nuit, qui nous contraignait à nous modérer, transformait en blagues cocasses les trouvailles les plus anodines. Un jour, on me servit même de véritables boulettes de viande accompagnées de pommes de terre ! Il s'avéra par la suite qu'elles étaient destinées à Kouranov et m'avaient été attribuées par erreur, au lieu du poisson au court-bouillon prévu dans mon régime, mais j'eus le temps de les avaler et, rempli de fierté d'avoir mangé de véritables boulettes de viande revenues à la poêle, et non cuites à la vapeur sur des biscottes, je considérai la salle à manger avec un regard de triomphateur.

Mais c'est le club des « Mains habiles », où je passais tout mon temps entre les innombrables thérapies qu'on me faisait subir et où je ne pouvais rien entreprendre de sensé à cause de ces soins, qui me procurait la plus grande joie. J'essayais de sculpter et de pyrograver un masque en bois et, même, malgré l'interdiction de grand-mère, je participais au montage d'un modèle réduit d'avion avec de la colle. Il est plus juste de dire que ce sont les autres qui collaient ; la monitrice me confiait la mission de détacher les différentes pièces des supports en plastique : j'avais alors le sentiment de participer de plein droit à cet assemblage. Nous étions autorisés à prendre tout ce que nous voulions dans les grandes armoires, et c'est ce qui me plaisait le plus. Il m'arrivait d'attraper au hasard une boîte et je demandais à la monitrice : « Je peux ? » Lorsque j'entendais : « Mais bien sûr ! », je reposais la boîte à sa place. Il me suffisait d'être assuré, une fois de plus, que je pouvais prendre tout ce dont j'avais envie.

La construction la plus importante que nous fîmes au club fut une forteresse composée de briques en pâte à modeler, qui avait été commencée par le groupe précédent des grands. Des créneaux rectangulaires couronnaient des tours en un cercle régulier. De minuscules arbalètes chargées d'allumettes effilées sortaient des meurtrières. La porte pouvait être fermée par une grille tressée avec de très minces feuilles de métal blanc, et un pont-levis habilement conçu enjambait un fossé rempli d'eau bleue, peinte à la gouache sur du carton : il se relevait en tournant une poignée fabriquée avec un bout de métal sur lequel s'enroulait un fil.

Derrière les murailles se cachaient des chevaliers en plastique de la grandeur d'un doigt. Leur dos et leur poitrine étaient protégés par une armure en papier d'aluminium ; leur casque était orné d'une plume sortie d'un oreiller et peinturlurée ; ils étaient armés de petites épées en fer-blanc, de piques faites avec des plumes sergent-major et d'une seule catapulte qui, d'après l'élastique tendu et le boulet en pâte à modeler, était en état de marche et prête au combat.

Cette forteresse me frappa tellement que j'avais peur de la toucher, et je ne désirais qu'une seule chose : posséder la même. Ayant reçu deux boîtes de pâte à modeler et une feuille de carton pour la base, j'entrepris de sculpter des briques. Je crois que je passai la moitié de mon temps à les modeler, mais je ne parvins qu'à construire un petit mur de cinq briques sur l'un des côtés du carton. Je fabriquai une grille pour la porte, je la fixai à mon mur et fus saisi d'admiration pour elle. C'était formidable de se sentir le propriétaire de la forteresse ! J'eus également le temps de courber une poignée pour actionner le pont-levis, je trouvai deux plumes en acier pour les piques des chevaliers et je roulai deux boulets pour la future catapulte. Là-dessus, la construction prit fin : je n'eus pas le temps d'en faire plus, à cause des thérapies incessantes.

Il n'y a pas un seul cabinet médical dans le bâtiment réservé aux soins où je ne sois allé ! On me fit une électrophorèse et on m'éclaira la gorge avec une lampe à quartz ; on m'appliquait sur le nez de la boue saturée en sels minéraux et on me faisait faire de la gymnastique dans un cabinet de culture physique. Je fréquentais la salle de massage et de paraffinothérapie, d'inhalation et de bains d'eau minérale. Les thérapies occupaient tout mon temps jusqu'au déjeuner, et après la sieste grand-mère me rendait visite…

Elle venait tous les jours pour m'apporter dans un filet rond en plastique, muni de poignées, des cerises qu'elle avait lavées, des abricots passés au savon, chacun enveloppé dans un carré de papier toilette, des pommes. Elle avait une peur panique des infections, la mousse de savon lui semblait insuffisante, si bien qu'elle ébouillantait les abricots et les pommes avec l'eau d'une bouilloire. Cela provoquait des tavelures marron sur la peau des fruits, et chaque fois elle m'expliquait qu'elles étaient dues à l'eau bouillante et non à la pourriture.

— Mange, mange, ne regarde pas ! me répétait-elle quand je grattais avec un doigt une trace de brûlure sur un fruit. Je préférerais manger moi-même de la terre que de te donner quelque chose qui ne soit pas frais. Tes selles sont normales ?

Je savais depuis longtemps que la selle ne concernait pas l'équitation, en l'occurrence, mais je ne comprenais pas pourquoi cette selle inquiétait grand-mère à ce point. À la maison, elle m'interdisait même de tirer la chasse, tant que je ne lui avais pas montré ce qui se trouvait dans la cuvette. À la maison de repos, je ne pouvais rien lui montrer, et je devais donc lui présenter un rapport détaillé. Mes comptes rendus ne lui plaisaient guère. Elle redoutait une colite chronique, mais elle me donnait à manger une dizaine d'abricots et m'interrogeait sur les soins que je recevais.

— On te chauffe le nez, c'est bien, commentait-elle en approuvant la boue saturée en sels minéraux. Le quartz est aussi très bien pour tes glandes. Comme l'électrophorèse pour les bronches. La doctoresse est parfaite, pas aussi stupide que je ne le pensais au début. Bien que ces thérapies ne servent à rien quand il s'agit d'un staphylocoque doré… Vous avez dormi à trois dans le même lit à Sotchi, avec le nabot, et c'est comme ça que tu l'as attrapé. Tu as fini les abricots ? Prends les cerises.

Je mangeais des cerises, j'écoutais grand-mère et, déposant les noyaux dans le creux de sa main pour ne pas laisser de saletés, je me demandais si j'aurais le temps de jouer après son départ.

Les jeux traditionnels que nous apprenait la monitrice n'étaient pas une grande perte pour moi, mais au lieu d'entendre parler de glandes, je pouvais bombarder de petits cailloux des tanks en sable, lancer dans le bassin aux poissons des sous-marins en plastique, fabriquer de petits squelettes en fil de fer, et plein d'autres choses encore.

Mais ce sont les grands qui avaient inventé le jeu le plus intéressant de la maison de repos. Ils dessinaient des billets de banque, fabriquaient des pistolets en pâte à modeler et tiraient sur des cigarettes roulées dans du papier quadrillé. Leur jeu consistait à se voler les uns les autres toutes les cinq minutes. Moi aussi, je m'étais dessiné des billets et je les laissais exprès dépasser d'une poche avant de flâner sous le nez des voleurs les plus déchaînés, m'attendant à tout instant à ce que l'un d'eux m'enfonce le canon de son revolver entre les omoplates. Mais non… Par deux fois, des vols s'étaient produits sous mes yeux, mais c'était comme si on ne me prêtait pas la moindre attention. On m'expliqua alors que personne n'avait besoin de mes billets de banque et que, par conséquent, personne n'avait l'intention de me les voler. Je me rendis alors au club, me fabriquai un pistolet avec de la pâte à modeler, roulai des cigarettes dans du papier, puis je me cachai dans l'escalier qui menait au grenier. Le pistolet à la main, je mâchouillais entre mes lèvres la cigarette en papier, m'imaginant être un inspecteur de police à l'affût de voleurs. J'entendis alors des pas. C'était Lordkipanidzé.

— Qu'est-ce que tu fiches là ? me demanda-t-il, surpris.

— T'approche pas ! lui criai-je en pointant mon arme dans sa direction.

— Écoute, c'est de la pâte à modeler ! répliqua-t-il d'un ton réjoui. Passe-la-moi, parce qu'il n'y en a plus au club.

Il prit mon arme, l'écrasa entre ses mains et s'en retourna. C'est ainsi que prit fin pour moi ma vie d'inspecteur de police.

Lordkipanidzé m'empoisonnait la vie en permanence. C'était un parfait boute-en-train qui ne cessait de nous faire partager toutes sortes de plaisanteries. Cela lui plut tellement qu'il abandonna même l'idée de s'installer dans la chambre de Medvedev et de Korotkov. Il lui arrivait, par exemple, de s'approcher de Zavarzine pour lui dire, avec son accent géorgien :

— Et maintenant, monsieur Zavarzine va nous dire le mot «tractoriste», sinon il recevra cinq coups de pied au cul.

Bien sûr, Zavarzine, pour qui la prononciation de la lettre *r* était une pierre d'achoppement, recevait ses cinq coups de pied, tandis qu'Igor et moi étions morts de rire.

On riait aux plaisanteries de Lordkipanidzé pas seulement pour lui complaire, mais parce qu'elles étaient véritablement drôles. La seule chose qui pouvait nous empêcher de rigoler était la personne dont il avait choisi de se moquer. Mais chacun y passait à tour de rôle et pendant que l'un d'entre nous en prenait pour son grade, tous les autres se réjouissaient.

Ayant fini sa plaisanterie sur Zavarzine, Lordkipanidzé s'approcha du gros Kouranov pour lui annoncer :

— Eh bien, gros bide, je vais te boxer. Le jour tombe, et je vais te boxer du crépuscule à l'aube. Ensuite, je me reposerai, et je recommencerai de l'aube au crépuscule. Il faut que tu maigrisses, tout de même, sinon tu vas devoir porter un corset à sept bretelles.

Après une pareille déclaration, Lordkipanidzé boxa Kouranov sur le ventre, et bien que ses coups fussent pour plaisanter et pas forts du tout, Kouranov se plia en deux, de peur plus que de douleur, et s'effondra sur son lit.

— Il est mort ! annonça Lordkipanidzé. J'ai la douleur de vous faire part du décès prématuré de notre meilleur punching-ball, Igor Kouranov.

J'étais l'ami de ce dernier et je le plaignais à cause de l'épreuve qu'il subissait, mais je n'en riais pas moins à ces bouffonneries ! J'enviais d'ailleurs Lordkipanidzé qui savait si bien se moquer des autres ou était capable d'inventer des corsets à sept ficelles, alors que moi, j'étais un propre à rien. Cette jalousie se mua en admiration, laquelle se transforma en peur : en ayant fini avec Kouranov, Lordkipanidzé s'en prit à moi.

Il me saisit par les pieds et dit en me faisant tourner en l'air :

— Oh, je vais te lâcher, je vais te lâcher !

Il était plus âgé et plus fort que moi, entre ses mains je me sentais comme une paire de collants vide, attendant, résigné, que ses facéties prennent fin. M'ayant fait ainsi virevolter deux minutes, il me reposa par terre, et je tombai aussitôt parce que le sol tanguait devant mes yeux. Tout le monde éclata de rire, puis Lordkipanidzé me demanda :

— Alors, Nezgratigné, qu'est-ce que t'en dis ?

Mon surnom de Nezgratigné avait été inventé au cours d'une sieste. Il m'avait demandé de fermer les yeux, je lui avais obéi et il m'avait comprimé le nez avec une pincette ébréchée pour me mener où il voulait. Les ailes de mon nez furent marquées de longues égratignures et c'est alors qu'apparut ce surnom qui réjouissait tout le monde.

— Alors, Nezgratigné, qu'est-ce que t'en dis ?

— Qu'est-ce que tu veux que je te dise ? lui demandai-je en me remettant sur les pieds.

— Je suis fort ?

— Très.

— Tâte…

Lordkipanidzé gonfla alors ses biceps que je palpai avec respect.

— Et maintenant, excuse-toi !

En exigeant cela, il me prit le nez entre ses doigts, mais j'eus l'imprudence de lever les mains pour les porter à mon visage, et je reçus en supplément une chiquenaude dans le bas-ventre. Ces chiquenaudes étaient la pire de toutes les plaisanteries. Elles rappelaient les pincements de nez, seulement au lieu du nez, c'était une certaine partie de mon anatomie qui était atteinte et à laquelle, jusqu'à mon séjour dans la maison de repos, je n'avais prêté absolument aucune attention, notant seulement que grand-mère la savonnait en prenant des précautions particulières. Lordkipanidzé m'avait distribué tellement de chiquenaudes sur cette partie de mon corps que par la suite, dans la salle de bains, il suffisait que grand-mère tende la main vers elle avec une éponge pour que je prenne l'habitude de me plier en deux en criant : « Fais attention ! »

Mais l'invention la plus bizarre de Lordkipanidzé, c'était les billets de banque. Les grands en avaient assez de jouer aux voleurs, et les billets qu'ils avaient dessinés devinrent inutiles. Lordkipanidzé les ramassa tous et ils acquirent dans ses mains une valeur non pas ludique, mais réelle : on pouvait éviter les pincements, les coups bas et tout ce qui était possible et imaginable en le payant avec ce papier-monnaie.

— Eh bien, gros bide, je vais te boxer, lui arrivait-il de dire à Kouranov. Ou je te boxe, ou tu me files cinq billets.

Kouranov payait et Lordkipanidzé le laissait en paix.

Il va de soi que, pour lui donner du papier-monnaie, il fallait d'abord le gagner. Deux ou trois fois par jour, donc, Lordkipanidzé venait nous voir avec un sac rempli de feuilles de papier soigneusement pliées, et il déclarait que la loterie était ouverte. Nous tendions la main et nous sortions un papier : certains se retrouvaient avec cinq billets, d'autres avec dix, tel autre avec un papier où était écrit « cinq bastons » ou « dix chiquenaudes ». Il y avait bien plus de papiers portant la mention de coups à subir que de billets. D'autres moyens permettaient d'en gagner. Un jour, Lordkipanidzé nous proposa, à Igor et à moi, de nous battre dans le hall, nous annonçant que le vainqueur recevrait cinquante billets. Je ne comprenais pas pourquoi on devait se bagarrer puisqu'on était des copains, mais Igor me flanqua par terre, il me frappa la tête contre le pot dans lequel poussait le ficus et il commença à m'étouffer. Lordkipanidzé le déclara vainqueur et lui donna les billets comme convenu.

Leur valeur ne faisait aucun doute pour personne. Si, après la loterie du matin, on en avait dix ou quinze qui craquaient dans la poche, on pouvait se prendre pour le roi de la journée et se détendre jusqu'au soir. Je n'avais généralement pas de chance à la loterie et je me mis très vite à échanger ce que grand-mère m'apportait contre des billets. C'est ainsi que les abricots enveloppés dans du papier toilette valaient cinq billets l'unité.

Malheureusement, il n'était pas possible de se débarrasser des infirmières en les achetant avec ce genre de papier-monnaie et, pourtant, elles assombrissaient bien plus mon séjour que Lordkipanidzé. Elles étaient quatre et se relayaient selon un ordre que nous ne parvenions absolument pas à reconstituer. Une seule parmi elles était gentille : elle s'appelait Katia et tout le monde l'aimait beaucoup. Quand l'un d'entre nous annonçait : «Aujourd'hui, c'est le tour de Katia», nous considérions que c'était une bonne nouvelle.

Lorsqu'elle était de service, on pouvait regarder la télévision plus longtemps que d'habitude, bavarder en chuchotant et même rigoler. Si on s'amusait trop bruyamment, Katia s'approchait de la porte de notre chambre et faisait : «Chut!» C'était tout, parce qu'elle était gentille, comme je l'ai dit. Les autres étaient méchantes.

La particularité la plus frappante des chambres, c'était les cloisons de verre qui les séparaient. Le regard pouvait traverser de part en part la maison de repos, et l'infirmière de garde avait ainsi la possibilité de surveiller tout le monde sans quitter son poste. La nuit, à travers les reflets verdâtres des vitres, nous distinguions le halo lointain de sa lampe de bureau et nous savions qu'il suffisait qu'on éclate de rire ou qu'on chahute pour qu'elle surgisse aussitôt… «Qui ne dort pas, ici?» demandait la méchante infirmière, et bien que tout le monde fît semblant de dormir, elle sortait l'un de nous de son lit pour le mettre au piquet dans le hall. Cette punition était la plus bénigne. Un jour, Lordkipanidzé fut envoyé chez les filles, et moi, parce que j'avais essayé d'aller à la cantine pour y prendre du pain en pleine nuit, on m'emmena dans un cabinet médical. Cet endroit, même éclairé par des lampes «lumière du jour», était le plus effrayant de tout l'établissement, et la nuit, rien que de le voir me faisait chavirer.

— Eh bien, Savéliev, tu ne veux pas dormir? me demanda l'infirmière dont la voix résonnait contre les carreaux de céramique blanche. Tu vas tout de suite en avoir envie. Assieds-toi…

Elle ouvrit le stérilisateur, et j'entendis le frottement métallique des aiguilles à l'intérieur de la boîte en métal brillant qu'elle sortait.

— Je vais remplir deux petites éprouvettes avec le sang de ta veine, et tu vas t'endormir comme un mignon petit garçon. Remonte ta manche…

Je ne me souviens plus des paroles que j'ai dites pour m'excuser, en tremblant de terreur, mais on ne prit pas mon sang cette fois-là. L'infirmière me reconduisit dans ma chambre en me tirant par les cheveux et, après avoir poussé un profond soupir, je m'endormis aussitôt. Je ne me risquai plus à aller à la cantine après l'extinction des feux.

Les nuits les plus désagréables étaient celles où les deux infirmières méchantes étaient de service en même temps. Quand elles entraient dans la chambre parce qu'elles avaient entendu encore une fois un grincement, elles se plantaient dans l'encadrement de la porte et discutaient de ce qu'elles allaient faire et à qui.

— Bon, on met Savéliev au piquet dans le hall ou on l'envoie chez les filles? Il me semble qu'elles ne l'ont pas encore vu.

— C'est inutile! Est-ce que tu crois que ça les amusera de regarder un dystrophique de ce genre? Il va leur faire peur! Il vaut mieux prendre Kouranov. Quant à Savéliev, je vais lui faire une prise de sang.

— Laisse tomber. Hier, je voulais le faire, il a failli chier dans son froc. Et après il faut tout nettoyer… Zavarzine, qu'est-ce que t'as à sourire, ça te fait rigoler? Suis-nous, on va rigoler ensemble. Lève-toi, je sais que tu ne dors pas. Tu vas t'amuser, maintenant.

Et elles lui firent deux piqûres dans un cabinet médical.

Nous considérions les infirmières comme nos ennemies jurées et nous exprimions notre haine comme nous le pouvions. Lordkipanidzé composa à ce sujet une chanson intitulée *Nous étions quatre dans la chambre,* dans laquelle on chantait sur la mélodie de *L'Internationale* notre volonté d'en finir avec elles au cours d'une lutte finale. De mon côté, je décidai d'organiser un groupe insurrectionnel. Ne pouvant compter sur Kouranov et Zavarzine, que j'aurais eu du mal à diriger, je réunis autour de moi les plus jeunes — une fille et deux garçons — et je leur déclarai que nous étions désormais une organisation clandestine : nous allions accomplir des actes de sabotage secrets contre les infirmières et je serais leur chef.

Pour commencer, j'ordonnai à mes comparses d'apprendre par cœur la chanson *Nous étions quatre dans la chambre.* Les saboteurs me rendirent la feuille où étaient notées les paroles sans l'avoir dépliée, car ils ne savaient pas encore lire, en fait. Je fus complètement abasourdi par cette découverte, car j'avais déjà composé le code qui devait nous permettre d'échanger des notes secrètes. Des chiffres correspondaient aux lettres, et, en se servant d'un tableau, on pouvait repérer quelle lettre se cachait sous tel ou tel chiffre. Hélas, pour que le sens caché derrière les lettres leur soit ensuite révélé, les saboteurs auraient eu besoin également d'un abécédaire. Là-dessus, les activités du groupe de sabotage s'interrompirent, mais j'avais éprouvé, en revanche, ce que pouvait signifier être un chef et à quel point c'était génial.

Quant à Lordkipanidzé, Kouranov et moi décidâmes de nous venger de lui de façon plus efficace. Nous n'aurions jamais osé lui faire quoi que ce soit personnellement, bien entendu, mais il avait une copine dans la chambre n° 6, et nous décidâmes de prendre notre revanche sur elle, pour toutes les chiquenaudes et les billets.

Cette copine avait dans les douze ans. Elle s'appelait Olia. Elle avait la peau très pâle, elle parlait d'une voix douce et portait une robe bleue avec de petites fleurs jaunes. Dans ses grands yeux gris flottait une certaine tristesse. Elle aimait son grand-père, mais celui-ci ne pouvait lui rendre visite fréquemment. Toutes les demi-heures, elle allait voir une monitrice, une infirmière ou l'un des enfants, elle levait ses yeux, aussi grands que ceux d'un lémurien, et lui demandait sur un ton nostalgique :

— Vous croyez que mon grand-père va venir aujourd'hui ?

Au début, on lui répondait très gentiment. Ensuite, on gardait son quant-à-soi. Au bout d'une semaine, toute la maisonnée gémissait à cause d'elle. Si le matin une monitrice lui avait répondu que son grand-père allait venir d'un instant à l'autre, et si après le déjeuner une infirmière lui avait garanti qu'il serait là d'un jour à l'autre, après le dîner Olia estimait de son devoir de retrouver leur trace, à l'une comme à l'autre, pour leur dire d'un ton empreint de reproches :

— Vous voyez… La journée est terminée, et il n'est pas venu. Il ne viendra peut-être plus me voir, d'ailleurs. Il est tellement occupé. Je pensais qu'il viendrait hier, et vous me l'aviez promis…, mais il a tellement plu. Vous comprenez, s'il pleut, il ne vient pas. Il a un chauffeur, et la route est si glissante… Qu'en pensez-vous ? Il va pleuvoir demain ?

— Il ne va pas pleuvoir, répondait Katia, la gentille infirmière, en roulant des yeux comme si elle avait mal aux dents.

— Donc, s'il ne pleut pas, pourquoi ne viendrait-il pas ?

Son grand-père lui rendait visite très peu souvent. Il ne lui apportait ni cerises ni abricots. Il se contentait de s'asseoir sur un banc à côté d'elle, il l'enlaçait et lui caressait la tête. Olia plissait les yeux de bonheur, tandis que la monitrice et l'infirmière jouissaient d'un bref répit.

Le seul qui n'était pas remonté contre elle était Lordkipanidzé. Ils faisaient ensemble des parties de ping-pong, ils s'asseyaient côte à côte pour regarder la télévision, il lui assurait que son grand-père allait bientôt venir, et il passait tout son temps à essayer en vain de la faire rire. À toutes ses plaisanteries, Olia répondait par un soupir et lui disait d'une voix pleine de reproches :

— Voyons, mon ami…

Leur amitié nous semblait appartenir à un domaine sérieux de la vie des grands, qui nous était incompréhensible et inaccessible. Nous sentions qu'il contenait un certain mystère, et c'était précisément à cause de ce mystère qu'on pouvait se venger de Lordkipanidzé en se débrouillant pour faire tort à Olia. Après nous être concertés, nous décidâmes de mettre des grillons dans son lit.

Le soir, alors que tout le monde regardait la télévision, nous nous faufilâmes dans la chambre n° 6 et nous glissâmes cinq ou six grillons dans le lit d'Olia. Après l'extinction des feux, un hurlement effrayant résonna dans tout le bâtiment, et le lendemain matin, Lordkipanidzé nous tira par l'oreille jusqu'à elle pour que nous lui présentions nos excuses, et bien que nous les ayons présentées le plus sincèrement du monde, cela ne nous épargna pas le soir des tapes particulièrement sonores, pas plus qu'elles nous évitèrent de le payer avec les quarante billets que j'avais obtenus la veille en échange de deux kilos de pommes reinettes apportées par grand-mère.

La veille de notre départ, la monitrice nous rassembla tous dans le hall et nous annonça que nous allions en ville pour acheter des souvenirs. Elle sortit une liste avec nos noms et nous donna à chacun un rouble selon l'ordre de la liste. Je n'avais encore jamais tenu dans la main un véritable billet de banque, et ce rouble que la monitrice m'offrit, après avoir inscrit en face de mon nom une croix tracée d'une écriture grasse, me sembla le gage d'un bonheur inimaginable. Je le pliai soigneusement en deux pour le cacher dans la poche de ma chemise et je le palpais toutes les cinq minutes.

Mais dans le magasin, un rouble ne suffisait pas à réaliser mon bonheur, en fait. Les souvenirs coûtaient plus cher. Les autres enfants avaient leur propre argent, ce qui leur permettait de se procurer ce qu'ils désiraient. Igor acheta un bouc en bronze, Zavarzine un joli bol en terre, Lordkipanidzé un véritable baromètre. Pouvais-je rentrer à Moscou les mains vides ?! J'examinai toutes les vitrines et trouvai le seul souvenir qui coûtait quatre-vingt-dix kopecks : une Reine des Cloches en plastique portant sur le socle l'inscription : «Les trésors du Kremlin de Moscou». Donnant avec joie mon rouble pour l'acheter, je reçus dix kopecks de monnaie et je sortis du magasin pleinement satisfait. À la maison, grand-mère déclara que rapporter de Jéleznovodsk un souvenir de Moscou, seul un crétin tel que grand-père aurait pu le faire.

Après avoir acheté des souvenirs, nous nous promenâmes en ville jusqu'au déjeuner. Partout on vendait de la barbe à papa, et les enfants qui avaient encore de l'argent s'en délectèrent. Avec mes dix kopecks, j'en achetai une minuscule pincée et je la mangeai lentement afin que tout le monde me voie. Au moment de la sieste, le médecin-chef entra dans notre chambre :

— Kouranov, tu as mangé de la barbe à papa avec tes camarades ?

— Non, répondit Igor qui avait dépensé tout son argent pour le bouc que maintenant il admirait en le tournant et le retournant sur sa table de nuit.

— Et toi, Savéliev ?

— Oui ! répondis-je fièrement.

— Habille-toi et suis-moi.

Il se trouve que cette barbe à papa était un poison terrible pour moi et qu'on devait maintenant me faire subir un énorme lavement dans un cabinet médical ! Lordkipanidzé se trouvait déjà près d'une porte de derrière laquelle parvenaient des gémissements étouffés.

— J'en ai juste pris un tout petit peu…, fis-je timidement.

— « Un tout petit peu », fit la doctoresse en m'imitant, et elle m'installa sur une chaise. Tu as une torsion de l'intestin, et tu voudrais que j'utilise les services d'un avocat à cause de ta grand-mère ? Non, merci !

Medvedev sortit de la salle de soins et se dirigea rapidement et prudemment vers les toilettes. Lordkipanidzé alla prendre sa place à contrecœur. Puis ce fut mon tour.

Allongé sur une couchette recouverte d'une toile cirée froide, j'étais en sueur à cause de l'eau qui me faisait douloureusement enfler, et je pensais que grand-mère avait raison de dire : « Tu veux être comme tout le monde ? Et si tout le monde se pend ? » La barbe à papa m'avait coûté cher !

131

Bien que mon repos à Jéleznovodsk ait été l'événement le plus lumineux de mes sept années de vie, les souvenirs que j'en gardais n'étaient guère heureux et ils devinrent pour des années le prétexte à des jeux et à des divagations que je veux maintenant raconter en guise de conclusion.

J'avais toujours su que j'étais l'être le plus malade qui soit et qu'il n'en existait pas de pire que moi, mais je me laissais parfois aller à penser que la réalité était tout le contraire et que j'étais le garçon le plus beau, le plus fort, et qu'il suffisait qu'on m'offre la liberté pour que j'en donne la preuve face au monde entier. Personne ne m'octroyait cette liberté et je la prenais moi-même dans des jeux auxquels je me livrais quand j'étais seul à la maison, ainsi que dans les rêves que je faisais avant de m'endormir.

Le premier de ces jeux apparut avant mon séjour dans la maison de repos. Grand-mère avait pointé un doigt en direction du téléviseur où l'on montrait des adolescents qui effectuaient une course de moto, et elle avait alors déclaré d'un ton pompeux :

— Ça, ce sont des enfants !

Cette phrase, je l'avais entendue à propos d'un chœur d'enfants, à propos d'adolescents passionnés de technique et à propos d'un ensemble de jeunes danseurs, et chaque fois elle me mettait hors de moi.

— Moi, je les dépasserai tous ! déclarai-je, malgré le fait que je ne savais que rouler sur un tricycle, et seulement dans l'appartement.

Bien sûr, je ne m'imaginais pas que je pouvais surpasser les motocyclistes, mais j'avais très envie de dire que j'allais le faire pour écouter sa réponse, du genre : «Cause toujours, comment tu vas les dépasser ?»

— Toi ? s'exclama-t-elle d'un ton méprisant, en restant bouche bée. Mais tu t'es regardé ? Ils ont des têtes bien faites, eux, ils font de la moto, alors que toi, tu n'es qu'une saleté et ils te passeront dessus comme un crachat.

Je me tus et j'inventai un nouveau jeu : quand grand-mère me donnait une assiette avec une banane coupée en rondelles, je m'imaginais qu'il s'agissait de motards.

— Mais nous sommes tous en bonne santé, nous faisons de la moto, et on va t'écraser comme un crachat ! disais-je à la place de la première rondelle, m'imaginant qu'il s'agissait du principal meneur des motocyclistes.

— Essaye un peu ! lui répondais-je, et je l'avalais goulûment.

— Ah-ah ! Il a mangé notre chef ! criaient les autres motards-rondelles, et de leur foule surgissait au bord de l'assiette un autre de leurs grands chefs.

Ce n'était pas intéressant de manger de simples motards.

— Maintenant, c'est moi qui suis le plus grand des chefs, disait le deuxième motard. Je vais t'écraser !

Finalement, il ne restait plus dans l'assiette que la toute dernière rondelle qui était le plus grand de tous les chefs. Généralement, il menaçait de m'écraser plus longtemps que les autres, et il me suppliait de l'épargner plus longtemps que les autres également : alors, je l'avalais avec un appétit tout particulier.

C'était le même genre de jeu que mon règlement de compte avec les médecins, que non seulement j'avais châtiés dans les W.-C. du train, mais que j'avais précipités du balcon après les avoir sculptés dans de la pâte à modeler. La maison de repos Doubrovka avait rendu mes jeux infiniment plus subtils. Tant que j'étais là-bas, je prenais les événements tels qu'ils se présentaient, sans me demander s'ils me plaisaient ou non, et j'oubliais les faits les plus désagréables comme les prises de sang ou mon nez égratigné, dès qu'ils s'évanouissaient dans un passé proche. Mais à la maison, tout resurgissait dans ma mémoire…

Resté seul, je me bourrais les poches de vieilles piles du poste de radio, je m'enfonçais sur la tête le béret de para qu'on avait offert à grand-père, lors d'une de ses représentations dans une caserne, je prenais dans la main un grand coupe-papier en bois et je m'engouffrais dans la chambre, m'imaginant que je me trouvais à la maison de repos. Derrière moi me suivaient des troupes de débarquement. Tous étaient de mon âge et m'obéissaient au doigt et à l'œil. Parmi eux se trouvaient Zavarzine et Kouranov.

— À l'attaque ! hurlais-je et les troupes d'assaut occupaient un secteur en vociférant.

— C'est lui ! s'écriaient, terrorisées, les infirmières en s'enfuyant. Savéliev est revenu avec ses commandos !

Je sortais les piles de mes poches et je les lançais l'une après l'autre sous l'armoire, sous le miroir, sous le lit de grand-mère. C'étaient des grenades ! Pan-pan ! Pan-pan ! La salle à manger explosait, le poste des infirmières volait en éclats, le cabinet s'éparpillait en débris. Pan-pan ! Pan-pan ! Le poisson à la vapeur effectuait un vol plané dans le couloir, les vitres qui séparaient les chambres éclataient, les pinces et les aiguilles tombaient par terre en cliquetant. Les parachutistes les piétinaient sous leurs bottes et me demandaient quels étaient les ordres maintenant.

— Rattrapez-les ! criais-je en montrant du doigt le dos des infirmières qui s'enfuyaient.

— Ne faites pas ça ! Nous ne recommencerons pas ! suppliaient-elles.

La gentille Katia implorait grâce avec les autres. Cependant, ses yeux n'exprimaient pas la terreur, mais l'espoir. Elle savait que je ne lui ferais pas de mal.

— Relâchez-la. Qu'elle se réfugie dans la salle latérale !

Les paras protégeaient alors Katia des balles en l'installant derrière les boîtes de cubes.

— Quant aux autres, ligotez-les !

Les paras attachaient les mains et les pieds des méchantes infirmières et ils les plaçaient entre le ficus cassé et le téléviseur brisé qui ne pourrait même plus diffuser désormais la première chaîne.

— Et alors ? demandais-je aux infirmières d'une voix impitoyable en leur titillant le menton avec la pointe de mon couteau. Vous avez compris à qui vous avez affaire, maintenant ? Et prenez garde à ne pas chier dans votre froc, sinon il va falloir vous laver...

En général, avant de sombrer dans le sommeil, je réglais ses comptes à Lordkipanidzé. Je m'imaginais qu'il me donnait des chiquenaudes et je m'enfonçais un doigt dans la paume de ma main : cela signifiait que j'appuyais à distance sur un bouton d'un pupitre. Dans le lino luisant de la chambre s'ouvraient alors de petites trappes d'où sortaient en se tortillant d'énormes cobras aux yeux rouge rubis, qui sifflaient de façon menaçante, leur capuchon largement déployé. J'avais vu des dessins de najas dans un journal : l'un s'appelait Pentagone, l'autre OTAN. Leurs airs de rapace m'avaient plu et dans mon imagination ils étaient devenus mes meilleurs amis et mes protecteurs. En sifflant de leur gueule béante, ils s'enroulaient autour de Lordkipanidzé et, me regardant de leurs yeux rouges et loyaux, ils n'attendaient qu'une parole de moi pour l'étouffer ou le mordre jusqu'à ce que mort s'ensuive. Mais Olia se précipitait alors dans la chambre avec sa robe bleue à fleurs et me chuchotait à l'oreille :

— Allons, Sacha…

Alors je réfléchissais, j'appuyais sur un autre bouton du pupitre, et les cobras, bruissant de déception, regagnaient leurs antres. Lordkipanidzé tombait à genoux ; moi, j'indiquais Olia d'un geste désinvolte et je disais à Lordkipanidzé :

— Dis-lui merci, sinon ils t'auraient bouffé de l'aube au crépuscule…

Ces élucubrations m'excitaient tellement que je ne pouvais m'endormir et je ressassais les humiliations que j'avais subies, déroulant à nouveau dans mon imagination une vengeance pittoresque qui se terminait généralement par des supplications pour implorer ma grâce, suivies d'un pardon plein de mansuétude. Ces rêveries me traversèrent l'esprit durant des années. Grand-mère se rendit trois ans de suite avec moi dans cette maison de repos.

ENTERREZ-MOI SOUS
LE CARRELAGE

J'étais très malade et, selon les prévisions de grand-mère, j'étais destiné à pourrir irrévocablement vers seize ans, et à me retrouver dans l'autre monde. L'autre monde m'apparaissait comme une sorte de vide-ordures, le passage d'une frontière au-delà de laquelle les choses cessaient d'exister. Tout ce qui se retrouvait dans le réceptacle disparaissait de façon irrémédiable et affreuse. Il était possible de réparer ce qui avait été cassé, de retrouver ce qui avait été perdu, mais ce qui était jeté dans ce vide-ordures n'était plus qu'un souvenir et tombait dans l'oubli. Si grand-mère voulait se débarrasser de quelque chose, tant que le réceptacle n'était pas refermé, je savais que cette chose existait, qu'il y avait un espoir de la récupérer ou au moins de la voir ; une fois le couvercle refermé, l'existence de cet objet cessait à jamais.

Un jour, maman m'offrit une panoplie d'outils parmi lesquels se trouvait un petit marteau. Je m'en servis pour marteler le dossier du canapé de grand-père, y laissant quelques creux à cause desquels ce dernier me confisqua mon outil et l'emporta à la cuisine. J'entendis aussitôt le claquement du couvercle du vide-ordures. Comprenant que le marteau de maman avait disparu et que je ne le reverrais plus, j'éclatai en larmes comme jamais je n'avais pleuré de ma vie. Le couvercle s'était refermé... le cadeau de maman... plus jamais ! Jamais !

«Jamais.» Ce mot flamboyait devant mes yeux, il les brûlait à cause de l'horreur de son sens, mes larmes coulaient en un torrent ininterrompu. Il était impossible de s'opposer au mot «jamais». Il suffisait que je me calme un peu pour que «jamais» remonte obstinément de ma poitrine, qu'il m'emplisse entièrement et fasse s'exprimer de nouveaux torrents de larmes qui auraient dû, tout de même, s'assécher depuis longtemps. Il était impossible de trouver une consolation au mot «jamais» et je ne désirais même pas regarder ce que grand-père me fourrait dans les mains. Il y déposait le petit marteau. En fait, il l'avait simplement caché dans son tiroir, et le couvercle avait claqué parce que grand-mère avait jeté des ordures. J'eus beaucoup de mal à retrouver mon calme et, tenant mon marteau dans mes mains, je n'arrivais pas à croire que je le revoyais, que l'affreux «jamais» avait battu en retraite et qu'il ne me tourmenterait plus.

«Jamais» était la notion la plus effroyable dans ma représentation de la mort. Je m'imaginais très bien la façon dont je devrais être étendu seul dans la terre d'un cimetière, sous une croix, sans jamais plus me lever, ne voir que l'obscurité et entendre le grouillement des vers qui me rongeaient sans pouvoir les chasser. C'était si effroyable que je ne cessais de penser à la façon dont je pourrais éviter une chose pareille. Et un jour, je me dis :

«Je demanderai à maman de m'enterrer sous le carrelage. Là, il n'y aura pas de vers, pas d'obscurité.

Maman passera à côté de moi, je la regarderai depuis une fente et je ne serai pas aussi effrayé que si l'on m'ensevelissait dans un cimetière. »

Quand cette idée magnifique me traversa l'esprit — être enterré chez maman sous le carrelage — le seul doute qui subsista était que grand-mère pourrait ne pas me rendre à maman. Or, je n'avais aucune envie de voir grand-mère de sous le carrelage. Pour résoudre ce problème, je lui posai carrément la question :

— Quand je mourrai, est-ce qu'on pourra m'enterrer chez maman, sous le carrelage ?

Elle répondit que j'étais consternant de crétinerie et que le seul endroit où je devais être enterré était l'arrière-cour d'un hôpital psychiatrique. En outre, il se trouvait que grand-mère n'en pouvait plus d'attendre le jour où c'est maman que l'on enterrerait sous le carrelage, et plus tôt cela arriverait, mieux ce serait. Je fus terrorisé à l'idée de l'arrière-cour d'un hôpital psychiatrique et je résolus de ne plus revenir pour le moment sur la question de mes funérailles, mais de la remettre sur la table quand j'aurais seize ans, quand je serais tout à fait pourri : ce serait la dernière volonté d'un moribond en présence de tous ses proches. Grand-mère ne tergiverserait pas et maman ne pourrait qu'être contente que l'on m'enterre tout à côté d'elle.

Les pensées sur l'imminence de ma mort me tourmentaient fréquemment. J'avais peur de dessiner des croix, de croiser des crayons, même de tracer la lettre *x*. En tombant sur le mot « mort » dans un livre, j'essayais de ne pas le voir, mais, après avoir passé la ligne où il était imprimé, je ne cessais d'y revenir et je le distinguais malgré tout. Il devenait alors clair pour moi que je n'éviterais pas le carrelage.

J'étais souvent malade, je me soignais tout le temps. Et je n'arrivais pas à comprendre pourquoi j'étais malade, alors que je me soignais. Quand je posais cette question à grand-mère, elle répondait en me donnant un cachet :

— Si tu ne te soignais pas, il y a belle lurette que tu aurais crevé.

Je me soignais contre tout, mais je n'avais pas toutes les maladies, il me restait encore des parties saines : la vue, par exemple. Mais quand un ophtalmologue me trouva quand même quelque chose, je dis à grand-mère :

— Ma petite mémé, la seule chose qui allait bien chez moi, c'étaient les yeux !

J'éclatai en sanglots. Cette phrase, grand-mère la rapporta avec attendrissement à tout le monde.

J'étais terriblement jaloux de ceux qui savaient faire ce dont j'étais incapable. Ne sachant rien faire, ma jalousie trouvait de nombreux motifs. Je ne savais pas grimper aux arbres, ni jouer au football, ni me battre, ni nager. En lisant *Alice au pays des merveilles,* j'atteignis le passage où l'héroïne sait nager, et j'étouffai de jalousie. Je pris un stylo et je barricadai le mot « savait » avec « ne… pas ». Je pus respirer plus librement, mais cela ne dura guère : le jour même, on montra à la télévision des bébés qui avaient appris à nager avant de marcher. Je leur jetai un regard ravageur en souhaitant *in petto* qu'ils n'apprennent jamais à marcher.

Ceux que j'enviais le plus étaient les nageurs qu'on appelait les « morses ».

« Ces gens percent un trou dans la glace et ils se baignent, tandis que moi je suis tout le temps malade, je ne mets pas le nez dehors sans trois écharpes, me disais-je en regardant d'un œil hargneux une émission sur les techniques pour s'endurcir. Peut-être grand-mère m'emmitoufle-t-elle inutilement, peut-être que moi aussi je pourrais devenir un morse. »

Je fus à bout de patience quand je vis un mioche de trois ans sortir en courant d'un sauna pour se rouler dans la neige. L'humiliation était épouvantable ! La seule chose qui me consolait était que j'étais plus âgé que lui et que je pouvais lui donner une bonne leçon, à ce gamin, pour ce qui était de la matière grise. La consolation fut de courte durée : je me souvins que je devais pourrir à seize ans et je compris que l'âge jouait contre moi. Quant au marmot, il dévoila en souriant sa bouche en partie édentée et se précipita dans la neige. Il n'était pas appelé à pourrir, lui.

« Tu peux toujours exhiber ton sourire édenté, sale teigne ! me dis-je. Je te souhaite de geler sur place ! »

En réponse, le mioche éclata de rire et plongea dans la neige, tête la première. Là, ce fut insupportable !

Le vent sifflait derrière la fenêtre. La porte du balcon grinça. Grand-mère était sortie. J'ôtai mon pull en laine et ma chemise, j'ouvris la porte du balcon et fis un pas pour me retrouver sous la neige qui tombait obliquement.

On était au mois de janvier, il gelait comme il est normal au milieu de l'hiver. Le vent faisait tournoyer les flocons de la neige qui poudroyait autour de moi. Une profonde aspiration se bloqua, comme un morceau de glace, dans ma poitrine. Il ne me resta plus qu'une seule pensée en tête : « Je suis gelé ! » — toutes les autres furent emportées par le vent, virevoltèrent tempétueusement avant de s'envoler au loin. Je quittai alors l'étreinte de ce froid glacial qui m'engourdissait et retrouvai la chaleur de la pièce qui sentait le cafard, je refermai la porte du balcon, enfilai mes vêtements avec mes mains indociles, puis j'allai me réchauffer à la cuisine avec du thé fort et brûlant.

Le thé diffusa sa chaleur dans tout mon corps. J'eus envie de m'étendre sous une couverture et de rester couché. Je m'allongeai et fus alors comme enveloppé d'un nuage de chaleur. Je m'endormis rapidement.

Un effleurement froid sur mon front me réveilla et je vis grand-mère penchée au-dessus de moi.

— Tu ne te sens pas bien, mon petit Sacha ? me demanda-t-elle en retirant sa main. Tu as mal quelque part ?

— Non, je ne suis pas malade.

— Qu'est-ce que tu as ? Tu as peut-être une de tes faiblesses, tu sais, celles qui te détraquent complètement ?

— Non, je n'ai pas de faiblesse. Je me suis allongé tout simplement, et je me suis endormi.

— Eh bien, lève-toi ! dit-elle, puis elle sortit de la chambre.

Je n'avais pas envie de me lever. Je m'étais réchauffé dans le lit et, en effet (grand-mère avait vu juste), j'avais ressenti une faiblesse. « J'ai peut-être quelque chose de détraqué ? » me dis-je, et je fermai les yeux pour me concentrer sur mes sensations.

Oh là là, comme je me sentais détraqué sous le bras ! C'était carrément comme si on me perçait un trou à cet endroit. Et de plus en plus…

J'ouvris les yeux. Grand-mère me fourrait le thermomètre sous un bras en le tournant de-ci de-là afin de le placer au mieux. Là, je m'endormis à nouveau.

— On va maintenant mesurer ta *mémérature,* dit-elle en finissant par enfoncer le thermomètre là où elle le voulait. Quand tu étais petit, tu disais «*mémérature*». Et tu disais aussi un «*didiot*» au lieu d'un «idiot». Il t'arrivait de tourner dans un manège, couvert de pisse, et tu agitais les bras en criant : «Je suis un didiot, je suis un didiot!» Quand je changeais tes couches, je te corrigeais gentiment : «Pas didiot, mon petit Sacha, mais idiot.» Et toi, tu recommençais : «Didiot, didiot!» Tu étais comme ça, mon lapin...

La main de grand-mère, qui me caressait tendrement la tête, tressaillit.

— Mon Dieu, tu es brûlant, tu as le front en feu. Mais pourquoi ce malheureux enfant souffre-t-il ainsi? Seigneur, envoie-moi une partie de ses souffrances! Je suis vieille, je n'ai rien à perdre. Aie pitié, mon Dieu! On a raison de dire que les enfants paient pour les péchés de leurs parents. Et toi, mon petit Sacha, tu souffres à cause de ta mère qui n'a jamais été capable que de jouer les traînées, pendant que moi, je lavais tes couches, je portais les courses avec mes jambes malades, je faisais le ménage dans l'appartement.

Une goutte salée me tomba sur les lèvres. Grand-mère continuait de bredouiller je ne sais quoi, mais ses paroles étaient étouffées par le bourdonnement qui résonnait dans mes oreilles et devenait de plus en plus puissant. Plus fort, toujours plus fort! Voilà que je n'entends absolument plus ce qu'elle me dit, il n'y a que du vacarme...

Le ressac. C'est donc que la mer est proche. Non, ce n'est pas la mer, je suis dans la salle de bains. C'est curieux, on entend le bruit des vagues dans la salle de bains maintenant ? Mais bien sûr, puisque je l'entends. Oh là là, quelle eau chaude, mais comment les poissons peuvent-ils vivre là-dedans ? Je plonge et je regarde. Ah tiens, voilà un poisson ! Il nage droit vers moi. Je vais lui demander : comment vivez-vous ici, ne fait-il pas trop chaud ?…

Mais avant d'arriver jusqu'à moi, le poisson tourne et passe par une porte qui s'est soudain ouverte dans la paroi de la baignoire.

— Où étais-tu ? lui demande-t-on de l'autre côté.

— Je traînais, répond le poisson.

La porte claque.

Le bruit de la marée enfle. « Il va y avoir une tempête, me dis-je. Où puis-je me cacher ? Il faut peut-être que j'aille retrouver le poisson. Mais me laissera-t-on passer ? »

Tandis que je m'interroge, une éponge s'approche de moi. Une écoutille s'ouvre et la tête de grand-mère en sort.

— Les êtres faibles de caractère finissent leurs jours en prison, déclare-t-elle. Allez, sors de là !

Je lui obéis.

Il n'y a que des ténèbres au-dessus de l'eau, la seule lumière est la petite lueur rouge du réflecteur.

— Le mot de passe ? me demande une voix au-dessus de moi.

— Je ne sais pas.

— Alors il faut faire une analyse. Quel âge avez-vous ?

— Trente-neuf cinq, répond grand-mère à ma place.

De crainte que l'on se trompe d'analyse à cause de l'inexactitude de mon âge, je crie :

— C'est pas vrai !

La lueur blafarde du réflecteur s'amplifie, elle devient très vive et se transforme en une lampe de chevet qui éclaire tout autour.

J'étais au lit. Grand-mère était assise à côté de moi et rangeait le thermomètre dans son étui. Son visage était couvert de larmes.

— Alors, comment ça va, mon petit Sacha ?

— Mal, mémé.

Devant mes yeux se trouvait la chambre, mais c'était comme si mon corps était resté dans la baignoire remplie d'eau chaude ; de temps à autre y circulait un courant d'eau froide venant du pommeau de la douche qui avait été plongé dans l'eau de la baignoire.

« Ce n'est donc pas la marée qui fait du bruit, mais la douche. Comment ne l'ai-je pas deviné tout de suite ? Il y a une douche dans la salle de bains, mais d'où vient la marée ? La marée dans la salle de bains est une idée stupide. Mais que faire, si une idée stupide me traverse l'esprit ? Il faut lui substituer au plus vite une idée intelligente. Mais où puis-je pêcher en moi une idée intelligente ? Où est-elle donc passée, que diable, elle était juste là… »

— Elle a pris un billet de train et elle est partie, dit un petit bonhomme aux jambes torves, entièrement vêtu de vert, sorti de derrière une cloche.

« Mais d'où sort cette cloche ? » me dis-je.

— Les Trésors du Kremlin, répond le petit bonhomme qui prend le battant et se met à flanquer de toutes ses forces des coups sur la cloche.

— Chut ! lui dit le battant. Une procession va défiler d'un instant à l'autre avec un grand tambour, n'oublie pas de lui rendre les honneurs.

Le petit bonhomme laisse tomber le battant, il sort de sa poche une batteuse à vapeur pour égrener les honneurs afin qu'il soit plus aisé de les rendre.

La procession avec le grand tambour apparaît au loin. Celui-ci n'est pas simplement grand : il est si énorme que son approche provoque l'effroi. De toute évidence, lorsqu'il sera là, il engloutira tout dans son gigantisme. On ne voit pas la procession. Le tambour l'a engloutie et flotte tout seul dans l'air. De plus en plus près. Bou-oum bou-oum ! Le tambour se rapproche, il se bat lui-même de l'intérieur, comme si ce qu'il avait englouti le battait. Bou-oum bou-oum ! Il est tout près, il va bientôt m'engloutir, moi aussi. Que faire ?! Il me semble qu'il faut lui rendre les honneurs. Comment peut-on le fracasser ? Sa masse énorme est suspendue au-dessus de moi. Dans un instant, il va se frapper lui-même. C'est irrémédiable. Je sens que je vais disparaître dans quelques secondes et que je deviendrai une particule du tambour. Il ralentit. Il attend pour voir si on va lui rendre les honneurs. Mais pourquoi dois-je le faire le premier ? Que le premier soit le petit bonhomme vert !

Qu'est-ce que c'est ? Le bruit de sa batteuse s'est amplifié. La batteuse elle-même se met soudain à se dilater. Elle devient de plus en plus démesurée, mais elle est encore d'une insignifiance dérisoire en comparaison du tambour. Ses claquements se transforment en un grondement effrayant ; face aux battements du tambour, ce n'est cependant qu'un léger bourdonnement.

— Bou-oum ! Bou-oum ! fait le tambour au-dessus de moi, avant de se diriger tout droit vers la batteuse.

— Crrrac ! fait celle-ci en décuplant son grondement au point de couvrir les battements, et, devenue d'un coup deux fois plus grande que le tambour, elle avance dans sa direction.

« Ils vont se télescoper ! Se télescoper juste au-dessus de ma tête ! » me dis-je en comprenant ce qui va se passer, et j'ouvre les yeux en gémissant.

— Il est tout brûlant, Galina Serguéïevna. Apparemment, il n'a pas de toux, mais ça va sûrement venir, ça ne se termine jamais chez lui sans déclencher de l'asthme. Il n'a pas droit à l'aspirine… à l'analgine non plus. Vous le savez bien, avec son insuffisance rénale, les fébrifuges sont un poison pour lui.

Grand-mère était assise à côté de moi et parlait au téléphone.

— D'accord, j'essayerai de lui administrer un lavement. Je ne sais même pas comment ce monstre s'est débrouillé pour prendre froid… Si, un monstre ! Un monstre, parce que les enfants normaux ne prennent pas froid en trois heures pendant qu'ils sont seuls à la maison. Quand je suis partie, il était en bonne santé. Enfin, je veux dire, il n'a jamais été en bonne santé depuis qu'il est né, mais au moins il pouvait marcher et sa température était normale, alors que maintenant il n'est même plus capable de soulever la tête… D'accord, je vous attends demain à dix heures. Galina Serguéïevna, ma chère amie, prenez, à tout hasard, de la poudre de Zviagintseva, je vous la rembourserai… Mais non, voyons ! Un sou est un sou, et on n'a toujours pas augmenté le salaire des médecins. Je vous attends pour dix heures. Au revoir.

Grand-mère raccrocha.

— Alors, comment ça va ?

— J'ai vu un tambour effrayant.

— On devrait tendre ta peau sur un tambour, tellement j'en ai marre de toi ! Je n'ai plus la force d'attendre que tu pourrisses.

— C'était un grand tambour, mémé. Très, très grand.

— Eh bien, s'il est si grand, ta dépouille n'y suffira pas. Galina Serguéïevna vient demain à dix heures, elle va t'examiner.

Galina Serguéïevna était mon médecin traitant et sans deux ou trois de ses visites je ne guérissais d'aucune de mes maladies. Or, si on multiplie le nombre de ses visites par le nombre de mes maladies, le fait est que je la voyais vraiment très souvent.

«C'est gênant vis-à-vis d'elle, me disais-je. Elle ne rend visite aussi fréquemment à personne d'autre, sans doute. À peine a-t-elle écrit une ordonnance et dit : "Bon, Sacha, au revoir, et ne sois pas malade", qu'elle doit revenir. Et le lendemain, ça recommence…»

Grand-mère disparut dans la cuisine et revint cinq minutes plus tard avec une tasse d'où émanait un parfum de feuillage de bouleau ébouillanté.

— Bois !

Elle approcha la tasse de mes lèvres.

C'était un nouveau mélange de plantes. Elle était une experte dans le domaine des tisanes de toute nature et, à partir d'une modeste quantité d'herbes qui étaient en vente dans la pharmacie la plus proche, elle préparait des breuvages aux parfums et aux goûts les plus variés, affirmant que leurs vertus médicinales étaient différentes et strictement définies pour chaque cas. Ayant toute confiance en grand-mère, je bus cette nouvelle potion, puis me renversai sur mon oreiller.

— Reste couché, mon poussin, dit-elle. Dans une demi-heure, je t'administrerai un petit lavement pour faire baisser ta température.

— Quel lavement ?

— Ordinaire. Sans remède particulier. Je vais te le faire et les toxines s'en iront, et ta fièvre diminuera d'un degré et demi. Je vais le préparer juste avec de la camomille.

Grand-mère sortit et revint peu après avec l'imposant «petit lavement» qui par sa taille me rappelait Jéleznovodsk et la barbe à papa.

— Mets-toi sur le côté, mon petit agneau, comme si tu faisais déjà dodo. Avec la camomille on fera cui-cui — et la fièvre aussitôt se sera enfuie. Tu vois un peu ta mémé, comme elle torche des vers! Allez, tourne-toi.

Et elle graissa l'embout long et brillant d'une poire.

Tandis que la camomille purgeait les toxines, je songeais à mon destin. «Voilà des fleurs, me disais-je en admirant la consistance de mes pensées. Voilà des marguerites. Elles pourraient pousser dans un champ, grâce à elles on pourrait faire des devinettes ("je t'aime, un peu, beaucoup…"), et au lieu de cela, que sont-elles devenues? Le voilà, le destin dont grand-mère me rebat les oreilles. Mais quel destin puis-je avoir?»

Le lavement prit fin à cet instant, et mes réflexions sur le destin furent interrompues par une mesure plus importante qui entraîna, effectivement, une baisse de ma température.

— Mémé, donne-moi une pomme à grignoter.

Elle alla chercher un fruit dans l'autre pièce et je m'interrogeai sur ce que je pouvais encore lui demander. Lorsque j'étais malade, je lui réclamais souvent ce dont je n'avais aucun besoin, en fait, ou bien je prétendais exprès que j'avais le nez bouché ou mal à la gorge. J'aimais bien voir grand-mère s'agiter à côté de moi avec des gouttes et des gargarismes, m'appeler «mon petit Sacha» et non «maudit salaud», demander à grand-père de parler moins fort et la voir faire des efforts pour marcher silencieusement. La maladie me gratifiait de ce que ne pouvaient m'offrir les devoirs, même faits sans la moindre faute : l'approbation de grand-mère. Bien entendu, elle ne me félicitait pas d'être malade, mais elle se conduisait avec moi comme si j'étais un garçon formidable, comme si je m'étais distingué dignement et que j'avais fini par mériter de bonnes relations avec elle. Bien que, même malade, j'aie parfois droit à ma volée de bois vert…

— Salaud, vaurien ! hurla-t-elle en revenant sans la moindre pomme. Je me casse la tête pour savoir pourquoi tu es tombé malade, et je sais que tu es malade parce que tu es un débile !

— Mémé, ne jure pas. Je suis un malade, lui dis-je, histoire de lui rappeler les règles à observer.

— Tu es un malade de la tête, oui, grave et incurable ! Bon Dieu, qu'est-ce que tu es allé faire sur le balcon ?

— Je n'y suis pas allé…

— On ne saurait trouver de crétin pire que toi, même en plein jour avec une torche. Tu sors d'une maladie et voilà que tu t'exposes au froid glacial. Et, bien entendu, tu ne t'es pas habillé…

— D'où est-ce que tu sors que je suis allé sur le balcon ? Je ne m'en suis même pas approché.

— Et les traces sur la neige, elles sortent d'où ? Elles datent de l'hiver dernier, hein ?

« Ah, bon Dieu ! me dis-je en comprenant mon erreur. Je voulais grignoter une pomme ! Les fruits sont sur le rebord de la fenêtre, et grand-mère a vu mes traces qui n'ont pas encore été effacées. » Que pouvais-je lui répondre ?

— Mémé, ce ne sont pas mes traces.

— Qui les a laissées ? Hein ?

— C'est très simple ! Ne t'inquiète pas. Tu comprends, il y a des chaussons qui sont tombés de l'étage du dessus…

— Et puis ?!

— Ils ont laissé des traces.

— Tu aurais mieux fait de les recevoir sur la tête ! Ils auraient pu rester là jusqu'à ce que je revienne. Qu'est-ce que tu avais besoin d'aller les ramasser ?

— Je ne les ai pas ramassés ! Je te dis que je ne suis pas sorti sur le balcon !

— Il ne faut pas prendre mémé pour une débile ! Je n'ai pas encore perdu la tête, alors que toi, depuis ta naissance, la tienne n'est pas tout à fait en place, apparemment. S'ils sont tombés et que tu ne les as pas ramassés, où est-ce qu'ils sont ?

— Où… Ce sont des corbeaux qui les ont emportés. Tu sais, ils aiment ce qui brille, et ces chaussons, ils étaient brillants, argentés… Avec des petits pompons.

— Des petits pompons… Tu mens comme un arracheur de dents. Bon, ça ne fait rien, grand-père rentre bientôt et on va examiner la question avec lui.

Grand-père ne se fit pas attendre longtemps et, dès qu'il eut franchi la porte, il fut informé de ce qui se passait.

— Sénetchka, ce salaud de débile est retombé malade. Je l'ai laissé tout seul, et il est sorti sur le balcon pour aller ramasser des chaussons, paraît-il. Il prétend qu'il n'a pas mis le nez dehors et que des corbeaux les ont emportés, mais moi je crois qu'il raconte des salades. Le plus probable, c'est que c'est lui qui est sorti pour leur envoyer je ne sais quoi.

— Où sont les chaussons ?

— Avec quoi tu écoutes, espèce de sourdingue ?!
Je viens de te l'expliquer ! Il dit que ce sont des corbeaux qui les ont emportés…

— Mais pourquoi tu te mets tout de suite à
gueuler ? Je te demande où sont mes chaussons.

— C'est sans doute ce salaud qui les leur a jetés !
Pourquoi, espèce d'ordure, tu as flanqué dehors
les chaussons de pépé, hein ?! me cria grand-mère
depuis le couloir.

— Mais ils sont là, fit grand-père qui les avait
retrouvés et s'était assis pour demander à grand-mère
de tout lui raconter à nouveau depuis le début.

— On ne répète pas deux fois la même chose à un
type qui est sourd comme un pot, Sénetchka. Pour
faire court, des chaussons sont tombés de là-haut sur
le balcon. Ce crétin est allé les ramasser et il ment
en prétendant qu'il n'est pas sorti et que ce sont des
corbeaux qui les ont emportés.

— Il ment, c'est évident, admit grand-père. Et les
chaussons, ils sont beaux ?

— Mon Dieu, pourquoi est-ce que je dois vivre
avec des débiles ?! On vient de t'expliquer qu'il les
a jetés !

— Eh bien, qu'ils aillent au diable, Nina. Quoi, tu
n'as pas de chaussons, peut-être ?

— Tu parles d'un demeuré, c'est un châtiment de
Dieu ! La question n'est pas qu'il les ait jetés ou non,
mais qu'il est sorti sur le balcon sans s'habiller et qu'il
est tombé malade.

— Il est tombé malade ? Ah-ah, bon…

Il entra dans la chambre où j'étais couché.

— Qu'est-ce qui t'est arrivé ? demanda-t-il.

— C'est toujours la même chose, répondit à ma
place grand-mère qui était entrée derrière lui. C'est
un enfant anormal, tu le sais. Ou bien il n'arrête

pas de courir et il est en nage, ou bien il se laisse tomber dans le ciment. Et cette fois, il est sorti sur le balcon. Et le salaud d'en haut, il n'est pas mal non plus. Qu'est-ce qu'il a à jeter des chaussons depuis le balcon alors qu'un enfant malade risque de les recevoir sur la tête en dessous? Et si c'était lui qui avait sauté de là-haut pour les reprendre?

— Oui, ce sont des égoïstes. Ils ne pensent qu'à eux et seulement à eux, ajouta grand-père, qui s'assit au bord de mon lit. Tu veux que je te raconte une histoire?

— D'accord.

— Un mari rentre chez lui après un voyage d'affaires, et sa femme a un amant…

— Tes histoires salaces n'intéressent personne, l'interrompit grand-mère qui avait décidé, semble-t-il, que c'était à elle de me faire rire, et elle se mit à parler d'un ton enjoué en pointant un doigt vers la fenêtre. Regarde, mon petit Sacha, il y a un moineau qui s'est envolé! Il a fait caca, et il ne s'est pas nettoyé le derrière.

Et grand-mère éclata de rire.

— Quelle facétieuse tu fais! remarqua grand-père en l'approuvant. Mais de quel moineau s'agit-il, à onze heures du soir?

— C'est-à-dire que… Il a peut-être eu une lubie, répondit grand-mère qui sortit de la pièce, l'air un peu confus, en marmonnant qu'il ne valait pas la peine de perdre la notion de l'heure en notre compagnie.

En profitant de son départ, je demandai à grand-père de me raconter la fin de son histoire.

— Je vais t'en raconter une autre, me proposa-t-il en frémissant. Serre les dents et dis: «Je ne mange pas de viande.»

Je serrai les dents et, à ma grande surprise, je parvins à lui dire assez distinctement que je ne mangeais pas de viande.

— Eh bien, mange de la merde ! reprit-il en riant, ravi de la plaisanterie qui avait atteint son but. C'est bon, dors maintenant.

Très satisfait de lui-même, il se rendit à la cuisine. D'après les cris qui éclatèrent une minute plus tard — «Tu n'as qu'à manger des pissenlits par la racine ! » —, je compris qu'il avait testé ses calembredaines sur grand-mère.

J'aurais volontiers suivi le conseil de grand-père de dormir. Sous les draps, il faisait une chaleur insupportable, et en dehors je frissonnais de froid. En outre, j'avais du mal à respirer, comme si quelqu'un d'invisible s'était assis sur ma poitrine et, après avoir introduit une main entre mes côtes, me comprimait les poumons de ses doigts glacés et visqueux. De légers sifflements sortaient maintenant de ma poitrine. Les entendant, grand-mère revint dans la chambre.

— Qu'est-ce que tu as, mon lapin, tu as du mal à respirer ? me demanda-t-elle en me touchant les pieds. Tes petits pieds sont tout froids. Je vais t'apporter une bouillotte.

La bouillotte, enveloppée dans une serviette, fut placée sous mes pieds. Cela me fit moins frissonner.

— Comme tu siffles, mon poussin. Comment pourrait-on te supprimer cette tendance à l'asthme ? Galina Serguéïevna n'apportera que demain la poudre de Zviagintseva. Je devrais peut-être appeler les urgences. S'ils viennent, ils vont arrêter la crise. Tu as beaucoup de mal à respirer ?

— Ce n'est rien, mémé. Éteins la lumière, j'arriverai peut-être à m'endormir, et demain on verra.

— C'est la lumière qui te tape sur les nerfs, mon lapin ? Je vais l'éteindre.

— Comment va-t-il ? demanda grand-père en jetant un œil dans la chambre.

— Va te coucher, Sénetchka, je t'en prie. De toute façon tu n'es d'aucune aide, et la seule chose que tu es capable de faire est de nous taper sur les nerfs, à lui et à moi.

Il sortit. Elle éteignit la lampe et s'allongea à côté de moi.

— Dors, mon petit chéri, chuchotait-elle en me caressant la tête. Demain Galina Serguéïevna va venir, et elle arrêtera ta crise, elle t'appliquera des ventouses. Pour l'instant, dors. Dans le sommeil, la maladie s'en va. Quand j'étais malade, j'essayais toujours de dormir. Tu veux peut-être une petite valériane ? Ou bien tu veux que je remette de l'eau chaude dans la bouillotte ?

La voix de grand-mère s'éloigna. Le sommeil arriva lentement, mais sûrement.

« Pourvu que je me réveille demain », me dis-je en m'endormant.

Ce fut la voix puissante et vigoureuse de Galina Serguéïevna qui me réveilla. Bien que le sommeil se soit prolongé quelques minutes encore, semblait-il, il me quittait lentement, comme si ses multiples écailles se détachaient l'une après l'autre.

— Bonjour, Sacha, dit Galina Serguéïevna en entrant précipitamment dans la chambre. Le claquement des talons de ses bottines résonnait désagréablement dans ma tête. Eh bien, tu es retombé malade ?

— Ah, Galina Serguéïevna, dit grand-mère, cet enfant est un pauvre martyr. Vous connaissez ce dicton plein de sagesse : les enfants paient pour les péchés des parents. Lui paie pour les péchés de sa traînée de mère…

Grand-mère recommença à parler des péchés de maman, choisissant ceux dont Galina Serguéïevna n'avait pas été informée lors de ses précédentes visites, les enrichissant de nouveaux détails. Galina Serguéïevna l'interrompit et m'ausculta.

— Alors, qu'est-ce qu'il a ? demanda grand-mère. C'est encore une bronchite ?

— Oui, Nina Antonovna. Vous le connaissez aussi bien que n'importe quel médecin.

— Si ce n'est mieux, fit-elle avec un ricanement amer. Moi, je l'observe chaque jour.

Galina Serguéïevna expliqua alors la façon dont il fallait me soigner. Le sens de ses mots ne parvenait pas jusqu'à mon cerveau. À cause de mon mal de tête, je ne saisissais pas le lien qui existait entre eux, mais je savais que Galina Serguéïevna ne disait rien de nouveau et que grand-mère, connaissant depuis longtemps tous les traitements, était impatiente de reprendre l'énumération des péchés de maman, et elle recommença dès que Galina Serguéïevna se tut.

— … et elle a abandonné son enfant sur mon cou malade…

Je parvenais à saisir le lien entre certains mots.

— Nina Antonovna, voici de la poudre de Zvia-gintseva, donnez-lui-en tout de suite. Donnez-lui du Bactrim après les repas, ajouta Galina Serguéïevna, qui préparait les ventouses.

Celles-ci laissèrent sur mon dos des cercles gorgés d'un sang violacé. L'air de la chambre était imprégné d'une odeur d'éther, de coton brûlé et de pommade. Les doigts glacés qui me comprimaient les poumons se réchauffèrent et desserrèrent légèrement leur étreinte. Grand-mère me frictionna le dos et m'enveloppa dans une couverture. Puis elle sortit de la table de chevet un objet long et brillant et, prenant Galina Serguéïevna par le bras, elle lui chuchota à l'oreille :

— Prenez cela, ma chère Galina Serguéïevna. Vous êtes notre soleil, jamais vous ne nous abandonnez dans le malheur. Prenez, vous me ferez plaisir.

Grand-mère tendait avec insistance à Galina Serguéïevna, qui avait l'air embarrassée, un petit étui que bizarrement je crus reconnaître. La veille encore, je l'avais vu dans les mains de grand-mère. Qu'est-ce que c'était ? Une idée m'illumina…

— Mémé, ce n'est pas avec ça que tu as enduit hier l'embout de la poire à lavement ? lui demandai-je d'un air surpris.

Galina Serguéïevna, qui était sur le point de prendre l'objet en question, agita les mains et fit rapidement ses adieux.

— Au revoir, Nina Antonovna. Au revoir, Sacha.

Puis elle claqua la porte.

— Tu es un vrai crétin, dit grand-mère en remettant l'objet en question à sa place. Comment as-tu pu croire que j'enduisais de rouge à lèvres l'embout de la poire à lavement et que je pouvais ensuite l'offrir à un médecin ?

— Quoi, la poire ?

— Idiot ! Le rouge à lèvres ! Bon, ce n'est pas grave, je l'offrirai à Eléna Mikhaïlovna. Il va falloir lui montrer tes analyses, et je le lui donnerai à cette occasion… Comment te sens-tu, ça va mieux ?

— Je respire mieux, mais j'ai mal à la tête.

— Je vais remettre de l'eau chaude dans la bouillotte, et dans un moment tu vas devoir manger un peu pour prendre le Bactrim. On ne peut pas en prendre sur un estomac vide.

— Je ne veux pas manger.

— Il le faut. Quand on est malade et qu'on ne veut pas manger, il faut le faire tout de même un peu. Je vais te préparer de la semoule.

Mes poumons se détendaient un peu, ma toux se calmait et les doigts froids avaient relâché leur étreinte. Je me rendormis.

— Mon petit Sacha, mange, dit grand-mère en posant sur ma table de chevet une assiette de semoule. Mais on va d'abord se frictionner les menottes et la frimousse avec une petite serviette humide. Relève-toi, allez !

Je me frottai les mains et le visage avec la serviette humide, puis avec une serviette bien sèche.

— Tiens, mon lapin, prends une cuiller pour grand-mère… Une pour grand-père… Pour maman, que les diables avalent des louches de poix. Une pour Galina Serguéïevna. À cause de toi, l'idiote, elle s'est vexée, la pauvre. Tu prendras encore une petite cuiller pour elle, afin qu'elle ne le soit pas.

Je finis de manger la semoule et, n'ayant plus de force, me renversai sur mon oreiller. Des gouttes de sueur froide perlèrent sur mon front, mais c'était agréable. Grand-mère me donna des cachets, elle arrangea mon oreiller et me demanda :

— Qu'est-ce que je peux encore faire pour toi ?

— Lis-moi quelque chose.

Quelques minutes plus tard, grand-mère était assise à côté de moi sur le lit, un livre à la main. Elle m'épongea le front et commença à lire. Peu m'importait le livre qu'elle avait choisi. Je ne saisissais pas le sens des mots, mais il était agréable d'entendre grand-mère lire à voix basse. Jamais je n'aurais imaginé que sa voix était aussi agréable lorsqu'elle ne criait pas. Elle me calmait, elle faisait disparaître mon mal de tête. J'avais envie de l'écouter le plus longtemps possible, et je l'écoutais, je ne cessais de l'écouter...

Un mois plus tard, Galina Serguéïevna, qui venait m'examiner pour la quatrième fois, dit :

— Il pourra aller à l'école dans deux jours. Je vais lui faire un certificat. Mais pour combien de temps je dois le dispenser de gymnastique ? Pour deux semaines, ça suffit ?

— Il doit encore rattraper deux semaines de cours, et de toute façon il est dispensé d'éducation physique. Mais écrivez deux semaines pour le principe, proposa grand-mère avec un sourire.

Galina Serguéïevna laissa sur la table le rectangle blanc du certificat et se dépêcha de prendre la direction de la porte.

— Au revoir, Nina Antonovna. Sacha, porte-toi bien. J'espère que tu ne tomberas plus malade.

— Vos paroles sont comme du miel, dit grand-mère, et accompagnant Galina Serguéïevna jusque dans la cage d'escalier, elle referma la porte derrière elle.

Et j'entendis des bribes de phrases :

— Très sincèrement, Galina Serguéïevna... Ça me fait plaisir...

Ajoutons que Galina Serguéïevna n'eut certainement pas le temps de goûter au miel. Deux semaines plus tard, après que j'eus rattrapé les cours, mes bottes se remplirent de neige dans la cour et j'attendis de nouveau sa visite, souffrant d'un rhume accompagné de toux.

LA DISPUTE

Le titre de ce récit vous semblera étrange : grand-mère se querellait tous les jours avec nous, ses cris ont maintes fois jailli de ces pages, et consacrer un chapitre entier à ce qui semble avoir été déjà raconté paraîtra superflu à première vue. Le fait est que la dispute telle que je l'entends représente un état supérieur aux simples cris. Le cri était la règle ; la dispute, une exception malgré tout.

Habituellement, grand-mère et grand-père m'injuriaient de concert. Elle criait, m'affublait de tous les noms d'oiseaux ; lui exprimait son accord avec elle et plaçait quelques bons mots, du genre :

— Oui, bien entendu. À quoi bon en parler ! C'est encore rien de le dire…

Après m'avoir déversé tout ça sur la tête, l'un et l'autre déclaraient qu'ils ne voulaient plus discuter avec moi, je partais dans l'autre pièce et, entendant leurs voix qui s'étaient calmées, je pensais avec hargne : « Ils sont de mèche ! »

Mais au bout d'un certain temps, le ton de leur voix s'élevait à nouveau, me parvenaient des mots comme « chourineur » et « traître », et je comprenais que c'était au tour de grand-père de tomber en défaveur. Je sortais témérairement de la pièce et me dirigeais droit vers le cri, sachant que grand-mère avait besoin de mon approbation et que, ainsi, elle me pardonnerait n'importe laquelle de mes fautes. En donnant des noms d'oiseaux à grand-père, elle choisissait constamment des expressions nouvelles pour montrer de façon comique à quel point il était un imbécile, tout en jetant des coups d'œil dans ma direction comme pour me demander : « Tu as vu la façon dont je lui ai fait sa fête ? »

Et bien que je fusse désolé pour grand-père, j'étais incapable de retenir des ricanements d'admiration. Cela me rappelait dans une certaine mesure la maison de repos de Jéleznovodsk où Lordkipanidzé distribuait des torgnoles, tandis que nous rigolions de ses commentaires.

Se retrouvant en disgrâce, grand-père prenait alors sa chapka et sortait. Là, je l'enviais toujours, car lui, il pouvait échapper aux cris à tout moment, moi non. Et si, après son départ, grand-mère s'en prenait de nouveau à moi, je devais la supporter jusqu'au bout, étant dans l'impossibilité absolue de lui échapper. De telles scènes se produisaient fréquemment, j'en avais l'habitude et je ne les assimile aucunement aux disputes qui s'avéraient bien plus graves : celles-ci mûrissaient plusieurs jours d'affilée et, après avoir éclaté, elles s'incrustaient pour longtemps dans ma mémoire.

La dispute que je vais évoquer avait mis trois jours à mûrir. Tout avait commencé par la découverte d'une souris dans l'appartement. Grand-mère en avait très peur et, voyant qu'une boule grise avait traversé une pièce à toute vitesse d'un air affairé pour se retrouver sous le réfrigérateur, elle était montée sur la table et avait poussé un tel hurlement qu'un couple de pigeons s'était envolé du rebord de la fenêtre où il roucoulait.

— Sénetchka ! Il y a une souris ! Une souris ! Une souris, putain !

— Qu'est-ce qui se passe ? demanda grand-père qui accourut en traînant des pieds dans ses chaussons.

— Là ! Sous le frigo ! Il y a une souris ! Une souris, je te dis ! !

— Et alors ?

Une telle indifférence stupéfia grand-mère jusqu'au tréfonds de son âme. Elle s'imaginait sans doute que grand-père allait sautiller dans la cuisine et crier : « Une souris ! Putain, une souris ! », puis qu'il se jetterait sur le réfrigérateur pour le soulever, mais il ne fut même pas surpris. Grand-mère éclata alors en larmes, déclara que toute sa vie elle avait été comme un poisson qui se heurte à une couche de glace, que jamais elle n'avait trouvé d'aide ni de sympathie auprès de qui que ce soit, et elle finit par des malédictions proférées à tue-tête.

Grand-père se rendit chez des voisins et revint avec un doigt enflé à cause de leur tapette qu'il avait essayée pour voir comment elle fonctionnait. La douleur l'avait mis dans tous ses états, il en avait oublié le piège et, essuyant des accusations d'imbécillité et d'égoïsme, il retourna la rechercher. Il se coinça un deuxième doigt en fixant un morceau de gruyère sur la planchette.

Grand-mère prétendait que la souris était plus intelligente que lui, elle avait chipé le gruyère avant la nuit et l'avait caché derrière l'armoire de la chambre en rompant le silence avec ses grignotements assidus. Elle déclara qu'elle était si épouvantée qu'elle était incapable de dormir et exigea qu'on la débarrasse de cet animal sur-le-champ. On estima que la tapette était inutile et grand-père téléphona à plusieurs voisins pour se renseigner sur les autres moyens qu'il était possible de mettre en œuvre : l'un d'eux lui conseilla de fixer contre une plinthe de la laine de verre imbibée de vinaigre. Grand-père rapporta donc de la laine de verre de la chaufferie, il trouva du vinaigre dans un placard de grand-mère et, après avoir écarté des murs les armoires et les lits, il fixa la laine de verre jusqu'à une heure du matin. Ses mains se couvrirent de taches marron qui le démangeaient, mais les grignotements cessèrent.

À peine nous étions-nous couchés que la souris recommença à chicoter dans un coin. Grand-mère lança un de ses chaussons. La souris reprit narquoisement ses activités.

— Sénetchka ! Elle s'est remise à gratter ! Fais quelque chose ! cria grand-mère.

Il était déjà couché, il avait mis son dentier dans un verre, mais il se leva quand même et tira de nouveau l'armoire. L'arrogante souris réussit toutefois à se faufiler jusqu'au trumeau et là, elle recommença à grignoter. Tout en se grattant les mains, grand-père proposa de remettre la tapette. Ayant par miracle réussi à ne pas se pincer le doigt une troisième fois, il fixa le levier au crochet et plaça le piège le plus près possible du bruit. La souris s'était cachée. À toutes fins utiles, j'armai un arc miniature qui tirait des allumettes affûtées et je le pris avec moi dans le lit. Je pensais que la tapette ne fonctionnerait pas, de toute façon, mais que la souris apparaîtrait pour prendre le bout de fromage : je pourrais alors tirer dessus. Les yeux fixés dans l'obscurité, je vérifiai d'un doigt la pointe de l'allumette, je bandai l'arc en plastique en ayant l'impression d'être un véritable chasseur. La souris ne sortit pas de sa cachette. Et je m'endormis.

Je me réveillai à cause d'un triomphal « aha ! » de grand-père. Un souriceau brisé en deux était plié sous le levier rabattu par le puissant ressort du piège.

— Eh bien, qu'est-ce que je disais ? Voilà, c'est fini ! annonça-t-il gaiement en montrant l'animal à grand-mère.

— Sadique…, s'écria-t-elle, et des larmes roulèrent de ses yeux. Qu'est-ce que tu as fait, espèce de sadique ?

— Quoi ? demanda grand-père, ahuri.

— Pourquoi tu l'as tuée ?

— Mais enfin, c'est toi qui me l'as demandé !

— Qu'est-ce que je t'ai demandé ? Est-ce que j'ai pu demander une chose pareille ? Je pensais que le piège la serrerait juste un tout petit peu, mais pas qu'il la briserait en deux comme ça ! Regarde ce petit souriceau, qui est tout…, balbutiait-elle à travers les larmes. D'accord, s'il s'était agi d'une grosse souris, mais regarde ce petit bout de chou. Sadique ! J'ai toujours su que tu étais un sadique ! Et tu regardes ça et ça te réjouit. Tu te réjouis d'avoir exterminé un être vivant ! Et si on te cassait la colonne vertébrale de cette façon ? Qu'est-ce que tu vas en faire ?

— La mettre dans les cabinets.

— Je te l'interdis !

— Quoi, il faut que je l'enterre, peut-être ? demanda-t-il sur le point de craquer.

Je voulais proposer de l'enterrer derrière la plinthe, mais je me souvins que grand-père l'avait bourrée de laine de verre, et je me tus. Grand-mère pleura la mort de cette malheureuse bestiole toute la matinée, puis un autre événement la tarabusta.

— Sénetchka, quand tu as remué l'armoire, tu n'as pas trouvé trois cents roubles ? lui demanda-t-elle d'un ton affolé.

— Non, où ça ? Si je les avais trouvés, je te l'aurais dit, quand même.

— Donc, on les a volés.

Tout l'argent que grand-père rapportait, elle le fourrait dans des cachettes qu'elle seule connaissait. Le temps passant, elle oubliait souvent où elles se trouvaient et quelle somme elles recelaient. Elle enfouissait des billets sous le réfrigérateur et sous l'armoire, elle les glissait dans le tonnelet de l'ours en bois posé sur l'armoire de grand-père, elle les planquait dans des pots contenant de la kacha. Dans certains livres étaient glissées des obligations, par conséquent grand-mère interdisait qu'on les touche, et si je demandais quelque chose à lire, elle secouait le livre au préalable pour vérifier si un billet n'y traînait pas. Un jour, elle enfouit dans le sac contenant mes chaussures de rechange un portefeuille contenant huit cents roubles, puis elle les rechercha en prétendant que maman qui était venue la veille était coupable de cette disparition. Le portefeuille resta suspendu une semaine entière dans le vestiaire de l'école, et les femmes de service ignorèrent que se trouvait sous leur nez une aubaine bien plus précieuse que la doublure en fourrure qu'elles m'avaient chapardée un jour.

Comme elle oubliait les endroits où elle avait enfoui l'argent, grand-mère trouvait tantôt cent roubles là où elle s'attendait à en dénicher cinq cents, elle en récupérait mille là où elle croyait n'en trouver que deux cents. Parfois, ses cachettes disparaissaient et elle prétendait alors qu'il y avait des voleurs à la maison. En dehors de maman, elle soupçonnait de vol tous les médecins, y compris Galina Serguéïevna, et tous ceux avec qui il lui était arrivé d'avoir de vagues relations, en premier lieu Roudik, l'homme qui entretenait la chaudière de l'immeuble. Il n'était jamais entré chez nous, mais grand-mère prétendait qu'il possédait les clefs de tous les appartements, et venait fouiller partout quand ils étaient vides. Grand-père avait beau lui expliquer qu'une chose pareille était inimaginable, elle répondait qu'elle connaissait la vie mieux que lui et savait percevoir ce que les autres ne voyaient pas.

— J'ai vu comment il est de mèche avec une gardienne. Un jour, quand nous sommes sortis, il a échangé des clins d'œil avec elle, puis il est entré dans l'immeuble. Et comme par hasard, trois de mes topazes ont disparu. Il y en avait dix et je n'en ai plus que sept, voilà !

Lorsque grand-père lui demanda pourquoi, dans ces conditions, Roudik n'avait pas pris les dix, elle répondit qu'il était malin et qu'il n'en piquait que quelques-unes pour qu'elle ne remarque rien. Grand-mère décida de cacher çà et là celles qui restaient, elle les sortit d'une vieille théière, les enferma dans de la gaze qu'elle agrafa sous la toile de son matelas, affirmant que Roudik n'aurait jamais l'idée de regarder à un endroit pareil. Puis elle oublia cette cachette, secoua le matelas sur le balcon, et les topazes rapportées d'Inde par grand-père s'envolèrent à jamais.

Grand-mère mettait également sur le compte de Roudik, comme à son habitude, la disparition des trois cents roubles qu'elle prétendait avoir cachés sous l'armoire.

— Avant-hier, on n'était pas là, et il les a chipés, affirma-t-elle, sûre de son fait. Quand tu es allé le voir dans le local de la chaudière, tu n'as pas fait attention à la façon dont il te reluquait ? Pas moqueusement, peut-être ? Si, je sais qu'il te regardait d'un air narquois. Simplement, tu ne l'as pas remarqué. Il s'est dit : « Mais oui, tu peux venir me voir. Je vous ai bien chauffés, hein ? Et pour de jolies petites pierres et de jolis petits billets, en plus. »

— Est-ce que tu te rends compte des absurdités que tu me débites ? s'exclama grand-père, excédé. Comment peut-on seriner de telles choses sur Roudik ? Comment veux-tu qu'il ait nos clefs ?

— Il te les a piquées dans ta poche et en a fait une empreinte. Puis il les a remises en place. Ce sont des professionnels, il ne leur faut que quelques secondes pour faire cette opération.

— Tu dis des sottises, ça me dégoûte d'entendre une chose pareille !

— Tu n'as qu'à pas écouter ! Seulement, les faits me donnent raison, et toi tu es Gros-Jean comme devant. Tu es têtu comme une mule, tu ne veux jamais voir ce qui crève les yeux. Je t'avais averti que Gorbatov est un filou, et tu ne m'as pas crue. C'est mon meilleur ami, tu m'as dit… Eh bien, tu n'as qu'à te les mettre sur le cul, les cataplasmes qu'il t'a refilés !

Je connaissais l'histoire de ces cataplasmes. Grand-père avait un ami, un certain Gorbatov donc, qui s'était proposé de vendre à un bon prix son ancienne voiture. Il l'avait bien négociée, mais au lieu d'argent, il lui avait apporté des cataplasmes et, après avoir poussé des ah ! et des oh !, il avait prétendu qu'on l'avait floué. Grand-mère triomphait, car elle avait eu raison. Gorbatov était devenu un ennemi et, dès lors, grand-père s'était installé dans la posture du personnage buté comme une mule. Il n'y avait guère de choses qui pouvaient le faire sortir de ses gonds, mais le reproche d'être entêté en mentionnant l'histoire de Gorbatov, accompagnée de l'immuable « je te l'avais bien dit », lui faisait voir rouge. Il ne supportait pas ce fer qu'elle remuait dans sa plaie.

— Alors, tu vas te les poser, ces cataplasmes ?
demanda grand-mère quand il se leva du canapé et
qu'il prit son chapeau sans dire un mot. Allez, vas-y,
l'automobiliste ! Tu ne tiendras pas dix minutes. Ton
cul va enfler et tu ne pourras même pas te faire un
lavement !

Grand-père claqua la porte et s'en alla jusqu'au soir.

Le lendemain se produisit ce qui était, selon mes
critères, une dispute véritable. Dès le matin, grand-
mère éclata en larmes, elle évoqua sa vie ratée et en
accusa grand-père en le maudissant. Elle raconta
qu'elle avait rêvé cette nuit-là d'un miroir brisé et
que, de toute évidence, nous n'en avions plus pour
longtemps à devoir supporter sa présence.

— Va au diable, espèce de maudite bigote ! vociféra grand-père en fureur. Ça fait cinq fois que j'entends cette histoire de miroir ! Tu pourrais inventer
quelque chose de nouveau !

— Ne crie pas, Sénetchka, lui demanda grand-
mère d'une voix éteinte. À quoi bon se disputer, en
définitive ? Je n'en ai plus pour longtemps. Il faut
seulement que je tienne jusqu'à cet été, parce que les
enterrements sont plus chers en hiver.

— Chaque hiver tu rabâches la même chose.

— Parce que tu en as marre d'attendre, hein ?
Tu en as assez… Tu veux te dégoter une petite jeunette. Mais ne t'inquiète pas, tu n'as pas longtemps
à attendre !

Et après lui avoir fait la nique sous son nez, elle
se leva de son lit.

Là-dessus, grand-père partit faire des courses.

— Comme toujours ! conclut à son retour grand-
mère, ravie, en regardant dans le sac ce qu'il avait rapporté. Ou tu es miraud, ou tu n'as plus de cerveau !

Qu'est-ce que c'est que ce chou ? C'est bon pour les cochons, pas pour un enfant ! Et bien sûr, tu en as pris trois ! Et ces pommes de terre ! Les pois, c'est...

— Nina, ça suffit pour aujourd'hui, parce que...

— Combien de fois dois-je te seriner, poursuivit-elle sans prêter la moindre attention à sa demande, qu'il faut acheter moins, mais mieux. Mais non, tu fais tout le contraire ! Les corsages, tu en achètes six, mais tu les prends trois tailles en dessous. Et tu prends dix kilos de poires qui sont dures comme des pierres. Toute ta vie, tu suis un seul et même principe : de la merde, mais en gros !

— Nina, ça suffit. Au magasin de fruits et légumes, j'ai eu des problèmes avec mon cœur, je suis fatigué...

— Monsieur est fatigué ! Mais tu peux aller faire les courses en voiture. Moi, toute ma vie j'ai dû tout porter sur mes jambes malades, et que moi je sois fatiguée, ça ne t'intéresse pas ! Moi, je ne prends pas une voiture ! Voilà quarante ans que je suis seule, sans personne pour m'aider ! J'ai élevé un enfant, je m'occupe d'un deuxième, et j'en crève ! Pendant ce temps-là, tu fais des spectacles, tu as ta voiture, tu vas à la pêche, et en plus, monsieur est « fatigué » ! Je maudis le jour et l'heure où j'ai quitté Kiev ! J'étais une idiote. Je pensais : ça c'est un homme. J'ai fini par être convaincue que tu étais de la merde, et ça fait quarante ans que chaque jour je m'en convaincs. Pourquoi, Seigneur, m'envoies-tu un tel châtiment ?

Grand-père n'avait pas encore eu le temps d'ôter son manteau qu'il remit le chapeau qu'il tenait à la main, et il se dirigea vers la porte d'entrée.

— Eh bien, il n'y a que la vérité qui blesse, cria-t-elle dans son dos. Où est-ce que tu files, espèce de cavaleur ?

— Je vais faire un tour…, fit-il dans un soupir en ouvrant la porte.

— Vas-y, vas-y ! espèce de matou châtré ! Tu n'as nulle part où aller. Tu n'as même pas d'amis, comme les hommes normaux. Il n'y a que ce tailleur, une chiffe molle pire qu'une bonne femme, et en plus, celui-là, si tu ne l'emmenais pas à la pêche, il ne s'assoirait même pas à côté de toi pour chier. Tu vas le voir ? Eh bien, vas-y ! Il va te baiser comme Gorbatov !

Grand-père marqua une pause dans l'ouverture de la porte et regarda grand-mère droit dans les yeux.

— Il va te baiser, oui, il va te baiser, et tu te souviendras de mes paroles. Des types comme toi, même Dieu ordonne de les baiser ! Qui a besoin de toi ? Même Sacha, il ne te considère pas comme un être humain…

Grand-père eut le visage déformé par une grimace, et il envoya un coup de poing à celui de grand-mère. Pas vraiment fort, comme si cela lui avait échappé.

— Puisque personne n'a besoin de moi, tu ne me verras plus, salope, fit-il, et il claqua la porte si fort que des éclats de peinture écaillée tombèrent du jambage.

Grand-mère se rendit dans la salle de bains en sanglotant. Elle avait les dents ébranlées, la beigne de grand-père avait suffi pour mettre ses gencives en sang. Il coulait en se mêlant à la salive et aux larmes, il dégoulinait de son menton en gouttelettes roses et oblongues. J'étais terrorisé. Moi-même, j'avais envie de temps à autre de traiter grand-mère de salope, mais j'en avais peur et je n'osais le faire. Une seule et unique fois, alors que j'étais à la cuisine et que j'avais ressenti une vive douleur dans le ventre, tandis que grand-mère était dans la salle de séjour et bavardait au téléphone avec la maman de Sviétotchka, je me dis que je pourrais essayer. Je me recroquevillai contre la table et me mis à cogner dessus avec une cuiller, en me persuadant que mon ventre me faisait si mal que je ne pouvais même pas pousser un cri. Je voulais que grand-mère ne vienne pas tout de suite et qu'elle voie dans quel état lamentable je me trouvais depuis si longtemps par sa faute, et prendre alors cela comme un prétexte. En outre, je savais que grand-mère ne ferait rien à un malade de mon genre, quelles que soient les grossièretés que je lui sortirais et quelles que soient mes fautes. Il me fallut cogner longtemps la cuiller, au point d'en avoir par-dessus la tête. Elle finit tout de même par arriver.

— Pourquoi tu cognes comme ça ?

En continuant de me tordre de douleur, je relâchai la cuiller de ma main prétendument sans force, je dévisageai grand-mère en essayant d'imiter le regard haineux et en tapinois qu'elle adoptait parfois pour me toiser, et j'articulai ceci d'une voix rauque :

— Tiens, salope, je n'oublierai jamais ce que tu m'as fait.

Je m'attendais à ce que grand-mère claque des mains, pousse des ah ! et s'agite autour de moi parce qu'elle se serait sentie coupable, mais elle me demanda simplement :

— Qu'est-ce qui t'arrive ?

En remarquant que mon mal de ventre diminuait, je lui expliquai. Elle me donna à sucer un cachet de charbon actif et retourna au téléphone.

— Il m'a traitée de salope, vous vous rendez compte ! entendis-je. Je ne sais pas, il a quelque chose au ventre, et je ne suis pas allée le voir tout de suite.

Mais comment pourrais-je m'offusquer ? Cet idiot n'est pas capable de comprendre ce qu'il dit. Apparemment, son mal de ventre est passé…

Grand-mère avait à moitié raison. Je me sentais idiot, en effet, mais précisément parce que je comprenais parfaitement l'intention de mes paroles. Je ne fis plus d'autre tentative d'injurier exprès grand-mère, et au cours des disputes j'en avais si peur que l'idée de lui résister ne me traversa plus l'esprit. Grand-père, lui, n'avait pas eu peur, il lui avait répondu… Mais quelle que soit l'étrangeté de mes sentiments, j'eus cette fois de la pitié pour grand-mère.

Elle nettoya le sang de son visage, et tout en pleurant elle s'enveloppa dans une serviette. Je m'approchai d'elle, l'enlaçai et lui dis :

— Ma petite mémé, ne pleure pas, je t'en prie. Fais-le pour moi, d'accord ?

— Je ne pleure pas, mon chaton. Il y a belle lurette que j'ai pleuré toutes mes larmes, c'est comme ça…, répondit-elle avant de se diriger vers son lit.

Ce n'est pas tant par compassion que je l'avais enlacée et appelée ma petite mémé, mais j'avais décidé que, dès l'instant où j'avais un tant soit peu de sympathie, je devais tout de même agir de cette façon. J'espérais également que l'affection que je lui montrais ce jour-là m'épargnerait des désagréments le lendemain et le surlendemain.

Grand-mère ne cessa de pleurer. Elle s'était étendue sur le lit, appliquant sans arrêt une serviette sur son visage inondé de larmes. De temps à autre, son menton était secoué par un tremblement.

— Ne pleure pas, mémé, lui demandai-je encore une fois.

Elle ne me répondit pas. Ses yeux emplis de larmes fixaient une décoration accrochée au mur : un petit bateau en métal forgé d'où pendaient cinq câbles en ambre. Sur celui du milieu étaient enfilés des plaquettes d'ambre également, ainsi que deux petits poissons.

— Mais pourquoi notre bateau est-il arrêté ? Pourquoi ne vogue-t-il nulle part ? s'interrogea-t-elle soudain d'une voix précipitée, comme si elle entamait la lecture d'un conte. Parce qu'ils ont jeté les filets. Et les filets n'ont pêché que deux petits poissons. Ces deux petits poissons, c'est toi et moi, mon petit Sacha. Toi et moi, on nous a trahis, nous sommes entourés de traîtres. Toi, c'est ta mère qui t'a trahi, en t'échangeant contre le nabot, moi, c'est grand-père qui toute sa vie m'a trahie. Tu penses que j'ai toujours été aussi vieille, affreuse et édentée ? C'est la vie, Sacha, qui m'a rendue ainsi. Je voulais être actrice, mais papa me l'a interdit. Il m'a dit que je devais travailler et non dandiner du cul. C'est comme ça que je suis devenue secrétaire au parquet.

Elle se moucha dans la serviette, puis elle y chercha un coin encore sec pour l'appliquer sur ses yeux et elle continua d'un ton plus calme.

— Ensuite, j'ai fait la connaissance de ton grand-père. J'ai eu la mauvaise idée d'aller à ce stade ! J'avais rencontré à l'époque un garçon qui m'avait invitée à voir un match de football, mais il n'est pas venu. Je suis restée au stade, toute seule, furieuse. À côté de moi se trouvaient deux jeunes gens, des comédiens du Théâtre d'art, qui étaient venus en tournée. L'un était un bel homme, grand, mais comme acteur une vraie merde, et à côté de lui se trouvait notre «petit chéri». Il avait une belle frimousse, il était beau, ça ne fait pas de doute, avec une petite fossette à chaque joue. Il avait un beau sourire, sincère. Je lui ai donné mon numéro de téléphone au travail et nous nous sommes retrouvés tous les soirs. Il m'invitait à ses spectacles, moi, je l'emmenais sur la colline de Vladimir et à la plage, sur les bords du fleuve. Quand le jour est venu de son départ, il m'a dit : « Je me marie avec toi et je t'emmène à Moscou ! » Moi, j'étais déjà amoureuse. Je lui ai répondu : « Va chez mes parents et fais ta demande. » Je ne savais pas, espèce d'idiote que je suis, qu'il avait parié qu'il se marierait. Il avait une bonne femme à Moscou, d'une dizaine d'années de plus que lui : ils s'étaient querellés, et il avait parié avec elle qu'il trouverait mieux qu'elle à Kiev. Et il s'est trouvé une idiote ! On s'est mariés vite fait au bureau de l'état civil, on a montré le certificat à mon père, puis on est partis. Mon père a couru sur toute la longueur du quai au moment où le train démarrait en me criant : « Ma fille, ne t'en va pas ! » Il avait bien senti que je ne connaîtrais rien d'autre que des larmes ! Je n'aurais pas dû abandonner mes parents et m'en aller de Kiev. J'étais une imbécile. Que je sois maudite à cause de cela !

Grand-mère éclata de nouveau en larmes. Je me souvins soudain que le matin j'avais préparé un mélange de sel et de têtes d'allumettes et qu'au beau milieu de la dispute je l'avais oublié sur le rebord de la fenêtre de la chambre de grand-père. Si elle se calmait et allait regarder la télévision, les choses risquaient de mal tourner pour moi. Son récit fut abondamment interrompu par des sanglots et je compris que je pouvais la laisser un moment pour filer dans l'autre pièce afin de cacher sous le buffet cette préparation prohibée. Puis je revins dans la chambre. Grand-mère parlait cette fois au téléphone tout en pleurant.

— ... et il m'a emmenée dans une chambre de neuf mètres carrés, Véra Pétrovna, disait-elle à la maman de Sviétotchka. On y a vécu quatorze ans, avant d'obtenir un appartement. Quel tourment, Véra Pétrovna, de vivre avec un âne bâté ! J'étais curieuse de tout, je voulais tout connaître, tout m'intéressait. Combien de fois lui ai-je demandé : «Allons au musée, allons voir une exposition.» Mais non ! Ou il n'avait pas le temps, ou il était fatigué. Je ne pouvais pas y aller toute seule quand même : ce n'était pas ma ville. Je n'assistais qu'aux représentations où il jouait au Théâtre d'art. Il est vrai qu'il y avait de quoi voir, c'était un théâtre extraordinaire à l'époque, mais peu après j'ai cessé aussi d'y aller parce que Aliochenka est né.

Elle se moucha dans la serviette et poursuivit.

— Et vous savez, il y a des hommes qui ne sont pas très malins, mais qui ont le sens pratique. Le mien, en tout il faisait preuve de paresse d'esprit. Il y avait un magasin de l'autre côté de la rue, on pouvait y acheter des meubles normaux. Et il avait de l'argent ! Mais non. Il est allé voir des voisins et il s'est lamenté : «J'ai amené ma femme ici, il faut que j'achète des meubles.» Les voisins lui ont dit : «Eh bien achetez notre canapé.» Et il l'a acheté, il l'a apporté dans notre chambre depuis le grenier. Je l'ai regardé en me demandant ce dont il s'agissait… Et voilà que je me gratte… Il était plein de cafards ! J'ai dû les ébouillanter, les empoisonner avec je ne sais quel produit, j'ai eu un mal fou à m'en débarrasser. Toute ma vie, ça a été comme ça : dès qu'il y avait une merde à vendre, on la lui fourguait ! Les marchands devaient sans doute se donner le mot : voilà le gogo qui arrive ! Et plus tard, quand on envisageait de déménager dans cet appartement, il a fait venir des meubles d'Allemagne. À Moscou, on pouvait en acheter pour presque rien. Mais lui, il a dépensé des devises, payé le transport, et les meubles sont restés pendant un an dans un dépôt avant qu'on obtienne cet appartement. Si au moins il s'était agi de vrais meubles : mais c'étaient des espèces de sarcophages en chêne, et je n'arrive toujours pas à m'y habituer… Oui, c'était déjà ici, au métro Aéroport. Notre chambre, elle, se trouvait en plein centre-ville, à côté de la rue Gorki. Neuf mètres carrés. On a vécu quatorze ans dans cette périssoire. À deux, ça pouvait encore aller, même avec un enfant, mais il arrivait que sa sœur de Toula vienne loger chez nous à cause de son travail, tantôt c'était sa nièce, tantôt son frère… C'était un appartement communautaire, bien sûr ! Nos voisins étaient les Rozalski. Lui travaillait au théâtre avec Sénetchka, mais il avait le titre d'artiste émérite. Ils vivaient à trois dans deux pièces de vingt-huit mètres carrés. On s'était mis d'accord pour déterminer qui devait faire le ménage dans l'appartement, et ils nous avaient alors déclaré : « Vous devez faire le ménage trois fois plus que nous parce que vous avez des quantités de parents qui viennent vous rendre visite. » Il nous arrivait d'être tranquillement en train de boire du thé avec des invités, et la femme de Rozalski faisait irruption chez nous sans frapper : « Nina, l'un de vous est allé aux toilettes et a souillé le sol ! Allez l'essuyer ! » Personne ne le faisait. Il fallait que ce soit moi qui m'en charge et j'allais donc passer la serpillière. C'est comme ça, Véra Pétrovna, j'ai rêvé d'être une actrice, je suis devenue une secrétaire, puis une femme au foyer. Pas mal, ma carrière, non ? Je me contentais de rester avec cette andouille à lui faire répéter ses rôles. Il n'arrivait pas à les mémoriser, alors que moi, je les connaissais tous par cœur : Tchatski, Boris Godounov, tout ce qu'on veut. Voilà ce qu'a été ma vie de théâtre.

«Puis la guerre a éclaté. Moscou a été bombardée, tout le théâtre a été évacué à Alma-Ata, et lui est parti pour Borissoglebsk parce qu'il tournait dans je ne sais quelles chroniques de guerre. Et il m'a dit : "Va à Alma-Ata avec notre enfant, et j'irai vous rejoindre plus tard." Je l'ai supplié à genoux : "Je ne veux pas y aller, Sénetchka ! Il y a une cave dans l'immeuble, on peut se protéger des bombardements. Je t'attendrai et on partira ensemble !" Il a frappé du poing sur la table : "La question est réglée, c'est comme ça !" Il avait décidé de faire preuve de caractère ! Les chiffes molles aiment toujours s'affirmer. On nous a emmenés à Alma-Ata comme des bestiaux, dans des wagons de marchandises aménagés. Quand on est arrivés, on ne m'a pas donné de logement : je ne faisais pas partie des effectifs. On s'est installés dans une cave avec un sol en terre battue, froid comme la glace. J'ai eu les extrémités gelées là-dedans, et il m'est arrivé tout ce qui est possible et imaginable. Puis on a voulu nous chasser de là, parce qu'une femme de ménage n'avait pas suffisamment de place. Je leur ai dit : "Où est-ce que vous voulez que j'aille avec un nouveau-né ?" Ils m'ont répondu : "Si tu as un enfant, reste là pour le moment." Ils m'ont fait la grâce de me laisser dans une cave ! C'est alors qu'Aliocha est tombé malade… Quel garçon c'était, Véra Pétrovna, quelle merveille d'enfant ! Il avait à peine plus d'un an et il parlait déjà ! Un blondinet avec une petite frimousse de poupée et de grands yeux bleu-gris. Je l'aimais à en avoir le souffle coupé. Et c'est dans cette cave qu'il a attrapé la diphtérie et la rougeole, avec un abcès aux poumons, en plus. Le médecin a tout de suite dit : il ne survivra pas. J'ai été inondée de larmes en le tenant dans mes bras, et lui, il me disait : "Ne pleure pas, maman, je ne mourrai pas.

Ne pleure pas !" Il toussait, il étouffait, et en plus il me consolait. Est-ce qu'il existe au monde des enfants pareils ? Il est mort le lendemain… Je l'ai porté au cimetière dans mes bras, et je l'ai enterré de mes propres mains. Dès l'instant que je n'avais plus d'enfant, on m'a mise à la porte de la cave et on l'a donnée à la femme de ménage. J'ai passé la nuit dans je ne sais plus quel foyer, sous un lit, et j'ai alors décidé d'aller rejoindre Sénetchka à Borissoglebsk.

« J'ai vendu toutes mes affaires au marché, ainsi que tout ce qui me restait d'Aliocha : ses culottes, ses chemisettes. Grâce à l'argent obtenu, j'ai acheté une valise de vodka. Elle était bon marché à Alma-Ata, et on m'avait conseillé d'en prendre pour la revendre ensuite à Borissoglebsk, ou pour l'échanger contre de la nourriture ou du pain. Avec les cent cinquante roubles en poche qui me restaient, je suis partie. À cause du poids de cette valise, je me suis tout démis et j'ai eu une hémorragie. Sénetchka vivait dans un kolkhoze de Borissoglebsk. Lui, deux de ses amis et deux traînées avaient loué ensemble deux pièces. Il y avait là une certaine Valka qui lui faisait du gringue, mais, comme on me l'a dit plus tard, il l'a repoussée et elle s'est mise en ménage avec un certain Vitali. Sénetchka est resté seul. C'est là que je me suis radinée avec ma valise pleine de vodka, en perdant du sang. Valka m'a dit qu'il y avait un bon gynécologue à Borissoglebsk, qu'elle pouvait m'arranger un rendez-vous, mais que ça me coûterait cent roubles. Or, il ne me restait plus que cent cinquante roubles. Quant à la vodka, ils s'y sont tous mis pour l'assécher, et je n'ai pas eu le temps de vendre la moindre bouteille. Je suis allée voir ce médecin, il m'a examinée, et m'a demandé si j'avais des enfants. Et je venais d'enterrer mon fils !!! "Vous n'en aurez plus jamais", qu'il m'a dit. J'avais vingt-trois ans, Véra Pétrovna, et entendre une chose pareille après avoir enterré son fils ! Ensuite — j'avais cru aux paroles du médecin — je suis tombée enceinte de ma salope de fille. Mais là, c'était à Moscou, après la guerre.

« Ma fille est née, et je suis allée de nouveau chez un gynécologue qui m'a dit que cette fois c'était sûr, je n'aurais plus d'enfants. Et cette salope n'a cessé d'être malade, je n'ai pas arrêté de trembler à cause d'elle, bien sûr. À cinq ans, elle a eu une jaunisse infectieuse. Elle a ramassé un morceau de sucre dans la cour, et elle l'a mis dans sa bouche. Dans la cour, il y avait des rats aussi gros qu'elle. Quand je l'ai vue, je l'ai agonie d'injures : "Recrache ça, Olia, recrache !" Elle m'a regardée, cette chienne, et elle a sucé ce morceau de sucre. Je lui ai desserré la bouche pour le sortir, mais c'était trop tard, elle est tombée malade… Tout mon argent passait au marché pour acheter des citrons, je m'en procurais en les échangeant contre tout ce que j'avais, je l'abreuvais de jus de citron avec du glucose, et je l'ai guérie. Moi, je ne me nourrissais plus que de semoule et seulement avec ce qui restait après lui avoir donné à manger. Je préparais de la semoule, elle la bouffait et je me contentais d'essuyer la casserole avec un morceau de pain, et c'est tout ce que j'avais à me mettre sous la dent. C'est comme ça que j'ai remis sur pied cette salope… Je n'avais rien à attendre d'elle en dehors de la haine. Je lui ai donné tout ce que je possédais, je me suis dépouillée de tout, et est-ce que vous croyez qu'elle m'aurait dit une seule fois : "Maman, tu as mangé ?" En voyant que je ne bouffais que du pain, elle n'aurait pas pu me proposer : "Prends la moitié de la bouillie, maman." J'aurais plutôt bu du goudron que de lui en prendre la moitié, mais elle aurait tout de même pu me le proposer. Elle ne m'a jamais apporté la moindre fleur pour mon anniversaire. Et ensuite, son égoïsme a fait qu'elle m'a prise en haine. Mais je ne l'accuse pas d'être égoïste, Véra Pétrovna. Elle avait un exemple sous les yeux : son papa. Il me voyait ployer sous son poids quand je la portais dans mes bras, mais lui, il ne s'intéressait qu'à ses tournées, à ses répétitions, à ses parties de dames et à ses promenades, dans la rue Gorki, avec son ami Gorbatov où ils jouaient les badauds. Par la suite, ce Gorbatov, il l'a bien roulé, je vous l'ai déjà raconté… Il a eu ce qu'il méritait, ce traître ! En fait, l'évacuation, ce n'était pas encore une trahison. Il m'a trahie véritablement quand Olia a eu six ans. Je l'avais guérie de la jaunisse et moi, à cause de ma solitude, à cause de mon impuissance, j'avais sombré dans une grave dépression. J'ai consulté un psychiatre. Il m'a dit que je devais travailler. Sénetchka lui a répliqué : "Mais elle travaille. Elle travaille tout le temps avec son enfant, elle s'occupe du ménage…" Alors, il lui a expliqué : "Non. Elle doit travailler avec d'autres gens : bibliothécaire, vendeuse, tout ce que vous voulez. C'est une personne sociable, elle ne doit pas rester seule." Mais comment pouvais-je travailler, avec ma fille qui était tout le temps malade ?! Je n'allais tout de même pas l'abandonner, comme elle, elle a abandonné son fils plus tard ! Je suis donc restée avec ma dépression. Nous avions une voisine, une certaine Véra, surnommée la Délatrice. Elle faisait de l'occupation illégale dans l'appartement, et afin d'obtenir son permis de séjour à Moscou, elle écrivait des délations contre tout le monde. Un jour, elle arrive chez moi, se juche sur le canapé où Olia dormait, en mettant ses pieds dessus, et elle me dit : "Hier, on a emmené Fiodor au KGB, j'ai été témoin." Mais c'est elle-même qui avait envoyé une lettre ! "Donc, quand on l'a arrêté, on m'a interrogée sur vous. Qu'est-ce qu'elle fait, pour-quoi une femme aussi jeune ne travaille nulle part ?" Or, la veille, j'avais raconté une histoire stupide, et j'ai été prise d'une peur bleue. J'ai couru au théâtre pour voir Sénetchka. Il a fait un geste comme pour chasser une mouche importune, et il m'a dit : "C'est sans importance." Je me suis adressée à la femme de Rozalski. Elle m'a conseillé de faire une déposition au KGB selon laquelle, n'est-ce pas, ma voisine tiendrait devant moi des propos provocateurs. Je l'ai écrite, et j'ai été paniquée. J'étais complètement secouée, je ne pouvais plus rien avaler, je ne dormais plus… Quand il a appris que j'avais écrit cette déposition, Sénetchka est monté sur ses grands chevaux et il m'a de nouveau conduite chez un psychiatre, un autre, en lui disant que j'avais la manie de la persécution. Je n'avais aucune manie, mais seulement une dépres-sion qui s'aggravait. J'ai tenté de l'expliquer, mais qui va écouter une folle ! On m'a emmenée à l'hô-pital sans me demander mon avis, on m'a dit qu'on allait me mettre dans une maison de repos, mais on m'a enfermée chez les fous dangereux. J'ai éclaté en larmes et on m'a fait des piqûres, comme si j'étais folle à lier. J'ai été couverte de cloques, je pleurais jour et nuit, mes voisins de salle disaient : "Tu parles d'une salope, elle a peur qu'on la mette en prison et elle fait semblant d'être cinglée."

« Quand Sénetchka me rendait visite, je le sup-pliais : "Emmène-moi d'ici, je meurs !" Il m'a fait sortir, mais c'était déjà trop tard : ils m'avaient trans-formée en une invalide psychiatrique, une anor-male. Cette trahison, l'hôpital, le fait que, malgré mon esprit et mon caractère, on m'ait transformée en une chiffe molle complètement estropiée, ça je ne

peux lui pardonner. Lui, il jouait les acteurs, il faisait des tournées, on l'applaudissait ; moi, toute ma
vie, je suis restée avec mes maladies, avec mes peurs
et mon humiliation. Et j'ai lu tant de livres durant
ma vie qu'il ne saurait même rêver d'en connaître
autant ! »

Grand-mère éclata de nouveau en larmes et
appliqua contre son visage sa serviette humide.

— Tout est vain, Véra Petrovna. Ma vie est fichue,
et je regrette seulement qu'elle ait été inutile. Ç'aurait
été bien que ma fille devienne un être humain digne
de ce nom, elle aurait justifié mes larmes. Elle aussi
a étudié pour devenir actrice. Mais après le conservatoire, elle s'est tout de suite mariée et elle a mis au
monde un invalide, un malade, avant de se dégoter
son ivrogne à Sotchi. Je n'ai pas cessé de lui répéter :
étudie, sois indépendante, mais elle croit qu'il vaut
mieux être la béquille d'un «génie» boiteux. J'ai
encore eu quelques espoirs durant deux ans, tant
que ce nabot n'avait pas emménagé chez elle, puis
j'ai mis une croix dessus. Maintenant, je n'ai plus
qu'un seul souci, une seule joie dans ma vie : cet
enfant malheureux. Pourquoi, dites-le-moi, Véra
Pétrovna, cet enfant souffre-t-il de la sorte ? En quoi
a-t-il péché face au Seigneur, cet orphelin dont la
mère est vivante ? Il n'y a pas un endroit vivant sur
son corps, il n'est que maladies. J'y applique mes
dernières forces : je le soigne. Les médecins, les analyses, l'homéopathie — j'ai les bras qui m'en tom-
bent. Ne serait-ce que son régime : que de forces
il faut y consacrer ! Du fromage blanc uniquement
du marché, de la soupe sans viande, des boulettes
de viande que je cuis à la vapeur, à la place de pain
j'utilise des biscottes imbibées d'eau. C'est lourd —
et le mot est faible, encore. C'est épuisant ! Mais un

fardeau qu'on aime ne pèse pas, vous connaissez le dicton. Pour l'état civil, c'est le fils de sa mère ; pour l'amour, il n'existe pas un être au monde qui l'aime comme je l'aime. Je suis liée à cet enfant par le sang. Quand je vois ses petits pieds dans ses collants, c'est comme s'ils me marchaient sur le cœur. J'aimerais couvrir de baisers ces petits pieds, m'en délecter. Vous savez, Véra Pétrovna, quand j'ai fini de lui faire prendre son bain, je n'ai plus la force de vider la baignoire et je me lave dans la même eau. Elle est sale, parce qu'on ne peut pas lui faire prendre de bain plus de deux fois par semaine, mais ça ne me répugne pas. Je sais que lorsque j'y entre après lui, cette eau est comme un ruisseau qui coule sur mon âme. Je pourrais la boire, cette eau ! Il n'y a personne que j'aime ou que j'ai aimé autant que lui ! C'est un petit imbécile qui s'imagine que sa mère l'aime encore plus, mais comment pourrait-elle l'aimer plus, dès l'instant qu'elle n'a pas autant souffert pour lui ? Une fois par mois, elle lui apporte un jouet : est-ce que c'est de l'amour, ça ? Moi, je respire par lui, je ressens par ses sentiments ! Dès que je m'endors, si à travers mon sommeil je l'entends tousser, je lui donne de la poudre de Zviagintseva. Au milieu de la nuit, je me réveille pour arranger la couverture, je touche son zizi qui est raide, je le réveille pour le mettre sur le pot. Dans son sommeil, il me fait pipi dessus, mais je ne me fâche pas, ça me fait seulement rigoler. Je crie après lui, mais c'est par peur, et ensuite je me maudis de l'avoir fait. La peur que j'éprouve pour lui, c'est comme un fil qui me relie à lui, qui s'étire, et où qu'il se trouve, je ressens tout : s'il tombe, mon âme tombe comme un caillou ; s'il se coupe, son sang coule sur mes nerfs à vif ; quand il court tout seul dans la cour, c'est comme si mon cœur y courait, tout seul, et qu'il piétinait la terre, abandonné. Un amour pareil est pire qu'un châtiment, il n'en résulte que de la douleur, mais qu'y puis-je s'il est ainsi ? Je pourrais hurler à cause de cet amour, mais sans lui pourquoi devrais-je vivre, Véra Pétrovna ? Ce n'est qu'en son nom que j'ouvre les yeux le matin. Je les fermerais pour toujours, et avec joie, si je ne savais pas que je lui suis nécessaire, que je peux alléger ses souffrances. Quoi ? La soupe brûle... Eh bien, filez, Véra Pétrovna ! Merci d'avoir écouté une vieille idiote, peut-être grâce à cela se sentira-t-elle plus légère. Mon salut à Sviétotchka, et portez-vous bien toutes les deux...

« La soupe brûle... Elle ment, la salope, elle en avait marre de m'écouter, c'est tout, dit grand-mère en raccrochant le téléphone, et son menton fut encore une fois parcouru d'un tremblement rétrospectif. Qui a envie d'entendre parler du malheur d'autrui ? Il n'y a partout que des égoïstes, des traîtres. Il n'y a que toi, mon astre, qui es à côté de moi, et je n'ai besoin de personne d'autre. Qu'ils s'étranglent avec leur sollicitude... Bien que tu sois aussi comme eux, ajouta-t-elle soudain, avec un mépris mêlé d'amertume. Il suffit que sa mère arrive pour qu'il pisse d'enthousiasme dans son froc : "Maman ! Maman !" Il est prêt à se vendre pour n'importe quel jouet. Toutes mes larmes, tous mes nerfs ensanglantés, il les échangerait contre une petite voiture minable. L'autre, c'est un Judas ! Toi non plus, je ne te crois pas... »

Le soir, quand sur l'écran du téléviseur apparut l'horloge qui annonçait le journal télévisé, grand-mère, qui s'était calmée depuis longtemps, remarqua :

— Il est neuf heures. J'aimerais bien savoir où il traîne, ce vieux ringard. Il serait temps de rejoindre la veillée.

Elle décrocha le combiné du téléphone posé près du canapé et composa un numéro.

— Liécha, bonsoir. Appelez mon homme un instant… Il n'est pas là ? Il est parti depuis longtemps ?… Comment ça, il n'est pas passé ? Vous ne l'avez pas vu de la journée… Il n'a pas téléphoné ?… Non, comme ça. Si par hasard vous le voyez, demandez-lui de me rappeler.

Quand le journal télévisé fut terminé, elle ressentit une certaine inquiétude et dit :

— Mais où est-il passé ? Je vais donner un autre coup de fil. C'est là-bas qu'il se trouve, où pourrait-il aller autrement ? Il a demandé de ne rien dire… Liécha, c'est encore Nina, la femme de Sénetchka. C'est vrai qu'il n'est pas chez vous, ou il vous a demandé de ne rien dire ?… Il n'est pas là et il n'est pas passé ? Bon, excusez-moi encore une fois…

Quand le film du soir fut terminé, elle fut inquiète pour de bon.

— Il n'a nulle part où passer la nuit, il n'a personne chez qui aller, alors qu'est-ce qu'il fait ? marmonna-t-elle à voix basse. Il est peut-être au garage, ce vieil idiot.

Elle jeta un coup d'œil par la fenêtre. La porte métallique du garage était vaguement éclairée par les réverbères.

— Il doit sans doute s'y trouver, il n'a nulle part où aller, remarqua-t-elle en s'écartant de la fenêtre. Je vais aller l'appeler.

Elle mit son manteau de fourrure, se noua un fichu et sortit.

— Mon Dieu ! se lamenta-t-elle une fois de retour. Le garage est fermé ! Où est-il passé ? Sainte mère de Dieu, sainte protectrice, sauve-le, préserve-le et aie pitié de lui ! Il est onze heures passées, et le vieux n'est toujours pas là ! Quel sadique sans cœur ! Même pas un coup de fil, pas un mot pour me prévenir ! Que lui est-il arrivé, mon Dieu ? Où est-il ? Sacha ! s'écria-t-elle en se précipitant vers moi. Téléphone encore une fois à Liécha. Téléphone-lui et dis-lui que grand-mère est inquiète et qu'elle demande à grand-père de revenir. Il ne veut pas me parler, mais dès qu'il entendra ta petite voix, il prendra le téléphone. Dis-lui : «Mon petit pépé, reviens, on t'attend.» Dis-lui que mémé est en larmes. Demande-lui bien gentiment, il t'écoutera et il reviendra. Dis-lui : «Reviens pour moi, je t'aime, je ne peux pas vivre sans toi.» Dis-lui : «On ne peut pas dormir, si tu n'es pas là.» Téléphone-lui, mon petit Sacha, je vais te faire le numéro…

Grand-père était chez Liécha.

— Tu as bien dit : il n'est pas là et il n'est pas passé ? s'enquit grand-père auprès de ce dernier en tirant maladroitement sur une Kazbek.

— Mais oui, c'est ce que j'ai dit, le rassura Liécha. Je ne sais pas où tu es, je ne t'ai pas parlé et voilà une semaine qu'on ne s'est pas vus.

— Et elle t'a cru ?

— Combien de fois il faut te le répéter, Sénetchka ? Rassure-toi ! Je lui ai dit deux fois que tu n'étais pas chez moi. Si elle téléphone encore, on ne répond pas. À onze heures et demie, je peux être allé me coucher.

— Excuse-moi, Liécha, tu sais, je…, fit grand-père en s'agitant sur sa chaise.

— Reste assis, lui demanda Liécha pour le rassurer une fois de plus. Tu passes la nuit ici, comme on en est convenus. Tu prends le canapé et tu profites de la vie au moins deux jours. Mais, Sénetchka…

Excuse-moi, je ne peux rien faire de plus. J'ai l'habitude de vivre seul, et je suis mal à l'aise quand il y a quelqu'un chez moi. Je ne peux pas dormir.

— Non, non, seulement jusqu'à demain, répondit grand-père en agitant les mains, et il répandit de la cendre sur son pantalon. Il faut qu'elle croie que je peux m'en aller. Comme si je savais où aller, ailleurs que chez toi ! (Il poussa un profond soupir.) En fait, Liécha, je n'ai nulle part où aller… Je n'ai même pas de maison. Je me dégote des soirées théâtrales, des festivals, des jurys, uniquement pour pouvoir partir. Je vais en Irak pour la semaine du cinéma soviétique. Qu'est-ce que ça peut me faire, à soixante-dix ans ? Elle s'imagine que je recherche je ne sais quel prestige, mais je ne peux me détendre nulle part. Depuis quarante ans, c'est la même chose, et c'est impossible d'y échapper.

Des larmes jaillirent de ses yeux.

— Je n'ai même pas la force de me prendre en mains. Alors, je me suis remis à fumer, sans même que je m'en rende compte. Je n'en peux plus, j'étouffe ! Je traîne cette vie comme un boulet, comme on attend la fin d'une averse. Je n'en peux plus ! Je ne veux plus…

Il éclata soudain en larmes, comme un enfant, et il se cala le visage dans une main.

— Allons, allons…, fit Liécha en lui tapotant l'épaule pour lui redonner du courage.

— Je ne veux plus ! Quand je me couche le soir, je remercie Dieu d'avoir fait en sorte que cette journée se termine. Je me lève le matin, et il faut se remettre à vivre. Et il y a longtemps, Liécha, bien longtemps que c'est comme ça. Je n'en peux plus… Mais quand je ne serai plus là, qui va leur donner de quoi vivre ? s'interrogea-t-il en dégageant la tête de sa main.

Les larmes qui avaient inondé un moment son visage s'étaient incrustées dans ses rides et on ne se rendait compte qu'il avait pleuré que parce que sa main était mouillée et que ses paupières rougies, froncées un instant comme pour être essorées, étaient gonflées et humides.

— Elle n'a pas travaillé un seul jour dans sa vie, elle ne sait pas ce que signifie gagner de l'argent. Toute ma vie, j'ai travaillé, toute ma vie je l'ai entretenue. Et toute ma vie je n'ai pas été aussi mauvais qu'elle le dit... Dans les premiers temps, je pensais que je m'habituerais, puis j'ai compris que non. Qu'est-ce que je pouvais faire de plus ? Tout de même pas la ramener à Kiev ! Puis Aliocha est né, le temps des hésitations était fini. Qu'on soit un couple ou non, on avait un enfant sur les bras, il fallait vivre. J'ai dû me résoudre à ce que les choses soient ainsi. Puis la guerre a éclaté. Aliocha est mort, Olia est née. On a vécu comme on pouvait et j'ai même eu l'impression que je m'étais habitué. Plus tard, quand je l'ai fait hospitaliser, en 1950, ça a été terminé, dès lors la vie a été finie. C'était des reproches et des malédictions du matin au soir. La seule chose qui me restait à faire, c'était de m'enfuir. Et il m'est venu une idée. Un type, qui en avait aussi marre de sa femme, m'a dit : « Ça ne peut qu'empirer. Tant qu'elle est jeune, laisse-lui tout et prends tes jambes à ton cou ! » Je lui ai répondu : « Mais comment veux-tu que je fasse une chose pareille ? Elle m'a offert deux enfants. Elle en a enterré un, le second est malade, elle ne peut pas travailler, je ne vais quand même pas l'abandonner ! » Je suis donc resté et, depuis, je patiente. Le type en question, il a abandonné sa femme, et un an plus tard il a eu une crise cardiaque. À quarante-huit ans, *kaput !* Eh oui... On voit bien que Dieu existe.

— Je ne sais pas…, fit Liécha, perplexe, et il prit un bonbon au chocolat dans une coupe qu'il poussa vers grand-père. Peut-être existe-t-il, mais il fait les choses de façon absurde, tout de même. Pourquoi vous vous bagarrez, tous les deux ? Les autres vivent normalement, pourtant ?

— Je n'ai rien à faire des autres, l'interrompit grand-père, et une expression de dépit apparut sur son visage. Que je me bagarre ou que je ne me bagarre pas, j'ai vécu jusqu'à soixante-dix ans. Mal peut-être, mais c'est tout de même mieux que de crever à quarante-huit. J'ai toujours su que ma femme était fidèle. Moi, je ne l'ai pas trompée une seule fois. Mais qu'est-ce qu'on est en train de faire, Liécha, à discuter, toi et moi ! Ma femme, elle est ce qu'elle est, mais on a vécu quarante ans ensemble, elle est comme Dieu l'a faite. Quand je m'en vais en tournée, par exemple, dès le premier jour je pense qu'elle est toute seule, je me demande ce qu'elle fait. Dès que j'arrive à l'hôtel, je lui téléphone. Quand je sais que tout va bien, je dors tranquillement. Les années nous ont soudés, on a une seule et même vie. Elle est pénible, c'est un chemin tourmenté, pas une vie, mais il y en a une seule pour deux, il n'y en a pas d'autre. Vivre avec elle, Liécha, c'est très pénible. Elle me maudit, par exemple, parce que je ne lui ai pas fait refaire les dents. J'ai tenté une vingtaine de fois de l'emmener se faire soigner, je me suis mis d'accord avec des dentistes, mais avec elle, il y a toujours quelque chose qui ne va pas, bon sang ! Tantôt ce n'est pas le bon jour, tantôt ce n'est pas le bon dentiste, tantôt c'est la nouvelle lune, tantôt la pleine lune… J'ai l'impression qu'elle se bourre le crâne exprès pour ensuite me rendre la vie impossible. Elle invente je ne sais quelle bêtise et elle se lance dans des malédictions, elle exige de tout faire selon ses caprices. Je lui donne de l'argent et elle le cache dans tout l'appartement, si bien qu'ensuite elle ne le retrouve pas. Et moi, si j'en mets quelque part, elle le prend et le fourre ailleurs. Aujourd'hui, je suis allé faire des courses. «Ne prends pas ce sac, prends l'autre. — Mais pourquoi, Nina? — Il va se déchirer. — Pourquoi il se déchirerait, je l'utilise tout le temps. — Non, prends l'autre, celui-ci est de mauvaise qualité.» J'ai beau savoir que c'est stupide, mais j'obtempère, parce que j'ai pitié d'elle. Je suis peut-être vraiment dénué de caractère, je n'ai pas su m'affirmer, mais qu'est-ce que je peux lui opposer, dès l'instant que c'est une malade mentale? Elle ne comprend pas qu'elle exige quelque chose de stupide, elle pense que c'est ce qu'il faut vraiment. Et elle est la première à souffrir si quelque chose ne va pas. Une personne normale ne souffrirait pas autant qu'elle en perdant un bras, elle ne serait pas aussi tourmentée qu'elle quand Sacha ne pisse pas dans le bon flacon pour faire des analyses. Il faut passer son temps à s'adapter, à être d'accord sur tout. Comment je ne suis pas devenu fou? Je ne sais pas. Parfois, je craque, comme aujourd'hui, et ensuite je m'en veux, je ne trouve pas ma place.

— Et donc tu te sens coupable?

— Pas aujourd'hui! se ressaisit grand-père. Il y a des limites à tout. Je retournerai demain, mais en attendant, elle n'a qu'à s'imaginer que je suis parti pour de bon. Elle ne me fait tout de même pas souvent des scènes comme aujourd'hui. D'ailleurs, depuis que Sacha est apparu chez nous, elle est devenue plus calme. Si tu savais ce qui s'est passé quand Olia s'est mariée! «C'est toi qui lui as fait construire un appartement! C'est toi qui en as fait une obsédée sexuelle!

Tu veux que toute sa vie elle soit une loque, comme moi ! » Olia avait vingt-sept ans à l'époque, elle n'était plus une collégienne, tout de même. Et pendant une année entière, avant la naissance de Sacha, elle n'avait nulle part où loger. Je me suis maudit pour cet appartement, mais il était impossible de le reprendre. Puis Sacha est né, mémé allait chez eux pour les aider : apparemment, ça la rassurait. Mais elle se querellait tantôt avec Olia, tantôt avec son mari, et chaque fois elle revenait en larmes. Et après avoir pleuré toutes ses larmes, elle s'en prenait à moi. Tout ce qu'elle ne leur disait pas, tout ce qu'elle n'osait pas leur sortir, elle me le déversait sur la tête. C'est un péché de penser une chose pareille, mais quand ils ont divorcé, j'ai poussé un soupir de soulagement. J'ai repris mon souffle, mais, à peine une année plus tard, est apparu le nabot, Tolia. Je venais de finir par la convaincre de revenir chez nous et ça a été comme un coup de massue sur le crâne. Oh là là, ce qui s'est passé avec mémé ! Elle est restée couchée une semaine, le regard dans le vide. Elle a presque cessé de se nourrir, ses mains tremblaient, son visage s'est émacié. On m'avait proposé à l'époque un bon rôle dans un film, et j'ai dû refuser, je ne pouvais la laisser seule. Ensuite, elle a semblé se rétablir, et Olia est partie pour Sotchi avec Sacha. Elle a éructé de telles malédictions que j'ai cru qu'on allait se retrouver tous les deux chez les fous, moi le premier. Pardonne-moi, mon Dieu, de prononcer de telles paroles, mais la seule chose qui nous a sauvés, c'est Sacha qui est revenu, malade. Olia nous l'a laissé, et ça a été comme si mémé reprenait vie. Elle s'est mise à le soigner, et elle a même oublié l'existence du nabot. « Mon petit Sacha par-ci, mon petit Sénetchka par-là… » On n'entendait plus que ces mots dans sa bouche.

Avec le temps, elle s'est remise à dérailler, mais pas aussi gravement qu'autrefois. Sacha était constamment malade, il fallait s'occuper de lui en permanence, et c'est toujours pareil. Elle est folle de lui. S'il n'était pas là, je ne sais pas ce qu'elle deviendrait. De toute façon, Olia ne peut pas s'en occuper, c'est pourquoi on ne le lui a pas rendu. Elle se trimballe dans son Sotchi presque tous les mois. Après le conservatoire, on lui a proposé de jouer au théâtre, on lui a offert un rôle dans un film. Elle a tout laissé tomber. Elle a joué un rôle dans deux feuilletons, mais elle passait son temps à aller retrouver son «génie» pour le sauver de l'alcool. Qu'elle y aille, d'accord, mais comment a-t-elle pu abandonner son enfant? Je hais ce nabot! S'il se faisait discret, s'il filait doux, mais non! Ça ne lui suffit pas d'occuper un appartement qui m'appartient, en plus il se mêle de nos relations! Il m'a écrit une lettre telle que j'en ai tremblé comme ça, quand je l'ai reçue. Je vais te la lire. Je l'ai toujours sur moi, car il ne faudrait surtout pas que mémé tombe dessus…

Grand-père sortit de la poche intérieure de sa veste un grand portefeuille fatigué, il en ouvrit un volet fermé avec une fermeture éclair et en sortit une feuille pliée en quatre et râpée dans les coins.

— Il l'a écrite il y a deux ans, quand il a emménagé ici, expliqua grand-père, qui se mit à lire précipitamment, comme s'il voulait épargner au plus vite à son regard ces lignes désagréables.

«Cher Monsieur. J'écris cette lettre avec le désir d'aider Olia et Sacha. Cet espoir est peut-être naïf, mais je crois que cette lettre pourra tout de même apporter une aide. L'atmosphère névrotique qui règne chez vous et qui ronge l'âme de cet enfant, le spectacle qui lui est offert de la persécution de sa mère ne peuvent mener à rien d'autre qu'à porter préjudice à son psychisme. Il s'est retrouvé dans une situation où, bon gré mal gré, on le force à trahir sa propre mère, où il devient le témoin permanent de scènes monstrueuses, semblables à celle qui s'est produite il y a trois ans près du cirque et que je ne saurais vous pardonner, même si vous considérez certainement que je n'ai aucun droit de vous pardonner ou non. Comment avez-vous pu arracher de force un enfant à une mère éplorée ? Comment avez-vous pu lever la main sur votre propre fille ? »

Grand-père marqua une pause, il détacha ses yeux du papier et croisa le regard interrogateur de Liécha.

— Je l'ai repoussée, Liécha. Je ne lui ai pas donné un coup, je l'ai seulement repoussée. Pour qu'elle sache qu'il ne faut pas plaisanter avec moi. J'ai décidé qu'il resterait avec nous, donc il restera. Qu'est-ce que ça veut dire ? Le prendre en douce dans la cour, l'emmener ? Et au cirque, en plus, en sorte qu'il a failli étouffer à cause d'une allergie. Je l'ai repoussée et j'ai dit qu'elle ne songe même plus à penser à lui. Elle a son nabot, elle n'a qu'à penser à lui. Et écoute un peu ce qu'il écrit ensuite :

« Maintenant je comprends pourquoi Sacha répète à sa mère : "Maman, je dis exprès que je ne t'aime pas pour que grand-mère ne se fâche pas, mais je t'aime beaucoup !" J'espère que vous ne le direz pas à votre épouse pour qu'elle ne reporte pas sa colère sur Sacha. Vous pouvez avoir l'attitude que vous voulez avec votre fille, vous pouvez même avoir une mauvaise opinion d'elle, cela a beau être désolant, c'est votre affaire. Bien que pour moi cette situation soit douloureuse et incompréhensible. Car Olia est un être qui possède des qualités rares, un être pur, dévoué, plein de talent et de noblesse. Quant aux griefs que vous lui adressez, cette question ne concerne que vous, mais retirer un enfant à sa mère et retirer une mère à son fils, voilà une façon d'agir inconcevable et criminelle. J'ignore si vous savez qu'Olia garde votre photo dans un médaillon. Si vous l'ignorez, allez-vous finir par comprendre quelles sont les conséquences de vos agissements avec votre fille, de son amour malheureux pour vous et pour son fils ?

« Autre chose. Je vous en prie, n'allez pas croire que j'aie quelque intérêt personnel dans cette affaire. Vous avez du mal à le croire, et il m'est pour ainsi dire impossible de vous convaincre que mes relations avec Olia sont fondées non sur mon désir d'obtenir un permis de séjour à Moscou, mais sur une attirance mutuelle et (pourquoi ne pas le dire ?) sur l'amour. Si je ne m'empresse pas encore d'officialiser nos relations, vous ne voyez là que le côté négatif en m'accusant de concubinage irresponsable et en me privant du droit d'entretenir des relations avec sa famille, comme si j'étais un étranger, voire un aventurier. Et même si cela vous paraît dur à avaler, le plus important pour Olia est d'être indépendante de vous. L'influence de votre épouse, qui rabaisse l'être humain, la femme qui est en elle, n'a pas pu ne pas laisser de traces chez elle. Elles sont profondément ancrées en elle, et si vous reprochez à Olia sa déficience professionnelle, sachez qu'en premier lieu il y a en elle une déficience humaine dont Nina Antonovna, et vous indirectement, êtes coupables. Olia a peur de chaque pas qui la rapprocherait de son indépendance. Voici sans doute un nouveau prétexte pour m'accuser, mais ses voyages à Sotchi lui ont sans doute coûté deux ou trois rôles qu'elle n'a pas joués (mais qu'elle jouera plus tard, j'en suis sûr), car pour la première fois de sa vie la sensation d'être libre lui a été offerte. On ne peut développer son autonomie qu'en jouissant d'une totale indépendance matérielle, dont, pour autant que je le sache, Olia a été privée toute sa vie, car elle vous a demandé de l'argent jusqu'à l'âge de vingt-six ans, puis elle vous a donné tout ce qu'elle et son mari gagnaient pour les nécessités du ménage que votre épouse prétendait mieux connaître que quiconque. Même le manteau de fourrure, qu'Olia a acheté grâce au cachet de son premier rôle, est suspendu jusqu'à présent dans l'armoire de Nina Antonovna. Le début de nos relations a marqué la fin de toute aide de votre part, mais parler d'indépendance est grotesque. Tirer le diable par la queue grâce à de petits boulots, ne pas manger à sa faim, se priver parfois d'un unique morceau, au sens littéral, pour acheter un jouet au fils qu'on lui a retiré, voilà ce dont Olia a été capable durant trois longues années. Le supportera-t-elle encore longtemps ? Le métier de peintre est trop aléatoire pour assurer une vie de famille, mais j'ai promis à Olia, et je vous le promets, d'y consacrer toutes mes forces, et dès que j'aurai la possibilité de la prendre en charge, ainsi que son fils (pardonnez-moi, mais je suis convaincu que tôt ou tard Sacha doit retourner auprès de sa mère), je me marierai officiellement. Je ne cherche pas à me défiler, mais je suis contraint de faire précéder l'officialisation de notre union, à Olia et moi, d'une stabilité matérielle, car votre influence est encore très forte, et bien qu'Olia s'acharne à la nier, je ne peux pas ne pas remarquer les doutes qui traversent parfois son esprit à propos de la pureté de mes intentions. Je crains que ce ne soit pas seulement à vous qu'il soit nécessaire de prouver que ce n'est pas d'un permis de séjour dont j'ai besoin. Faudra-t-il encore une année ou deux pour y parvenir ? De toute façon, je serai le mari de votre fille et, j'aimerais le croire, le père de son fils. Ma situation incertaine à l'heure actuelle me prive du droit de parole, me prive du droit d'exiger quoi que ce soit, mais j'ose espérer que le statut d'époux me conférera ces droits et alors, ne considérez pas cela comme une insolence, je vous demanderai ce qu'Olia ne peut se résoudre à vous demander : nous rendre Sacha, le restituer à sa mère. Je compte sur votre bon sens et je crois que nous parviendrons à résoudre cette question sans conflit, de façon raisonnable et humaine. Si Sacha est effectivement très malade et si ses maladies ne sont pas le signe d'une profonde neurasthénie provoquée par sa grand-mère, ou, ce qui est aussi probable, le fruit de l'imagination de celle-ci, nous trouverons des médecins, nous trouverons des médicaments et nous nous occuperons de ses soins avec une efficacité qui ne sera pas moindre que celle de votre épouse et la vôtre. Je vous prie d'agréer mes sentiments les meilleurs, Anatoli Briantsev. »

— Ses sentiments les meilleurs… Qu'il aille se faire…, fit grand-père pour mettre un point final à sa lecture. Alors, qu'en dis-tu ?

— Je… enfin…, bafouilla Liécha, embarrassé, ne sachant à quelle réaction s'attendait grand-père.

— J'ai failli me mettre en fureur quand je l'ai lue pour la première fois. Ce n'est même pas de l'insolence, c'est du hooliganisme. Le diable sait quel pochard s'est introduit dans mon appartement et ce qu'il s'apprête à exiger encore ! Il va réclamer Sacha… Personne ne lui laissera faire un pas de plus pour s'approcher de lui. Et ce faux cul de blaireau, il est bien : «Je dis que je ne t'aime pas pour que grand-mère ne se fâche pas, mais je t'aime beaucoup...» Je vais montrer ça exprès à mémé pour qu'elle sache à quelle créature ingrate on a affaire. Il aime sa maman... L'imbécile ! Mémé lui sacrifie sa vie, elle se saigne pour lui, mais sa maman, elle l'a échangé contre un poivrot. Elle a besoin d'indépendance ! Bientôt, ce n'est pas qu'elle ne mangera pas à sa faim, elle n'aura plus rien à bouffer.

— Et lui ne gagne toujours pas sa vie ?

— Qu'est-ce qu'il peut gagner ? Dans les premiers temps, il ne buvait pas, semble-t-il, mais maintenant mémé prétend qu'il s'est remis à picoler. Je ne sais pas, je ne le fréquente pas. Il a fait l'agencement de certains clubs, des décors pour des spectacles d'amateurs. Histoire de gagner quelques sous, uniquement pour la bouteille. Cette idiote devrait le prendre par le col et le flanquer dehors avant qu'il ne soit trop tard. Sinon, il va lui faire un autre enfant et elle ne sera plus utile à personne. Il a eu l'intention de soigner Sacha... Il va le démolir et ensuite il dira qu'ils ne sont pas parvenus à le guérir. Et il ajoutera je ne sais quoi en plus.

— Là, tu charries, remarqua Liécha en hochant la tête. Pourquoi veux-tu qu'il fasse une chose pareille ?

— Pourquoi ? Juges-en toi-même. On va crever, l'héritage ira à Sacha et à cette idiote. Et si Sacha disparaît, tout revient à elle, donc à lui. Sacha est comme une arête en travers de sa gorge, et la seule chose qu'il veut, c'est sa mort. Peu importe, tant qu'on est en vie, il ne le verra pas de près ! Il se prend pour son père, en plus... C'est moi qui suis son père ! Et mémé est sa mère ! Il n'a personne d'autre que nous. Je veux l'adopter pour qu'ils ne puissent pas nous le retirer par une décision de justice. Je veux qu'il porte mon patronyme.

La sonnerie brutale du téléphone rompit le silence de la nuit et fit tressauter grand-père.

— C'est encore elle, dit Liécha. Personne d'autre ne pourrait me téléphoner à cette heure.

— Eh bien, décroche…

— Pourquoi ?

— Vas-y, sait-on jamais ?

— On s'était pourtant mis d'accord.

— Vas-y, peut-être se sent-elle mal…

— Elle patientera, il ne lui arrivera rien.

— Mais enfin, tu es tombé sur la tête ? Vas-y, je te dis !

— Vas-y toi-même !

Liécha ne bougeait pas. Le téléphone bourdonnait avec insistance. Grand-père était nerveux.

— Liécha, vas-y, enfin, tu veux me faire enrager ou quoi ?

— Je n'irai pas ! Qu'est-ce que c'est que cette lâcheté ? C'est bien toi qui voulais lui donner une leçon. Je vais le débrancher, et elle n'aura qu'à écouter la sonnerie si elle n'a rien d'autre à faire.

Liécha se leva et approcha la main de la prise du téléphone.

— Ne fais pas ça ! hurla grand-père qui, après avoir fait un geste de capitulation, prit le combiné. Allô…, fit-il dans un soupir. Oui… C'est moi… Non… Tout de suite… Dis-lui, tout de suite… C'était le petit Sacha, expliqua-t-il en raccrochant le téléphone, et des larmes jaillirent de ses yeux. Il m'a dit : « Reviens, pépé, on ne peut pas dormir si tu n'es pas là. » Qu'est-ce que je dois faire, vieil imbécile que je suis ? Où est-ce que je peux aller si je les quitte ?

— Alors, tu rentres chez toi?

— Oui, chez moi, répondit-il, et il s'empressa d'en-filer son manteau. Bonne nuit, Liécha, et merci.

Il s'arrêta dans l'embrasure de la porte, comme s'il s'était souvenu de quelque chose, et il demanda sur le ton d'un conspirateur:

— Tu avais des bonbons sur la table. Donne-m'en deux ou trois, je vais en apporter à mémé.

PETITE PESTE

Après ma maladie, après la toux, après la congestion pulmonaire et la fièvre à cause desquelles j'avais si longtemps souffert et entendu maintes fois un tambour épouvantable battre dans ma tête, je fus guéri, mais pour deux semaines seulement. Peu après, de la neige s'accumula à l'intérieur de mes bottes de feutre et je pris froid de nouveau. Ce rhume, que Galina Serguéïevna qualifia du mot étrange de « récidive », fut bénin, en fait. Je n'avais pas de fièvre, je toussais et me mouchais dans des serviettes en papier que grandmère me donnait à la place des mouchoirs en tissu.

— Avec un mouchoir, tu vas te remettre tout le temps une infection dans le nez, alors qu'avec un papier tu te mouches et tu le jettes, m'expliquat-elle.

J'étais assis à mon pupitre, m'efforçant de rattraper les cours qui avaient une avance de plusieurs jours, et je parsemais le sol de mouchoirs en papier que je mettais en boule après les avoir tirés d'un paquet ouvert en dessous de la table. Les cours provoquaient toujours en moi une angoisse contre laquelle je luttais dès le matin. À peine avais-je les yeux ouverts que j'étais terrorisé par mon réveil, et j'appliquais toutes mes forces à me rendormir afin de retarder au maximum le commencement de cette journée qui devait se dérouler uniquement pour que le lendemain commence une autre journée absolument identique. Dès le matin, je savais qu'il ne se passerait rien d'agréable ce jour-là, rien de drôle ni d'intéressant. Il y aurait la colonne de propositions que Sviétotchka avait notées en classe quand j'étais malade, il y aurait les maths de mercredi à vendredi, il y aurait le rasoir et il y aurait grand-mère. Il en serait de même le lendemain, puis le surlendemain. Jusqu'à ce que je rattrape les cours. Et pendant que je les rattraperais, grand-mère noterait les nouveaux. Pourquoi était-il impossible de s'endormir et de se réveiller une fois que tout cela serait fait ?

Mais cette nouvelle journée était particulière. Après mon réveil, je ressentis une joie inhabituelle que ne parvenait pas à troubler l'angoisse qui s'était tapie près de mon pupitre. Je me réjouissais de devoir être occupé toute une journée que même les leçons n'allaient pas perturber, mais l'occupation contre laquelle j'aurais volontiers donné toutes mes distractions était l'attente. J'attendais le soir. Petite Peste devait me rendre visite ce soir-là.

« Petite Peste », tel était le surnom que grand-mère et moi avions donné à maman. Plus précisément, grand-mère la qualifiait de « peste bubonique », moi j'avais transformé ce surnom à ma façon. Petite Peste venait très rarement : deux ou trois fois par mois. Grand-mère prétendait qu'elle ferait mieux de ne pas venir du tout, mais l'attente aurait alors totalement disparu de ma vie et mon réveil aurait donc toujours été une source de frayeur, aucune occupation ne pouvant faire en sorte qu'après avoir ouvert les yeux, le matin, je ne veuille pas les refermer et me rendormir,

dormir le plus longtemps possible au cours de cette nouvelle journée pleine d'angoisse et de néant.

J'aimais Petite Peste, il n'y avait qu'elle et personne d'autre pour qui j'éprouvais de l'amour. Si elle avait disparu, je me serais débarrassé irrémédiablement de ce sentiment, et si elle n'avait pas été là, je n'aurais pas du tout su en quoi il consistait, m'imaginant que la vie ne servait qu'à faire des devoirs, à rendre visite aux médecins et à me ratatiner sous les cris de grand-mère. Cela eût été effroyable, et il était génial qu'il n'en soit pas ainsi. La vie servait à attendre les médecins, à supporter les cours et les cris, mais aussi à attendre Petite Peste que j'aimais tant.

Lorsque grand-mère se plaignait à ses connaissances de sa vie si dure avec moi, elle prétendait que c'était elle que j'aimais le plus, mais je ne comprenais pas pourquoi, et on ne pouvait s'en apercevoir que lorsque je l'appelais «ma petite mémé». Elle mentionnait toujours cette façon dont je m'adressais à elle, en se composant à cette occasion une mine calamiteuse. Puis elle confiait qu'elle m'aimait plus que la vie, et ses amies, éblouies par un tel bonheur, hochaient la tête, émerveillées, puis, consternées par mon manque de répartie, elles exigeaient de moi que je prenne une initiative :

— Embrasse ta grand-mère, voyons, qu'est-ce que tu as à rester vissé sur place ! Avec toute l'énergie qu'elle te consacre, qu'elle voie au moins que tu l'aimes, toi aussi.

Je me taisais, furieux. J'appelais rarement grand-mère «ma petite mémé», et ce, uniquement quand j'avais quelque chose à lui demander. Quant à l'embrasser, la chose me paraissait impossible. Je ne l'aimais pas et je ne pouvais me conduire avec elle comme avec maman. Je ne l'avais embrassée qu'une seule et unique fois, lors de sa querelle avec grand-père, et j'avais alors senti à quel point ce geste était stupide, inutile et désagréable. Mais le plus déplaisant était lorsque grand-mère me retournait, le dos contre elle, pour exprimer son amour, et appliquait sur mon cou ses lèvres froides et humides, bordées de poils qui me chatouillaient.

— Je lui embrasse seulement le cou ! expliquait-elle à ses amies. Seulement le cou ! C'est impossible de lui embrasser le visage, il ne faut pas risquer de transmettre mes maladies à sa petite frimousse. Sur le cou, on peut.

Les baisers de grand-mère provoquaient en moi un haut-le-cœur et, arrivant à peine à me retenir pour ne pas vomir, j'attendais, avec une exaspération extrême, que ce froid humide cesse de ramper sur mon cou, ce froid qui semblait vouloir me prendre quelque chose, et je me recroquevillais convulsivement pour essayer de ne pas lâcher ce «quelque chose». Il en allait tout autrement quand maman m'embrassait. L'effleurement de ses lèvres me rendait tout ce qui m'avait été retiré et ajoutait même quelque chose. C'était tellement énorme que je me sentais perdu, ne sachant quoi lui offrir en retour. J'entourais son cou, et, le visage serré contre sa joue, je sentais sa chaleur que venaient recueillir des milliers de bras invisibles sortis de ma poitrine. Et si je ne pouvais enlacer trop fortement maman avec mes bras véritables pour ne pas lui faire mal, avec mes bras invisibles je l'étreignais de toutes mes forces. Je la serrais, je me blottissais contre elle pour ne plus la laisser s'échapper, ne désirant qu'une seule chose : qu'il en soit toujours ainsi.

J'avais peur en permanence qu'il lui arrive quelque chose de grave. En effet, elle allait toute seule dans la rue et je ne pouvais la suivre pour la prévenir des dangers qui la guettaient. Elle risquait de se faire écraser par une voiture, l'assassin, armé d'une aiguille à tricoter acérée, passée dans sa manche, dont grand-mère m'avait parlé, pouvait l'agresser. La nuit, en regardant la rue sombre où les réverbères diffusaient une lumière blanche funeste, je m'imaginais maman cheminant jusque chez elle : des bras invisibles sortaient de ma poitrine et s'étiraient désespérément dans les ténèbres pour la dissimuler, la protéger, l'étreindre, où qu'elle soit.

Je lui avais demandé de ne pas sortir tard le soir, je lui avais demandé de traverser prudemment la rue, je lui avais demandé de ne pas manger chez elle parce que grand-mère m'avait affirmé que le nabot buveur de sang lui versait du poison dans son dîner, et j'exécrais ma déficience qui m'empêchait de pouvoir me trouver à ses côtés et m'assurer qu'elle m'obéissait vraiment.

Une fois, elle me dit au téléphone qu'elle allait venir m'apporter un livre.

— Il s'intitule *Je sais sauter par-dessus les flaques*. Sur la couverture, il y a un petit cheval…

Le jour en question, elle arriva avec beaucoup de retard et, m'imaginant qu'on l'avait assassinée, j'arpentais en larmes l'appartement, tout en répétant dans ma tête : «Les derniers mots tendres que j'ai entendus de sa bouche étaient "petit cheval"».

Le «petit cheval» ne me concernait pas directement, en fait, mais il y avait en lui une musique si tendre, et tous les mots tendres ne pouvaient provenir que de maman. Pour plaisanter, grand-père me qualifiait parfois d'andouille, de loustic ou de gangrène, grand-mère m'appelait « mon chaton » ou « mon lapin » quand j'étais malade, mais ces mots, je les oubliais au même titre que les poudres et les cachets que j'ingurgitais. Un jour, maman prononça le mot « minou », et je le répétai ensuite longuement par-devers moi avant de m'endormir.

Je me souvenais de chaque mot affectueux sorti de sa bouche et j'étais paniqué à l'idée que les deux derniers mots qu'il me serait donné de me souvenir à son propos seraient « petit cheval ». Lorsqu'elle arriva, enfin, je me précipitai au-devant d'elle, comme au-devant de la vie qui m'était revenue.

En dehors de maman, il m'arrivait d'embrasser grand-père, mais pas du tout de la même façon, bien entendu. J'étais content de le voir revenir de tournée avec ses souvenirs, certains m'étant destinés, je l'embrassais une seconde pour lui montrer que j'étais ravi de son retour, mais hormis cette joie fugace, je n'éprouvais aucun sentiment. Une fois rentré, il redevenait aussitôt banal et je n'avais plus envie de l'embrasser.

Je m'imaginais, malgré tout, que je l'aimais, pas comme maman, certes, pas même moitié moins qu'elle, mais que je l'aimais tout de même, et je fus piqué au vif quand un jour il me sortit soudain que ce n'était pas lui que j'aimais, mais ses cadeaux. Je me sentis coupable, j'étais furieux que des paroles aussi stupides me fassent éprouver une culpabilité inexplicable. Je les oubliai, mais quelques jours avant la venue de Petite Peste se produisit l'histoire du magnétophone que je vais maintenant vous raconter en détail…

De temps à autre, grand-père partait pour l'étranger, et ses cadeaux étaient alors véritablement magnifiques.

Il est vrai qu'il convenait d'être prudent et de ne pas s'empresser de le remercier, car il arrivait qu'un cadeau qui m'était initialement destiné s'avérait ne pas du tout l'être. C'est ainsi qu'une fois, à son retour de Finlande, grand-père me remit solennellement une petite lampe de poche et, toute une journée durant, je courus à travers l'appartement pour éclairer les coins et les recoins, mais le soir j'appris que grand-père se l'était rapportée pour lui-même, pour aller à la pêche. Une autre fois, il rapporta une canne à pêche et déclara qu'elle m'était réservée, parce que nous irions bientôt ensemble au lac. Je posai la canne près du miroir et songeai que je possédais désormais un autre objet remarquable en plus de mon train électrique, mais grand-père emporta la canne dans son garage et, quand nous allâmes à la pêche, il m'en prêta une autre. Il arrivait également qu'un cadeau me soit à coup sûr destiné, mais grand-mère se l'attribuait en déclarant que j'étais un flemmard et un écornifleur et qu'elle donnerait ce cadeau à Vanétchka, de l'immeuble voisin, qui étudiait deux langues à Sciences-po, faisait du sport et ne suçait pas le sang de sa grand-mère.

De son voyage en Irak, grand-père rapporta un magnétophone. Je compris que cet appareil ne m'était pas destiné, mais je n'osais même pas le regarder à loisir, de crainte que grand-père ne remarque ma curiosité et n'aille se mettre en tête que j'avais quelques prétentions sur lui. En dissimulant mes regards, remplis d'un désir secret, je feignais de n'éprouver aucun intérêt pour cet appareil et de faire croire que des broutilles, comme la boîte de halva ou les échantillons de confiseries turques qu'il avait apportés, m'intéressaient bien plus.

— Regarde un peu comme ils l'ont enveloppé ! dis-je d'une voix pleine d'admiration alors que je tournais entre mes mains un pot métallique contenant du halva, tout en jetant des coups d'œil furtifs et brûlants de convoitise en direction du magnétophone.

— Bon, voyons un peu ce que j'ai acheté, dit grand-père.

Il posa le carton sur ses genoux et commença à le déballer.

— C'est un magnétophone, n'est-ce pas ? demandai-je avec un parfait détachement.

— Un Philips, précisa-t-il fièrement en lisant l'étiquette.

— Il n'y a qu'un crétin pour acheter un Philips ! remarqua grand-mère, du ton de l'expert. Il fallait demander conseil à Biéloroukov. Il y a belle lurette qu'il a ce genre d'appareil, et il s'y connaît. Il t'aurait dit qu'il fallait prendre un Sony ou un Grundig. Mais toi, tu es un âne qui ne compte que sur lui-même, et là où il y a de la merde à ramasser, aussitôt, sans rien y comprendre, tu l'empoignes.

— Mais pourquoi veux-tu que ce soit de la merde, Nina ?! C'est une bonne marque, elle est connue…

— Sony ou Grundig ! l'interrompit-elle. Tu parles, c'est de la camelote, c'est entièrement en plastique…

J'ignorais la différence entre Philips, Sony et Grundig, je ne savais pas pourquoi ce qui était en plastique était de la camelote, mais je tombai sous le charme du magnétophone sorti de son emballage. Toujours dans la crainte de me trahir, j'examinai mine de rien le dessin imprimé sur le carton, puis je m'intéressai avec opiniâtreté à la cassette qui était jointe, puis au mode d'emploi, et ce n'est qu'ensuite que ma curiosité se révéla au grand jour. Tandis que grand-père tournait le magnétophone dans tous les sens, ne sachant par quel bout le prendre, j'avais déjà compris comment s'ouvrait le réceptacle de la cassette, je glissai un doigt entre les mains de grand-père pour appuyer sur le bon bouton. Le réceptacle s'ouvrit. Grand-père fut interloqué par mon impudence, mais je pris quand même la cassette dans le carton, l'insérai dans l'appareil et refermai le réceptacle avec une telle assurance qu'on avait l'impression que j'avais utilisé cet appareil toute ma vie.

— Je peux savoir ce que ça signifie ? me demandat-il pour me rabattre le caquet. Est-ce que je t'ai autorisé à faire ça ?

— Mais je t'ai simplement montré comment mettre la cassette, lui répondis-je en reprenant mes airs détachés.

— Pas question d'y toucher !

— Pourquoi tu ne le laisses pas faire ?! Le gosse n'a qu'à voir comment tout ça fonctionne, décréta grand-mère. Il a la tête bien faite, il comprendra mieux que toi. Il va examiner la notice en langue étrangère avec un enseignant, et ils noteront ce qui est nécessaire.

Grand-père en resta ahuri. Moi aussi. C'était la première fois que grand-mère prenait mon parti. Non seulement elle ne me confisquait pas ce qui m'était destiné, mais elle m'autorisait à utiliser ce qui, de toute évidence, était censé demeurer interdit pour moi !

Afin de ne pas faire partir en fumée la protection de grand-mère et cet espoir auquel il était difficile de croire, je retins de toutes mes forces ma jubilation qui était sur le point d'éclater.

— Ça, c'est la mise en route. Ça, c'est le rembobinage. Là, l'enregistrement…

Je montrais le fonctionnement à grand-père en m'efforçant de conserver mes airs pondérés et désinvoltes. Maintenant, je faisais croire que le plus important pour moi, en fait, consistait à saisir le fonctionnement de cet appareil, mais que je considérais son utilisation, qui en réalité me mettait dans tous mes états, comme dénuée du moindre intérêt, affichant même une certaine condescendance envers cette question. Nous maîtrisâmes rapidement l'usage des quelques boutons, et je proposai d'enregistrer quelque chose sur la cassette, mais grand-père devait sortir. Il voulait remettre le magnétophone dans son carton, quand grand-mère lui fit cette suggestion :

— Laisse-le, qu'il comprenne parfaitement le comment et le pourquoi. Et quand tu reviendras, il t'expliquera le fonctionnement.

— Ce n'est pas pour lui que je l'ai acheté, tu sais, grommela grand-père.

— Qu'est-ce que ça peut faire que tu renonces en définitive à quelque chose ? Tu pourrais peut-être ne pas caresser toute ta vie ton égoïsme dans le sens du poil ? Cet enfant malade, abandonné, qu'il ait au moins une joie avec ce magnétophone à chier. Ce garçon l'a mérité avec ses souffrances.

Je n'en croyais pas mes oreilles. Grand-père sortit d'un air dépité. Le magnétophone resta sur la table.

Je regardais ses parois polies et brillantes, ses boutons luisants, l'aiguille du petit voyant sous sa protection en verre, je humais l'odeur du plastique neuf et de la bande magnétique, et j'avais peur d'effleurer ce bonheur qui me tombait brusquement dessus. Je mis en marche le récepteur radio intégré à l'appareil, je captai de la musique et m'aperçus qu'il était possible de l'enregistrer. Un voyant rouge était allumé, la cassette tournait, l'aiguille astucieuse oscillait au rythme de la musique. Le spectacle d'un appareil qui obéissait à ma volonté me grisa. Mais l'essentiel était ailleurs ! Je m'étais toujours cru pire que les autres et mon rêve le plus fou était de me retrouver, un jour au moins, à égalité avec eux en quelque domaine. Et voilà que soudain je me sentais pour la première fois non pas pire que les autres, mais meilleur ! Les grands élèves de l'école du cirque se réunissaient souvent en bande dans notre cour et écoutaient de la musique dans le kiosque avec un magnétophone. Les sons qui me parvenaient de cette musique inconnue et absolument remarquable, sans doute, provoquaient en moi une jalousie ravageuse de non-initié, mais il était inconcevable de participer à ce mystère. Puis il y eut un magnétophone chez Boria… Il me fit écouter la même musique que se mettaient les grands de l'école du cirque et m'expliqua qu'il s'agissait des Beatles. Il mit aussi une cassette d'un chanteur à la voix éraillée au nom retentissant, un certain Vyssotski, et il me considéra avec un tel air de supériorité que mes yeux se troublèrent. Maintenant, moi aussi, j'avais un magnétophone ! J'allais écouter les Beatles comme les grands, écouter la voix rauque de Vyssotski en laissant la fenêtre grande ouverte pour poser le magnétophone sur le rebord, comme Boria, mais je serais meilleur que tous les autres parce qu'ils avaient un appareil russe, eux, et moi, j'avais un Philips.

La jalousie que j'éprouvais en général s'évanouit. Les techniciens prodiges et les jeunes danseurs, les nageurs qui faisaient un trou dans la glace, comme les pilotes de motos de course, cessèrent de représenter une épine dans ma vie : ma supériorité sur un seul sujet me rasséréna par rapport à tous les autres. Je compris que si maintenant je voyais à la télévision un garçon dégoûtant de mon âge qui chantait et agitait la tête à la manière des adultes, ou un film dans lequel d'autres enfants de mon âge s'adonnaient à la plongée sous-marine avec tout le matériel nécessaire et attrapaient des espions, tandis que moi, après avoir fait mes maths du mercredi au vendredi, j'étais allongé avec une compresse sur le dos ou subissais une prise de sang pour une énième analyse, je ne serais plus pris de tremblements de rage et de hargne. Je ricanerais et je me dirais : «Tu parles, moi, j'ai un Philips ! » Et une sérénité extraordinaire m'enveloppa comme une couverture douillette.

— Qu'est-ce que tu as à l'agiter dans tous les sens ?! Si tu le bousilles, le vieux chourineur me bouffera le foie tout cru, me prévint grand-mère qui me surprit en pleine euphorie.

— J'étudie son fonctionnement, dis-je, en adoptant à nouveau le ton détaché de celui qui a déjà presque tout compris, et j'ajoutai : ici, il y a un bouton pour enregistrer non la musique, mais la voix. Pour étudier une langue étrangère, par exemple...

— Ça c'est bien, m'approuva-t-elle.

En fait, le bouton en question remettait le compteur à zéro, mais, profitant de l'ignorance de grand-mère en la matière, je lui avais attribué une autre fonction pour lui prouver que se divertir avec de la musique, ce n'était pas mon truc, que j'étais un garçon sérieux et que j'avais l'intention d'utiliser le magnétophone pour les choses importantes. Afin que grand-mère ne me soupçonne pas d'intentions séditieuses, je lui indiquai le carton où était dessiné un chanteur chevelu hurlant dans un micro, et je lui dis, comme en passant :

— Il faut le faire, dessiner une gueule pareille. On pourrait croire que tout le monde va enregistrer ce genre de chose.

Rassurée par ma loyauté, elle me laissa à nouveau seul avec le magnétophone et je me mis aussitôt à tourner le bouton de recherche des stations de radio pour recevoir de la musique. Je pus ainsi enregistrer *Arlecchino, Arlecchino* presque en entier, *Espoir, ma boussole terrestre,* et deux couplets d'une chanson complètement débile où il était question d'un type qui sourit dans sa moustache blonde comme les blés, captée sur une station située au milieu du cadran. Avec une musique pareille, pas question de terrasser Boria, et que dire des grands qui risquaient sans doute de se payer ma tête, particulièrement avec l'histoire de la moustache blonde. J'essayai de capter une nouvelle station sur les ondes courtes et je finis par tomber sur un rock and roll convenable mais brouillé par les parasites. Le chanteur, dont la voix correspondit immédiatement dans mon imagination au visage dessiné sur le carton, chantait frénétiquement quelque chose comme «Bull bully…». J'enregistrai *Bull Bully* à la place des moustaches blondes, ce qui me combla de satisfaction. Je ne sais pourquoi, mais j'étais persuadé d'avoir capté un «Beatle». Maintenant, il fallait faire venir Boria ici un instant. J'allai vers le téléphone et j'entendis grand-mère discuter avec quelqu'un.

— … il est pris pour le moment, disait-elle dans le combiné. Je ne sais pas, il est occupé avec un magnétophone, pépé le lui a rapporté d'Irak. Il faut comprendre comment ça fonctionne, sur quel bouton on doit appuyer, c'est un appareil compliqué. Oui, c'est comme ça. Il n'a pas de mère, en revanche il a un magnétophone. Pourquoi pas, ce magnétophone ne le trahira pas comme certains…

Quelques mots s'illuminèrent devant moi comme un feu d'artifice : « … pépé le lui a rapporté d'Irak ». Donc, c'était pour moi !

— Qui est-ce ? lui demandai-je.

— La maman de Sviétotchka, répondit grand-mère qui boucha le micro avec la main. Vas-y, ne me casse pas les pieds. Sinon, ce magnétophone ne durera pas plus que ce qu'a duré la neige de l'an passé. Vas-y.

Généralement, les conversations de grand-mère avec la mère de Sviétotchka ne duraient pas moins de deux heures, et je m'empressai de rallumer la radio afin d'enregistrer d'autres morceaux. Sur ces entrefaites, grand-père rentra. Je lui fis passer *Bull Bully* et j'eus à le regretter amèrement.

— Bon, si c'est comme ça, je ne permettrai pas qu'une telle muflerie recommence ! déclara-t-il d'un ton menaçant, et il refourra le magnétophone dans son carton. Tu vois comme cette petite merde s'est permis de mettre ses doigts partout !

— Qu'est-ce qui se passe ? demanda grand-mère qui avait fini sa conversation avec une rapidité étonnante.

— Rien ! vociféra grand-père dont les yeux brillaient de façon terrifiante sous ses sourcils, comme il savait le faire parfois. Vous êtes devenus complètement maboules ! Je n'ai rien à moi dans cette maison ! Vous m'avez tout piqué !

— Calme-toi, espèce de branquignol ! lui suggéra grand-mère avec une humeur débonnaire, fort rare chez elle. Qu'est-ce qu'on t'a pris, qui te l'a pris ?

— C'est vous qui m'avez tout pris ! Oui, vous ! grogna-t-il, tandis que le carton rebelle refusait d'obéir à ses mains nerveuses. Pour une fois que je me rapporte quelque chose, il suffit que je m'absente quelques instants pour que ce crétin pose les mains dessus. Je ne lui ai pas donné l'autorisation, rien de rien ! Il comprend comment ça marche… Mais on se débrouillera sans l'aide de ce morveux ! Est-ce que je pourrais au moins avoir une chose qui soit à moi ici, une chose que vous ne prendriez pas sans mon autorisation ! Ou bien tout ce qui est ici est à vous ?!

Grand-père finit par refermer le carton et le glissa derrière le canapé.

— Il restera ici et j'interdis qu'on y touche ! me dit-il. Quand je serai mort, tu pourras l'utiliser. Mais avant, sache que tout ce qui est ici n'est pas à toi.

La supériorité, qui m'avait élevé de façon si éphémère au-dessus des autres, s'éparpilla en mille morceaux. Je ne pouvais plus penser désormais : « Moi, j'ai un Philips ! »

Mais grand-mère envisagea les choses différemment. Dans la chambre, elle me prit par l'épaule, elle se pencha vers moi et me chuchota au creux de l'oreille :

— Ne fais pas attention au vieux. Il a poussé sa gueulante, mais ensuite il oubliera. Demain, il va poser son cul dans la commission de quartier, tu dégoteras le magnétophone et tu le brancheras autant que tu le veux, mais tu le remettras à sa place avant son retour. Plus tard, je me mettrai d'accord avec lui, et il te le permettra. Il t'aime et il ferait tout pour toi. Il a seulement gueulé un peu pour la forme.

Là-dessus, nous allâmes dormir.

Le matin, juste après mon réveil, j'éprouvai un désir inhabituel de me lever au plus vite. La veille, quelque chose avait changé dans ma vie, quelque chose de bon, d'intéressant était survenu… Je m'en souvenais : le magnétophone ! Je bondis précipitamment de mon lit et, m'étant habillé à la hâte, j'allai aussitôt dans la chambre de grand-père.

Le magnétophone était à sa place. Grand-père s'habillait dans l'entrée pour sortir. Je jetais des regards furtifs au carton jaune glissé derrière le canapé et j'avais l'impression que grand-père faisait exprès de s'habiller aussi lentement. Enfin, qu'avait-il besoin d'enrouler deux fois son écharpe autour du cou ?!

— Mets d'autres chaussures, lui dit grand-mère.

— Je prendrai celles-ci.

— Mets les autres, celles-ci ne sont pas chaudes.

— Mais pourquoi ? Elles sont doublées en fourrure...

— Mets les autres, je te dis, celles-ci sont glissantes, il y a du verglas dans la rue.

— Va au diable ! cria-t-il en furie, avant de partir enfin.

— Mémé, je peux prendre le magnétophone ? lui demandai-je, tout frémissant.

— Commence par bouffer, sinon tu ne vas pas te calmer.

— Mais je peux ?

— Mais oui, mais oui...

Pendant qu'elle préparait de la kacha, je tirai prudemment le carton de derrière le canapé et le posai sur la table. J'ouvris le couvercle, et je vis le plastique noir qui brillait, enveloppé dans la doublure de mousse de plastique, et mes mains tremblèrent d'émotion. Soudain, on sonna à la porte.

— Qui est-ce ?

— C'est... moi... Nina..., fit bizarrement grand-père d'une voix saccadée.

— Cache-le, cache-le vite ! fit grand-mère en agitant la main.

Je rangeai à la hâte le magnétophone à sa place.

— Eh bien… Ouvre, à la fin… Dépêche-toi… Je ne peux pas…

— Attends une minute… T'as chié dans ton froc ou quoi ? J'arrive… Le fil du téléphone s'est emmêlé et je ne peux pas passer.

— Ouvre…

Grand-mère jeta un œil dans la pièce où je me trouvais pour s'assurer que j'avais remis l'appareil en place, puis elle ouvrit la porte.

— Qu'est-ce qui se passe ?

— Je suis tombé, oh là là ! J'ai glissé devant le garage… Je me suis cogné le côté contre des pierres… Oh là là !… Aidez-moi à aller jusqu'à mon lit… Je ne peux pas…

Grand-mère et moi, nous aidâmes grand-père, plié en deux, à marcher jusqu'à son canapé où on l'installa.

— Ôtez-le… Aidez-moi à ôter mon manteau… Le côté… Ça me fait mal, je ne peux pas remuer le bras… Ôtez mes chaussures…

— Je t'avais bien dit d'en mettre d'autres, lui rappela grand-mère en ôtant ses bottines doublées de fourrure.

— Tais-toi ! Tais-toi, arrête d'ergoter ! Laisse-moi reprendre mon souffle. J'ai mal, je ne peux pas respirer… oh là là…

Après avoir ôté les bottines de grand-père, grand-mère l'aida à s'étendre sur le côté qui n'était pas douloureux, elle releva sa chemise et massa la partie contusionnée avec de la pommade d'arnica. Troublé par ce qui venait de se passer, je me tenais à côté et je demandai :

— Grand-père, qu'est-ce qui t'arrive ?

Malgré mon apitoiement, je ne parvenais pas à maîtriser mon regard, sans cesse attiré comme un aimant vers le carton jaune fourré derrière le canapé. Grand-père avait inopportunément glissé.

En fin d'après-midi, son état empira. Il ne pouvait pas bouger, il gémissait. La peau de son flanc était tuméfiée et violette. Le médecin qui vint l'examiner déclara qu'il avait une côte cassée, il lui fit un bandage et lui prescrivit de ne pas bouger durant plusieurs jours. La nuit, alors que j'étais déjà au lit et que grand-mère était restée à regarder la télévision avec grand-père, contraint à l'immobilité, j'entendis des cris puissants. Grand-père hurlait à tue-tête et demandait à grand-mère de faire quelque chose. Celle-ci vociférait d'une voix paniquée. Je me dis que grand-père était à l'article de la mort, et tel que j'étais, sans chaussons, en collant, je me précipitai vers sa chambre. Tout était fini, la douleur s'était calmée. Au bout d'un certain temps, grand-père se remit à crier, et je bondis à nouveau de mon lit pour aller le rejoindre ainsi que grand-mère qui le veillait. Les deux fois, un seul et unique mot avait traversé mon esprit : le « magnétophone ».

Je ne peux définir avec précision le sentiment que recelait ce mot. Ou bien je pensais que grand-père allait bientôt mourir et que le magnétophone me reviendrait, comme promis ; ou bien j'avais peur qu'il meure et que le magnétophone ne me revienne pas ; ou bien j'étais inquiet qu'il meure et que grand-mère ait autre chose à faire que de se préoccuper du magnétophone. En tout cas, je n'avais pas peur pour grand-père. J'avais l'impression de participer à une scène émouvante susceptible de devenir plus émouvante encore, et c'était intéressant d'être ému. Courir, se précipiter dans l'inquiétude, demander : « Que se passe-t-il ? » C'était captivant. C'était une sorte de jeu, et seul le magnétophone faisait partie de la réalité. Le fait que grand-père puisse mourir ne m'effrayait pas. C'est ma propre mort qui m'aurait mené à l'épouvantable cimetière où j'aurais reposé seul sous une croix, où je n'aurais vu que de l'obscurité sans pouvoir repousser les vers qui me rongeaient. C'est maman qu'on aurait pu tuer, et elle aurait disparu de ma vie, en supprimant à jamais de celle-ci tous ses petits mots doux. Et que se passerait-il si grand-père mourait et que je ne puisse plus voir le magnétophone ? Grand-père faisait partie du décor, comme les arbres qui bruissaient derrière la fenêtre, jamais je ne songeais à sa mort, je ne pouvais la concevoir, et c'est la raison pour laquelle je ne savais pas ce qui devait me faire peur en elle.

Grand-père était alité depuis plusieurs jours quand mon refroidissement récidiviste réapparut, puis grand-mère se renseigna sur les cours, et le magnétophone tomba aux oubliettes. Je jetais parfois un œil au carton jaune, mais ce n'était plus qu'un triste souvenir d'une supériorité évanouie. Dans son emballage, le magnétophone demeurait inaccessible. Grand-mère et grand-père ne transgressaient jamais un ordre établi, et si quelque objet était rangé dans une boîte ou restait emballé, au bout de deux ou trois jours on s'y habituait et l'on pouvait être certain que personne ne l'utiliserait jamais. Le carton contenant le tourne-disque servait de socle à une lampe de bureau, autant que je m'en souvienne, et le coffre en plomb contenant la vaisselle, que grand-père avait rapporté d'Allemagne avec des meubles, encombrait le balcon depuis qu'il était arrivé ici. Si le magnétophone était resté sur la table, on s'y serait aussi habitué, mais je m'en serais certainement approché en douce. Maintenant, il fallait accomplir une action extraordinaire afin qu'il sorte de son carton et réapparaisse au grand jour, pour qu'il soit visible ne serait-ce que quelques minutes. Le jour de la venue de maman, je l'avais totalement oublié et je m'en souvins par hasard, sous un prétexte qui n'avait rien à voir.

J'étais assis à mon pupitre, attendant ma Petite Peste, et j'entendis grand-père qui sortait. Il continuait de pousser des oh ! et des ah ! et se prenait le côté dès qu'il faisait un geste malencontreux, mais il pouvait marcher et enfilait même tout seul ses chaussures. Je me souvins de la nuit où j'étais accouru à cause de ses cris et je m'imaginai soudain ce qui se passerait si maman se cassait quelque chose ! À cette pensée, ma gorge se serra. J'étais toujours prêt à éclater en larmes si je me représentais qu'un malheur était arrivé à maman. Et c'est alors que les paroles de grand-père, selon lequel ce n'était pas lui que j'aimais mais ses cadeaux, résonnèrent dans ma mémoire. Était-ce véritablement le cas ? Je réfléchis à cette question et j'en conclus que, bien entendu, ce n'était pas les cadeaux que j'aimais, mais grand-père, beaucoup moins toutefois que maman. Aimerais-je maman si elle ne m'offrait rien ?

Presque tout ce que je possédais de précieux, c'était elle qui me l'avait offert. Mais ce n'est pas pour ces objets que je l'aimais : j'aimais ces choses parce qu'elles venaient d'elle. Tout ce qu'elle m'avait offert était comme une particule de ma Petite Peste, et j'avais très peur de perdre ou d'abîmer l'un de ses cadeaux. Quand il m'arriva de casser par mégarde une pièce d'un jeu de construction qu'elle m'avait offert, j'eus le sentiment de lui avoir fait mal, et toute la journée j'éprouvai du chagrin, bien que la pièce en question n'eût guère d'importance et restât souvent sans utilité. Grand-père la recolla par la suite, et, comme ces impressions liées à maman demeuraient en moi, cette pièce se transforma en un objet précieux, parmi plusieurs autres que j'avais mis de côté et que je chérissais par-dessus tout.

Ces objets précieux pouvaient être des bricoles qui me venaient par hasard de Petite Peste. Dans mes jouets, je voyais avant tout une chose, ensuite seulement maman. Dans les broutilles, comme la bille de verre que Petite Peste m'avait donnée dans la cour, après avoir fouillé dans son sac, je ne voyais que maman, un point c'est tout. Cette petite maman de verre, je pouvais la cacher au creux de la main, grand-mère ne pouvait me la confisquer, je pouvais la mettre sous mon oreiller et sentir qu'elle était juste à côté de moi. Parfois j'avais envie de parler à cette bille-maman, mais je comprenais que c'était stupide et je me contentais de la regarder le plus souvent possible. Dans la pièce cassée du jeu de construction, je me mis à ne voir que maman. Je cessai de l'utiliser pour construire des maisonnettes et je la rangeai avec les objets parmi lesquels je conservais même un vieux chewing-gum. Un jour, maman me l'avait offert, je l'avais mâché, puis enveloppé dans un bout de papier pour le cacher. Ce chewing-gum n'avait pas la moindre valeur, bien entendu, je ne le regardais pas, je ne le cachais pas sous mon oreiller, comme la bille, mais je ne pouvais pas non plus le jeter et je l'ai conservé jusqu'à ce qu'il disparaisse je ne sais où. Tous ces objets, je les conservais dans une petite boîte que je cachais derrière ma table de nuit pour que grand-mère ne la trouve pas. Cette boîte, contenant les objets de maman, était pour moi le bien le plus précieux qui soit, et seule maman l'était plus encore.

Maman venait rarement. Je commençais à l'attendre dès le matin et, quand mon attente prenait fin, je voulais profiter le plus possible de chaque instant où je la voyais. Si je lui parlais, il me semblait que les mots me détournaient de ses enlacements ; quand je l'embrassais, je m'inquiétais de trop peu la regarder ; si je m'écartais d'elle pour la regarder, je souffrais de ne pouvoir l'enlacer. Je sentais que j'allais inventer d'un instant à l'autre une position dans laquelle il serait possible de tout faire en même temps, mais je n'y parvenais pas et je piaffais, effaré de constater à quel point passait rapidement ce peu de temps dont je disposais.

D'habitude, maman venait pour une ou deux heures, mais je ne réussissais à passer que quelques minutes correspondant à mes désirs. Le reste du temps s'écoulait comme le voulait grand-mère. Elle s'asseyait à côté de nous, et j'étais gêné d'enlacer maman en sa présence ; elle entamait je ne sais quelle conversation, et je ne pouvais parler avec maman ; elle faisait comme si je n'existais pas, et il ne me restait plus qu'à regarder maman de toutes mes forces, en tâchant de compenser les mots et les embrassades impossibles par le regard.

Il n'était pas non plus possible de la regarder longuement. Une conversation engagée par grand-mère sans hâte et amicalement se transformait lentement et insensiblement en une scène violente. Je n'ai jamais réussi à saisir l'étincelle qui la déclenchait. Sans accorder la moindre attention à ma demande de me laisser bavarder quelques minutes avec maman, grand-mère parlait de l'actrice Gourtchenko quand elle lança en direction de maman une bouteille d'eau minérale Borjomi. La bouteille se brisa contre le mur, elle aspergea les pieds de maman d'eau pétillante et de tessons verts ; grand-mère cria alors que le vieux grand-père malade était allé en voiture chercher de la Borjomi chez Elisseev, une épicerie de luxe. Ou bien elles discutaient posément d'un certain Berditchevski qui était parti en Amérique, et grand-mère se mettait à courir après maman autour de la table en agitant le lourd fox-terrier en bois qui était posé sur le buffet de grand-père, en criant qu'elle allait lui casser la tête, pendant que moi, je pleurais sous la table en m'appliquant à décoller du sol un petit bonhomme en pâte à modeler que j'avais sculpté pour la venue de maman et qu'elles avaient écrasé au passage. Maman demanda alors qu'on lui rende son manteau de fourrure et grand-mère lui cria :

— Le v'là, ton manteau, Olia !

Elle lui tourna le dos, baissa sa culotte verte et me surprit avec une chose rose pâle et incommensurable.

— Qu'est-ce que tu as à montrer ton cul devant un enfant, tu es une dévergondée ! lui cria maman.

— Peu importe, c'est le cul de sa grand-mère, et non celui d'une pute qui a échangé son enfant contre un nabot ! vociféra grand-mère en guise de réponse.

La visite de maman se terminait chaque fois de la même façon, et chaque fois j'espérais jusqu'à la dernière minute que tout se passerait bien. Mais non. J'essayais d'arrêter la scène qui s'annonçait, je pleurais, je criais, moi aussi, je m'interposais entre maman et grand-mère, mais comme toujours je n'existais pas. Je prétendais même que j'avais le nez bouché, dans l'espoir que grand-mère, oubliant maman, se précipiterait pour aller me chercher des gouttes. Mais même ça n'y faisait rien ! Quand maman arrivait, grand-mère n'observait pas les règles habituelles et les scènes s'enflammaient, même si j'étais vraiment malade.

Une fois maman chassée de l'appartement, grand-mère claquait la porte, elle pleurait et prétendait qu'elle avait été poussée à bout. J'acquiesçais silencieusement. Jamais je ne lui faisais de reproches pour ce qui venait de se passer et après ce genre de scène je me conduisais toujours comme si j'étais de son côté. Je me souvenais même parfois en riant d'un moment de la dispute.

— Comment elle courait pour t'échapper autour de la table !

— Et elle ne courra plus comme ça, la chienne ! Elle crachera du sang ! Elle est sans doute déjà arrivée chez elle. Tiens, je vais lui téléphoner pour lui dire encore deux ou trois paroles bien aimables.

Grand-mère téléphonait et toute la scène qui s'était déroulée ici se répétait au téléphone. Maintenant, toutefois, resté en tête à tête avec elle, je ne prenais pas la défense de maman, mais, au contraire, je riais des expressions particulièrement réussies de grand-mère. Grand-mère était ma vie, maman une fête exceptionnelle. La fête avait ses règles, la vie avait les siennes.

Je ne me demandais pas pourquoi, resté en tête à tête avec la vie, je devais être en plein accord avec elle sans pouvoir agir autrement, ni pourquoi la vie m'empêchait d'aimer maman, ni pourquoi il ne me restait plus à aimer que la bille en verre et à attendre maman en secret après que la fête s'était terminée, ni pourquoi grand-mère était la vie, et maman un bonheur exceptionnel qui prenait fin avant que je n'aie eu le temps de me sentir heureux. Les choses étaient ainsi et je ne pouvais m'imaginer qu'il pût en être autrement. Parfois, en m'endormant, je rêvais de passer au moins une fois avec maman une journée entière, afin de savoir et de me rappeler comment c'était, je rêvais de m'endormir au moins une fois en sachant que le bonheur était à côté de moi et, au réveil, de le retrouver, juste à côté de moi. Mais c'était impensable, il était stupide de rêver à cela. À côté de moi, aussi bien le matin que le soir avant de m'endormir, il y avait la vie, et je pouvais seulement attendre la venue du bonheur, le frôler quelques instants, puis feindre de nouveau de le mépriser, à peine la porte avait-elle claqué derrière elle dans un grand vacarme. Ce jour-là, encore une fois, je l'attendais.

J'étais assis à mon pupitre, j'écrivais, je me mouchais dans des serviettes en papier et j'attendais maman. «Elle va bientôt venir, nous sommes presque en fin d'après-midi. Il me reste à écrire cinq propositions et je pourrai l'attendre sans être distrait par quoi que ce soit. Pourvu que je ne fasse pas de fautes!»

Grand-mère prit le rasoir pour vérifier ce que j'avais écrit. Je regardais, plein d'appréhension, la façon dont ses yeux se plissaient à la lecture de certains mots, la façon dont son pouce et son index, entre lesquels elle tenait le rasoir, se contractaient. Mais non… Son visage se lissa, ses doigts se relâchèrent : il n'y avait pas de fautes.

— C'est bien, approuva-t-elle. Tu vois, c'est en jouant comme ça sur mes nerfs que tu apprendras l'orthographe. Tu as encore les maths du jour à faire, et ce sera tout pour aujourd'hui.

— Mais maman arrive dans un instant !

— Quand elle sera là, elle attendra que tu aies fini. Allez, assieds-toi !

Je m'assis sur la chaise que venait de quitter grand-mère et qui me parut d'une tiédeur désagréable, j'écartai le manuel de russe inoffensif ce jour-là et j'ouvris en tressaillant le livre de maths. On sonna alors à la porte, et les suites de chiffres et d'exemples se transformèrent en signes abscons dans lesquels j'étais incapable de comprendre quoi que ce soit.

— Voilà ta pestiférée qui se radine. Reste là et travaille. Si tu ne finis pas ton exercice, je lui dirai qu'elle vienne une autre fois, me menaça grand-mère en allant ouvrir.

Je restai pétrifié à mon pupitre, tendant l'oreille au moindre bruit provenant du couloir. La porte s'ouvrit.

— Bonjour, maman, fit la voix de ma Petite Peste.

Je ne pouvais me résoudre à me lever de mon plein gré et à me précipiter dans le couloir, mais des bras invisibles s'élancèrent vers cette voix, ils l'enlacèrent, et après m'être blotti mentalement contre la chaleur de sa joue, j'entendis au tréfonds de moi-même tous les mots tendres qu'elle avait prononcés un jour ou l'autre. Le pupitre et mon livre de maths s'évanouirent. Seuls la voix et mes enlacements invisibles existaient désormais.

— Mon Dieu, qu'est-ce que tu as sur la tête ? demanda grand-mère.

— Un bonnet, maman.

— Ce n'est pas un bonnet, mais une vraie casserole !

— Je n'en ai pas d'autre.

— Bon, entre, espèce de croque-mitaine. Tu as faim ?

— Oui, donne-moi quelque chose à manger. Où est Sacha ?

— Il fait ses devoirs, il m'a demandé d'attendre quelques minutes.

— Je suis ici, maman ! J'ai tout terminé !

Je poussai ce cri avec l'espoir d'obtenir la permission de remettre les maths au lendemain.

— Reste où tu es, je vais vérifier ! brailla grand-mère, et, après avoir ordonné à maman d'ôter son manteau, elle vint me voir.

Sans même regarder la page blanche de mon cahier, elle me prit par l'épaule et se pencha tout près de mon visage pour me chuchoter :

— Écoute-moi attentivement… Tu te souviens, quand elle est venue la dernière fois, elle a prétendu que je t'avais enlevé, et nous nous sommes disputées. Tu ne veux quand même pas qu'on se dispute encore une fois ? Si elle se remet à mentir, à dire que je ne veux pas te rendre, que je t'ai enlevé, tu te lèves et tu lui dis d'une voix ferme : « Ce n'est pas vrai ! » Sois un homme et pas une chiffe molle. Dis-lui : « C'est moi qui veux vivre avec mémé, je suis mieux avec elle qu'avec toi ! » Et surtout, ne me trahis pas ! Ne provoque pas la colère de Dieu ! Tu lui diras ce qu'il faut, et tu ne seras pas un traître, hein ? Tu ne trahiras pas ta grand-mère qui donne son sang pour toi ?

— Non, je ne te trahirai pas.

Je compris que je pouvais ne pas faire mon devoir de maths, et je filai retrouver maman.

Petite Peste m'attendait sur le canapé de la pièce de grand-père et feuilletait un livre que grand-mère y avait laissé : *Les maladies allergiques.* Je lui enlaçai le cou et j'étais nerveux à l'idée des minutes qui m'appartenaient et qui s'écoulaient, me rendant compte à quel point je parvenais si peu à la regarder, à me blottir contre elle. Je n'avais pas eu le temps de lui dire le moindre mot que grand-mère entra dans la pièce.

— Qu'est-ce que tu prendras, du fromage blanc ou de la salade ?

— Donne-moi de la salade.

— Il vaut mieux que tu prennes du fromage, parce que grand-père va venir et il prendra de la salade.

— Donne-moi du fromage blanc.

— Qu'est-ce que tu as à répéter « donne-moi », « donne-moi » ! Va à la cuisine et sers-toi. Il n'y a pas de larbin ici pour te servir. Tu as pris l'habitude qu'on te torche jusqu'à l'âge de quinze ans, et il faut peut-être continuer de te torcher le cul à quarante ans ?

— J'en ai trente-six, il ne faut pas en rajouter, rectifia maman en éclatant de rire.

— Inutile d'en rajouter, tu sais, avec ce bonnet tu en parais cinquante. Et en plus tu as une tache sur le front. Bien entendu, il n'y a que les nabots qui s'intéressent à toi.

Je regardai le front de maman et je vis avec effroi une grande tache marron clair.

— Tu vois ? me demanda grand-mère. Je te l'avais bien dit.

— Qu'est-ce que tu lui as dit ?

— Que ton « génie » te bombarde avec je ne sais quoi. Bientôt, tu seras toute recouverte de taches de ce genre.

— Tes plaisanteries, maman, relèvent du caniveau, excuse-moi, bien entendu. Et tu sors des choses pareilles à un enfant ?

— Il y a plaisanteries et plaisanteries, mais l'oncologie est une science exacte. Qu'est-ce que ça peut être d'autre ?

— Une pigmentation qui est apparue après mon séjour à Sotchi. Le hâle a disparu de tout mon corps, mais il est resté sur le visage.

— Qu'est-ce que tu avais besoin d'aller à Sotchi ? Ton enfant calanchait dans mes bras et, au lieu de m'aider, tu t'es vendue comme domestique aux Caucasiens.

J'éclatai de rire et regardai maman pour savoir si elle était vexée de me voir rire aux plaisanteries de grand-mère. Elle ne l'était pas et elle-même s'esclaffait.

— Comment voulais-tu que je t'aide, alors que tu ne me laissais pas approcher ?

— Tu n'as pas fait les choses comme tu aurais dû les faire, mais comme ça te passait par la tête. Ou tu as empêché qu'on lui fasse une opération et on ne lui a toujours pas enlevé les végétations, ou tu l'emmènes au cirque et ensuite il étouffe pendant une semaine. En plus, tu as demandé qu'il soit inscrit à l'école près de chez toi et tu as fait en sorte qu'on doit maintenant traverser la moitié de Moscou pour l'emmener. C'est toi qui as l'habitude des voyages, parce que pépé et moi, on n'est pas vraiment ravis à l'idée de devoir bourlinguer comme ça.

— Je pensais qu'il resterait avec moi.

— Il y en a déjà un qui vit avec toi. Ça te suffit.

— Est-ce que tu vas me donner du fromage blanc ? Je n'ai rien mangé depuis ce matin.

— Tout de suite, répondit grand-mère qui alla à la cuisine.

Aussitôt, je me serrai contre maman et je voulus lui raconter quelque chose, mais je ne savais quoi lui dire. Toutes les nouvelles futiles m'étaient sorties de la tête. Maman s'assit en sorte que, sans relâcher notre étreinte, je puisse voir son visage, et c'est elle qui me parla.

— Eh bien, tu t'ennuies de moi, tu as de la nostalgie ? me demanda-t-elle, tout en connaissant la réponse.

— Oui.

— Tu te souviens de l'époque où tu étais tout petit et que tu vivais avec moi, c'est toi qui m'as posé cette question… Un jour, tu es revenu de ta promenade, et avec un air grave, tu m'as demandé : « Maman, tu t'es ennuyée pendant mon absence ? — Oui. — Tu avais envie de pleurer ? — J'étais sur le point de le faire. — Mais comment tu t'ennuyais ? — Quel ennui, quelle nostalgie de ne pas être avec mon fils adoré ! » Et tu as dit : « Tu as de la nostalgie parce que tu fais la noce. »

J'éclatai de rire, incrédule. Le fait d'avoir vécu autrefois avec maman me semblait incroyable. Je me souvenais de la nuit avec les lampions multicolores et de mon anniversaire, puis il y avait eu tout de suite grand-mère et quelques rares fêtes semblables à ce qui s'était passé ce jour-là. Était-il possible que ce bonheur ait été alors la vie ? Je ne m'en souvenais pas et je ne pouvais concevoir qu'une chose pareille soit possible.

— Ah, j'ai failli oublier ! Je t'ai apporté quelque chose, dit maman en tendant la main vers son sac d'où elle sortit une petite boîte. D'abord, je vais te montrer un jeu rigolo, et ensuite on écoutera une cassette intéressante, je l'ai prise avec moi. Regarde, ça s'appelle le « Jeu de puces ».

Maman sortit de la boîte un petit disque métallique aux bords relevés et un sachet en plastique contenant de petits ronds en plastique de trois couleurs. Trois ronds, un pour chaque couleur, étaient de la taille d'une pièce de trois kopecks, les autres de celle d'une pièce de deux kopecks. Sur le fond du disque était peinte une cible composée de cinq cercles concentriques de différentes couleurs, avec un « 10 » au centre.

— Il faut le poser sur quelque chose de stable, m'expliqua maman, et, ayant installé le disque sur le canapé, elle versa les ronds sur le livre consacré aux maladies allergiques. Avec le grand rond tu appuies sur le petit et tu essayes d'atteindre la cible. Comme ça.

Maman appuya sur l'un des ronds, il jaillit et atteignit le disque. Elle éclata de rire.

— Tu vois comme il saute ? C'est pour ça qu'on l'appelle le « Jeu de puces ». À toi d'essayer maintenant.

Je fis une première tentative et mon rond atteignit aussi la cible.

— Tu es tombé dans le sept, moi dans le cinq. Tu as gagné, me dit-elle.

— On rejoue ! dis-je, plein d'enthousiasme.

La seconde fois, je perdis, mais j'étais de toute façon plus heureux que je ne l'avais jamais été. Maman était assise à côté de moi, je jouais avec elle, je riais et je bavardais avec elle. J'avais un nouveau jeu, et c'était génial qu'il soit aussi simple. Quand la fête se terminera, les « puces » resteront ici et je verrai en eux ma Petite Peste et, peut-être, cacherai-je les ronds parmi mes broutilles. Mais pour le moment j'avais tellement de temps ! Grand-mère s'attardait à la cuisine, je l'entendis claquer la porte d'un réfrigérateur. Nous pouvions commencer une autre partie. J'appuyai sur un rond et ma puce atteignit le neuf. Pour gagner, maman devait toucher le « cœur ». Elle visa longuement, elle appuya... Et elle toucha le centre même du disque ! J'étais vexé et je lui criai :

— Oh, tu n'as pas une puce, mais un sniper !

— Le fromage blanc est froid, je l'ai sorti du congélateur, attends un peu, il va se réchauffer, dit grand-mère qui entra dans la pièce et s'assit sur une chaise.

Le jeu était terminé. Je rassemblai à la hâte toutes les rondelles dans le disque.

— Tu sais, j'ai appris pourquoi Berditchevski a vendu si bon marché sa voiture à la Tarassova, signala grand-mère à maman, et aussitôt ce fut comme s'il n'y avait jamais eu de jeu et que reprenait une discussion sans fin, à travers laquelle il m'était impossible de me frayer un passage, car je n'existais pas. Lui, il est parti en Amérique, et elle a de la famille là-bas. Elle lui a promis qu'ils l'aideraient. Si c'est vrai qu'il l'a crue et que c'est pour ça qu'il lui a vendu sa voiture, eh bien c'est tout bonnement un imbécile. Elle, c'est une affairiste bien connue, comment lui faire confiance ?! Maintenant, elle roule les mécaniques dans sa voiture, et lui, il n'aura que des clous. Bien que, qui sait... il y a tellement de magouilleurs partout qu'on ne sait plus à quel saint se vouer.

— Mémé, enfin, c'est moi que maman est venue voir ! Laisse-moi jouer avec elle !

— Eh bien joue, mon petit farfelu. Qui t'en empêche ? s'étonna grand-mère, qui s'adressa aussitôt à maman. Et alors, ton nabot, on l'a flanqué à la porte du théâtre ?

— On ne l'a pas flanqué dehors, c'est lui qui est parti.

— Qu'est-ce qui l'a démangé, alors ?

— Maman, c'est trop long à raconter… Est-ce qu'on peut rester avec des gens qui te disent : «Renonce à tes droits d'auteur et on t'achètera un costume»?

— Oh… On peut toujours aboutir à un compromis. Personne ne le connaît ici, et il est inutile de se jeter sur une merde fumante avec un poignard…

— Mémé, je t'en prie, laisse-moi parler avec maman !

— Qu'est-ce qu'il y a gagné? Maintenant, on ne l'engagera plus dans aucun théâtre.

— Entre nous soit dit — parce que j'ai peur de faire des plans sur la comète —, un bon réalisateur a vu la production, il a demandé qui avait fait les décors. Et, tu imagines, Tolia et lui se sont connus autrefois à Sotchi. À cette époque, il aimait ses toiles. Maintenant, on attend sa réponse, il le prendra peut-être pour faire les décors de son film.

— Que Dieu vous aide, peut-être a-t-il vraiment du talent. S'il ne buvait pas tant…

— Maman, tu le fais exprès ou quoi? Ou alors tu ne veux rien entendre? Je te l'ai dit cent fois : ça fait deux ans qu'il ne boit plus.

— Je ne sais pas… Autrefois, il picolait, tout de même?

— Que faire d'autre quand personne n'a besoin de toi?

— C'est juste, et maintenant c'est toi qui as besoin de lui. Ton enfant, tu n'en as rien à faire, tu as besoin de ton Goya de Crimée. Maintenant, tu t'es mise à l'ombre de son génie! Autrefois, il s'élevait jusqu'aux étoiles, maintenant, il atteint à peine le lavabo.

Je leur criai alors, sans le moindre espoir :

— Mémé! Maman! Je vous en prie, laissez-moi parler, moi aussi! Maman, c'est moi ou grand-mère que tu es venue voir?

— D'accord, maman, on ne discutera pas de cette question pour le moment, dit Petite Peste qui perçut mes appels. On va plutôt se mettre une bonne cassette. Où est le magnétophone de Sacha ? Celui que papa a rapporté d'Irak, tu m'as dit. J'ai avec moi une cassette de Vyssotski.

Ce qui se passa dans la minute qui suivit demeure pour moi incompréhensible. J'avais complètement oublié l'existence du magnétophone et il réapparaissait soudain dans ma vie, sorti de derrière le divan par grand-mère, comme s'il n'avait pas été rangé pour l'éternité, mais pour deux ou trois minutes seulement.

— Ouvre-le, je ne sais pas comment ça marche…, dit grand-mère en posant le carton sur la table.

Je soulevai le couvercle en carton d'un geste hésitant et tirai les doublures en mousse. Au milieu, je reconnus le plastique noir, lisse et brillant. Je ne croyais pas en la réalité de ce qui se passait. J'avais l'impression qu'il s'agissait de je ne sais quelle fantasmagorie.

— Eh bien, ouvre-le, qu'est-ce que tu as à le fixer avec des yeux ronds comme des assiettes ? me houspilla grand-mère, qui donna à maman les explications suivantes : Je l'ai rangé pour deux ou trois jours, sinon il n'aurait pas fait le moindre devoir et il n'aurait pas cessé de faire tourner sa mandoline.

« Sa mandoline » ! avait-elle fini par dire en employant le lumineux possessif « sa ». Alors, je tirai au plus vite les doublures de mousse de l'emballage et j'installai le magnétophone sur la table. Par conséquent, je pouvais tout de même me dire : « Moi, j'ai un Philips ! »

Maman sortit la cassette de son sac et je fus ravi de pouvoir lui montrer la dextérité avec laquelle je maîtrisais une technique aussi compliquée. L'appareil m'obéit et ouvrit le réceptacle de la cassette en un mouvement tyrannique, comme s'il me tendait la main ; l'aiguille subtile du voyant transparent se mit à tressauter ; une guitare retentit dans le haut-parleur ; les chiffres du compteur commencèrent à défiler. Maman était sous le charme !

Vyssotski me plut. J'avais entendu chez Boria une chanson de lui sur les chevaux : elle était rasoir. Il n'y avait que la voix rauque du chanteur qui me plaisait, mais on pourrait génialement la faire entendre aux passants depuis la fenêtre, parce que l'écouter tout seul était absolument dénué d'intérêt. De drôles de chansons étaient enregistrées sur la cassette de maman : il y en avait une sur une girafe, une autre sur la gymnastique, puis une sur un coureur qui finit par aller faire de la boxe, et j'étais vraiment heureux de les écouter. Même grand-mère riait parfois.

— Il a raison ! Il a raison ! La course sur place met tout le monde d'accord ! C'était un chanteur génial ! remarqua-t-elle quand s'arrêta cette cassette de courte durée. Il a si stupidement ruiné sa vie pour que dalle. Marina Vlady a bien picolé avec lui, suffisamment jusqu'à la fin de ses jours. Mais c'était une actrice de talent, pas une domestique du genre de certaines. Elle savait, elle, au nom de qui elle picolait. Lui, c'était un vrai génie, pas un mégalomane.

— Je ne suis pas Marina Vlady, il n'est pas dans mes intentions de picoler quoi que ce soit, mais si je peux aider quelqu'un d'une façon ou d'une autre, je le ferai, répondit maman.

— Qu'est-ce que tu viens faire là-dedans ? Il ne s'agit pas de toi, tu sais. Cela dit, tu aurais pu devenir une actrice, toi aussi. Comment tu jouais dans le spectacle de fin d'études ! J'étais couverte de larmes, je pensais que ma fille deviendrait quelqu'un. Et ton premier rôle ! Tout le monde disait : «Elle va aller loin, votre fille.» Elle y est allée, loin… Pour jouer les traînées à la plage. Qu'est-ce que tu es devenue maintenant ? Tu pourrais sans doute poser comme modèle et exposer ton sac à os. Ton nabot, par hasard, il ne peint pas des danses de la mort ?

— Quelle langue tu as, maman ?! Dès que tu prononces un mot, c'est comme un crapaud qui crache sa bave ! Qu'est-ce que j'ai fait pour te blesser de cette façon ?

— Tu m'as blessée parce que je t'ai donné toute ma vie, j'espérais que tu deviendrais un être humain. Je me suis privée du dernier bout de fil pour toi : «Mets ça, ma petite fille, que les gens te regardent !» Tous mes espoirs se sont envolés pour pas une broque !

— Mais pourquoi, lorsque les gens me regardaient, tu disais que c'est toi qu'ils regardaient et pas moi ?

— Quand est-ce que c'est arrivé ?

— Quand j'étais adolescente. Et ensuite, tu disais aussi qu'on te posait cette question : «Mais qui est cette vieille toute desséchée ? C'est votre maman ?» Tu ne t'en souviens pas ? Je ne sais pas ce qui serait arrivé à Marina Vlady si on lui avait seriné depuis son enfance qu'elle était un monstre.

— Je ne t'ai jamais dit que tu étais un monstre ! Je voulais que tu manges mieux, et je te disais : «Si tu ne manges pas, tu seras une monstresse !»

— Le nombre de choses que tu as pu me dire… Je n'insisterai pas devant Sacha. Quand tu m'as aussi cassé la jambe, c'était pour que je mange mieux ?

— Je ne t'ai pas cassé la jambe ! Je t'ai cognée parce que tu avais commencé à t'exciter ! Je marche avec elle dans la rue Gorki, entreprit de me raconter grand-mère en voulant me montrer de façon comique à quel point maman était capricieuse, et nous passons devant une vitrine dans laquelle il y a je ne sais quels vêtements sur des mannequins. Et là, elle se met à hurler pour toute la rue : « Achète-les-moi ! Achète-les-moi ! » Je lui dis : « Ma petite Olia, pour l'instant on n'a pas beaucoup de sous, je ne peux pas t'acheter ça. Quand papa reviendra, on t'offrira une poupée, une robe, tout ce que tu veux… » Et elle de continuer : « Achète-les-moi ! » Alors je lui ai donné un coup à la jambe. D'ailleurs, je ne lui ai pas donné un coup, je l'ai seulement bousculée pour qu'elle se taise.

— Bousculée au point qu'on a dû me plâtrer.

— Ce n'était pas une fracture, l'os était seulement fêlé, mais comme tu ne bouffais rien, tu avais les os comme des allumettes. C'est pour ça que je t'obligeais à mieux manger. Moi, j'avais l'estomac vide, et je voulais te forcer à manger. Est-ce que tu t'es intéressée à moi ne serait qu'une seule fois ? « Maman, est-ce que tu as bien mangé ? » Et je ne parle même pas d'amour : il n'y avait pas chez toi le moindre regard de reconnaissance. La seule chose que tu savais faire, c'était de me scier le dos. Tu venais me voir à l'hôpital et tu me réclamais de l'argent !

— Je ne te réclamais rien. Je t'ai demandé de l'argent pour acheter des bas, et toi tu as commencé à me faire une scène en me disant que tu allais bientôt mourir et que j'hériterais de tout.

— Et toi, tu as dit que tu n'avais pas le temps d'attendre que je meure !

— Non, je t'ai simplement dit que ce jour-là j'avais besoin de bas.

— Tu aurais pu patienter et ne pas aller traîner je ne sais où, alors que ta mère était à l'hôpital. Il est vrai que tu avais ton petit papa comme modèle, un dévoyé bien connu, et tu craignais d'être en retrait par rapport à lui, bien entendu. Et tu l'as dépassé ! Oui, tu l'as dépassé ! Lui, il n'avait pas d'accointances avec des nains géniaux. Bien que je ne sois pas au courant de tout, parce qu'une fois ils sont partis en tournée à Omsk avec un cirque, et je crois bien qu'il y avait des lilliputiens avec eux…

— Mémé, mais qu'est-ce que vous avez à vous disputer tout le temps ? Laisse-moi parler un peu avec maman. Je ne la vois pas si souvent…

— Ah là là, mon Dieu ! J'ai dépensé tant de forces, j'y ai mis tant de nerfs, et tout ça pour rien. Mais pourquoi, mon Dieu, ai-je enterré un enfant et fait du second une prostituée ?

— Pourquoi m'assimiles-tu à une prostituée ? Dans toute ma vie, je n'ai connu que deux hommes, et pour toi je joue les prostituées depuis l'âge de quatorze ans.

— Je voulais que tu étudies et non que tu traînes je ne sais où !

— Je n'ai jamais traîné où que ce soit, et en réalité, toute ma vie j'ai pensé de moi que j'avais beau être parfaitement instruite, personne n'avait besoin de moi. C'est comme ça. Si je n'ai pas pensé aux rôles que je pouvais jouer, c'est que je ne savais pas derrière le dos de qui je pouvais me cacher de toi, oui. Et quand je vois maintenant un homme qui m'aime et qui travaille du matin au soir pour moi, peut-être est-ce là que se trouve mon bonheur. Père a donné toute sa vie pour toi, mais tu n'as pas su l'apprécier. Moi, je le sais. C'est pour ça que tu me foules à tes pieds de cette façon ? Et si cet enfant était avec moi, lui que tu ne me rends pas depuis cinq ans, je serais sans doute tout à fait heureuse.

— Ton mec, ce n'est pas pour toi qu'il travaille, mais parce qu'il y a un appartement, ne te fais pas d'illusions. Quant à l'enfant, c'est toi qui l'as abandonné. Je n'ai pas besoin de le retenir, avec son petit cœur il est parfaitement capable de tout ressentir. Il fait la part des choses : il sait qui se saigne aux quatre veines pour lui et qui l'a échangé contre un monstre d'un mètre et demi. Tu n'as qu'à lui demander, il te le dira. Bon, je vais aller te trouver quelque chose à bouffer. Tu prendras peut-être des forces, et même si ton Goya te prend comme modèle pour peindre une Cosette, tu ne seras pas seulement une domestique pour lui, malgré tout…

Après m'avoir jeté un regard en douce, grand-mère sortit de la pièce.

J'étais de nouveau en tête à tête avec maman. C'étaient de nouveau quelques instants remarquables et je devenais nerveux en comprenant que ce jour-là il n'y aurait plus d'instants pareils. J'enlaçais maman de toutes mes forces et je ne savais pas si je devais lui proposer de faire une nouvelle partie de «puces», d'écouter encore une fois Vyssotski ou lui demander de me raconter une autre histoire.

— Raconte-moi quelque chose.

— Je ne sais même pas ce que je peux te raconter. Grand-mère m'a embrouillé l'esprit : je reste assise là, comme une cruche, et je la boucle.

— Mais pourquoi vous n'arrêtez pas de vous disputer toutes les deux ?

— On est comme ça avec toi… Des rustres. Oncle Tolia a apporté un vieux livre. Il s'appelle *Contes d'autrefois*. Ce sont de vieilles histoires, qui ne sont pas réécrites. Il y a dans ce livre des textes russes qui sont exactement comme ce que débite grand-mère.

— C'est comment ? !

— Je vais te le dire ! répondit-elle, ravie de m'intéresser avec une histoire. Il y a un conte sur un pope, par exemple. Un jour, un moujik, prénommé Kakafi, vient travailler pour lui. Pour ce qui est de travailler, la seule chose qu'il fait, c'est de lui piquer des gâteaux secs, de faire caca dans le bonnet du pope et de filer. Le pope se lance à sa recherche, il met son bonnet et se précipite dans la rue. Il crie : « Vous n'avez pas vu Kakafi ? » Les gens lui répondent : « On voit, petit père, de qui il s'agit ! Et pourquoi êtes-vous couvert de merde ? »

J'éclatai tellement de rire que je sentis des raclements dans ma poitrine. Quand je riais très fort, mes poumons se contractaient parfois, comme lorsque j'étais malade, mais pas aussi douloureusement, et la douleur disparaissait toute seule, sans devoir prendre de la poudre de Zviagintseva.

J'étais impatient d'entendre ces histoires.

— Dis-m'en d'autres !

— Il y en a une plus drôle encore, au sujet d'un coq. Il était une fois un coq qui partit voyager. Il traversa un jour une forêt, et voilà qu'il rencontra un renard…

— Olia, viens manger ! cria grand-mère dans la cuisine.

— Quand j'aurai fini de manger, je te la raconterai.

— Raconte-la-moi tout de suite ! lui dis-je en m'accrochant à ses bras qui avaient desserré leur étreinte. Après, vous allez encore crier, grand-mère et toi, et on restera sans avoir fini de parler.

— On parlera, je te le promets, je ne suis pas encore partie.

— Je sais bien ce qui va se passer ! Ne t'en va pas, attends !

— Tu ne veux quand même pas que je meure de faim ?

— Tu mangeras, mais raconte-moi l'histoire du coq. Même en résumé…

— Bon, il rencontre un renard, un loup, un ours, et tous lui demandent : « Où vas-tu, le coq ? » Il leur répond : « En voyage… »

— Tu viens, oui ou non ? Il faut que je vienne te gaver, peut-être !

— J'y vais, sinon elle va se mettre à sortir des grossièretés.

— Maman…

— Je reviens tout de suite

Nos enlacements étaient rompus. Petite Peste se leva et se dirigea vers la porte. Des milliers de bras invisibles se lancèrent vers elle pour la rattraper, mais ils regagnèrent, prostrés, ma poitrine, impuissants à remplacer mes deux bras véritables. Je savais que maman allait bientôt partir et que je ne pourrais plus l'enlacer. Mais elle me jeta un coup d'œil dans le couloir, elle revint, se serra contre moi et me chuchota au creux de l'oreille :

— Ne sois pas triste, fiston. Oncle Tolia va bientôt obtenir un bon travail et nous aurons beaucoup de sous : je pourrai alors te reprendre avec moi. Il y a longtemps que je veux le faire, mais pour le moment on n'a pas de quoi vivre à deux, comment veux-tu qu'on fasse à trois ? Je te promets que je te reprendrai. Et alors, on parlera, on jouera, on fera tout ce que tu veux. On sera tout le temps ensemble, je te donne ma parole. Ne pleurniche pas, mon petit chat. Enfin, tu n'es plus un bébé ! Je suis encore ici. Je reviens tout de suite.

— Tu arrives, oui ou non ?! cria de nouveau grand-mère.

— Je reviens dans un instant, on va manger tous les deux l'un à côté de l'autre, me promit Petite Peste avant de sortir de la pièce.

Je restai seul sur le canapé. Dans tout ce que maman m'avait chuchoté, les seuls mots importants étaient : « Je reviens dans un instant » et « mon petit chat », le reste était la suite du conte, une réponse à la promesse de parler tous les deux. Cela n'aura pas lieu, en réalité. Maman ne peut m'emmener, le bonheur ne peut devenir la vie, et la vie ne permettra jamais au bonheur d'édicter ses propres règles. Elle a établi les siennes, et ce n'est qu'à elles que je peux me soumettre, me conformer, afin d'aimer maman sans rien transgresser.

— Elle va revenir dans un instant, dis-lui que ça ne t'intéresse pas d'écouter je ne sais quels contes au sujet d'un coq..., me chuchota grand-mère qui venait de faire son apparition dans la pièce juste après que maman l'eut quittée. Qu'elle-même marche dans la merde, si elle te prend pour un crétin. Dis-lui que tu t'intéresses à la technique, à la science. Aie de la dignité, ne t'abaisse pas à des crétineries ! Si tu deviens un être digne, tu obtiendras tout ce que tu veux, un magnétophone, des enregistrements. Et si tu restes un blanc-bec à écouter des calembredaines de quatre sous, les gens se comporteront avec toi comme...

— Pourquoi tu montes mon garçon contre moi ? demanda maman d'un ton réprobateur en entrant dans la pièce avec une assiette de fromage blanc. Tu l'achètes, peut-être ? Il m'écoutait, il avait les yeux enflammés. Comment peut-il dire que ça ne l'intéressait pas ? Dans quel but tu fais ça ? Espèce de fourbe !

— Personne ne l'achète ! Qu'a-t-il à faire d'une mère qui se radine une fois par mois et qui, en plus, bouffe ce qui a été acheté pour lui ?! Que ce fromage te reste au fond de la gorge ! Même une louve ne prend pas un morceau à son fils !

— Merci, je suis repue…, dit maman en reposant l'assiette de fromage blanc sur la table.

— Oh, comme nous sommes fière ! Jeanne d'Arc au visage tavelé, retenez-moi ! Pourquoi, toi qui es si fière, tu joues les bonniches et les concubines ? Je sais pourquoi : tu as peur que dès que vous serez mariés il te flanque dehors avec un coup de pied au cul et qu'il ramène dans l'appartement qu'il aura ainsi récupéré une petite jeunette pas aussi efflanquée que toi. Et il le fera ! Il a déjà une fille en vue. Je le sais !

— Comment tu le sais ?

— Tu la verras quand il la ramènera.

— Mémé, j'ai le nez bouché, dis-je en tirant grand-mère par la manche. Mets-moi des gouttes !

— Tu seras seule, personne n'aura besoin de toi, tu seras sans mari, sans enfants, et tu comprendras alors ce que j'ai dû subir en étouffant de solitude toute ma vie durant. J'ai tout donné ! J'ai sorti mes tripes : tenez, bouffez-les ! Si j'avais rencontré ne serait-ce qu'une once de compassion ! On m'a tout piqué !

— Pour ce qui est de mon homme, je ne sais pas, mais en ce qui concerne mon enfant, tu ne peux pas me le refuser ! Même s'il vit avec toi, même si tu lui bourres le crâne, de toute façon il est à moi !

— Tu n'as pas d'enfant ! Tu l'as échangé ! Tu as un nabot, aie-le à l'œil ! C'est mon enfant, c'est par mes tourments qu'il est devenu mien.

— Mais pourquoi tu profites de tes tourments pour dire n'importe quoi ?!

242

— Quoi, salope ?! Qu'est-ce que je fais de mes tourments ?! hurla grand-mère qui attrapa le fox-terrier en bois sur le buffet.

Je me précipitai sur elle et, pleurant de terreur, je fis un barrage devant maman. La même scène s'était déjà produite et je ne me souvenais pas de quelque chose de plus épouvantable. La peur me voila les yeux. Je ne vis que l'angle acéré du socle et je ne désirai qu'une chose : que ce chien si lourd reste à sa place.

— Mémé, il ne faut pas faire ça ! Il ne faut pas !

— Écarte-toi, espèce de fumier, ne reste pas dans mes pattes !

— Tu es cinglée, qu'est-ce que tu fais ?! cria maman en s'écartant de grand-mère pour aller de l'autre côté de la table. Repose le chien !

— N'aie pas peur, je vais le reposer, dit grand-mère d'un ton méprisant, et elle remit le fox-terrier à sa place, puis elle le dépoussiéra avec sa manche. On l'a offert à ton père, je ne vais pas le souiller sur une pouffiasse de ton genre. Tu n'es même pas une pouffiasse, car tu n'es même pas une femme, en fait. On devrait jeter tes organes aux chiens parce que tu as eu l'impudence de mettre un enfant au monde.

— Pourquoi me hais-tu ainsi ? demanda maman, alors que des larmes lui coulaient sur les joues. Pourquoi tu me bafoues de cette façon en présence de mon fils ? Tu m'as tout volé ! Tu as volé mes affaires, tu as volé mon fils, et tu veux aussi me voler son amour ? Mon petit Sacha !

Maman prit soudain mon manteau accroché à une patère.

— Viens avec moi ! Viens, je t'emmène…

— Laisse ce manteau, sale chienne, ce n'est pas toi qui l'as acheté ! hurla grand-mère qui se remit à agiter le fox-terrier. Ne t'avise pas de t'approcher de lui !

Maman recula en chancelant.

— Tu parles, dis-je en regardant grand-mère. Moi, je n'irai jamais avec elle. Moi, je veux vivre avec toi. Je suis mieux ici.

— Tu m'as tout pris ! Tout pris ! sanglota maman à pleine voix, et, après avoir rejeté mon manteau, elle se précipita pour récupérer son blouson.

— Vas-y, vas-y, fous le camp ! dit grand-mère pendant qu'elle s'habillait. Et ne t'avise plus de remettre les pieds ici. Va lécher les couilles moites de ton nabot tant qu'il te supporte ! Ça ne va pas durer longtemps !

Maman ouvrit la porte et, pleurant à chaudes larmes, elle descendit précipitamment l'escalier. Grand-mère ouvrit la porte-fenêtre du balcon, prit une casserole posée sur la table et hurla :

— Tiens, ma petite Olia, tu m'as demandé à manger !

Et elle fit tomber son contenu.

— J'ai visé juste ! m'annonça-t-elle en refermant la porte du balcon.

— C'est tombé sur elle ?

— Elle secoue les vermicelles de son épaule, en bas.

J'éclatai de rire. La fête était terminée, la vie recommençait. Je ne pouvais plus aimer ma Petite Peste. Je ne pouvais aimer que mes broutilles secrètes, et je devais dédaigner le bonheur.

— Et qu'est-ce que c'est que cette merde qu'elle a laissée ici ? demanda grand-mère en regardant le canapé.

Je lui répondis d'une voix terrorisée :

— C'est… ce sont des puces.

— Des puces ?! Allons, passe-les-moi !

Elle attrapa les puces et le disque, et les emporta hors de la pièce.

— Rends-les-moi ! Qu'est-ce que tu fais ! Rends-les-moi !

— Des puces ! Moi, j'achète des médicaments à cinquante roubles la boîte, et elle apporte des puces ! Que des puces lui courent sur le corps jusqu'à ce qu'elle en crève !

Grand-mère apporta les puces à la cuisine et elle ouvrit le vide-ordures.

— Ne fais pas ça !

Je criais en essayant de lui attraper les mains.

— Ne fais pas ça, arrête ! C'est maman qui me les a offertes !

— Maman ?! Je t'offre ma propre vie, et des puces de ce genre, je peux t'en acheter cent et toutes te les briser sur le crâne ! Ôte tes mains !

— Ne fais pas ça ! Ne fais pas ça, je t'en prie ! C'est maman…

Les ronds en plastique claquèrent sur le fond du réceptacle, le disque cliqueta. Le réceptacle, après avoir fait vociférer ses gonds rouillés, se referma.

— Qu'est-ce que tu as fait ?! Qu'est-ce que tu as fait ?!

Le visage couvert de larmes, je me précipitai sur le lit dans ma chambre.

— Qu'est-ce que tu as à pleurer pour une merde de quatre sous ?! Sois un homme ! Tu as un magnétophone, il te sera plus précieux encore ! Si tu continues à beugler, je te le confisque, et tu ne l'auras plus !

— Qu'est-ce que tu as fait ?! lui dis-je à travers les larmes. Comment tu as pu faire une chose pareille ?! Jamais je… Tu es une salope… Une salope ! Une salope !!

Le lendemain, j'étais assis sur mon lit et j'examinais un rond de plastique que j'avais retrouvé par hasard près du vide-ordures. J'étais seul à la maison et je pouvais le regarder à loisir. Pour je ne sais quelle raison, j'avais envie de pleurer, et, pour être plus triste encore, je décidai de faire ce que je considérais auparavant comme une chose stupide.

— Elle a donc jeté ton cadeau, me plaignis-je au rond de plastique.

Le son de ma propre voix dans la pièce vide me parut si plaintif que mes larmes ne tardèrent pas à jaillir.

— Où es-tu maintenant ? Combien de temps devras-tu encore attendre ?…

À chaque mot, de nouvelles larmes roulaient de mes yeux.

Soudain, on sonna à la porte. Je tressaillis. Grand-mère m'avait prévenu que, si je restais seul à la maison et qu'on sonnait à la porte, je devais me cacher et me tenir coi, parce que Roudik voulait cambrioler l'appartement, et il attendait que je sois seul à la maison. Il était donc venu et il voulait que je lui ouvre ! Je me pelotonnai peureusement. Mes yeux me démangeaient à cause des larmes qui avaient séché en un instant, mais j'avais peur de lever la main pour me les frotter. Silence. Peut-être était-ce fini ? On sonna de nouveau. Puis une fois encore, et on se mit à carillonner avec insistance, ce qui me mit les tripes sens dessus dessous. Je ressentis un souffle froid à l'intérieur de la poitrine. J'avais l'impression que, si je restais assis en silence et que je ne faisais rien, Roudik allait fracturer la porte avec ses sonneries péremptoires et qu'il me retrouverait plus vite encore parce que j'étais immobile. Pétrifié de peur, je me levai et me faufilai dans le couloir. La sonnerie se déchaîna au-dessus de ma tête. Roudik ne croyait pas que je n'étais pas à la maison ! Il savait que j'étais seul !

— Qui est là ? demandai-je d'une voix tremblante, m'attendant à entendre gronder la voix de basse de Roudik, qui me ferait m'écarter d'un bond de la porte en hurlant.

— C'est moi, fit la voix de ma Petite Peste. Ouvre-moi immédiatement !

— Maman ? !

J'ouvris la porte sans réfléchir. Petite Peste entra et, sans même m'embrasser, elle décrocha à la hâte mon manteau de la patère.

— Rassemble immédiatement tes affaires et viens avec moi.

— Où ?

— Chez moi ! Pour y vivre. Je t'emmène.

— Comment ? !

— Tu resteras avec moi pour toujours. Habille-toi.

Je ne sais pourquoi, mais en un instant je crus que c'était vrai. C'était un crime. Un crime inouï, mais, peut-être à cause de la peur que je venais d'éprouver, je ne songeais pas à ce que nous étions en train de manigancer, maman et moi, je ne ressentais que de la jubilation. Une jubilation irréfléchie à cause de laquelle j'avais envie de donner un coup de pied dans quelque chose.

— Dépêche-toi, grand-mère fait des courses, elle va revenir d'un instant à l'autre. Qu'est-ce que tu emportes ?

— Ça ! lui dis-je en montrant la boîte que j'avais eu le temps de sortir de derrière la table de nuit et dans laquelle j'avais caché le rond en plastique qui était resté collé à la paume de ma main moite.

— C'est tout ?

— Oui.

— Mets ton écharpe, il y a un vent glacial dehors ! Où est-elle ?

— Je ne sais pas.

— Dépêche-toi de la trouver.

Ayant l'impression d'être un cambrioleur qui fouille dans une maison dont les propriétaires vont revenir incessamment, je me jetai à la recherche de mon écharpe. Impossible de la trouver.

— C'est bon, je te passerai la mienne. Enveloppe-toi bien, tu es enrhumé. On y va.

On claqua la porte et on pénétra dans l'ascenseur.

« On a réussi ! On a réussi ! » Je me ressassai cette pensée quand nous sortîmes de l'immeuble, et, le visage caché derrière notre col à cause de la violente tempête de neige qui tombait, nous nous dirigeâmes vers la station de métro.

« On a réussi ! » me dis-je en jubilant quand maman me donna l'une des pièces de cinq kopecks qui étaient tombées de l'appareil automatique de change de monnaie.

« On a réussi ! » me dis-je en ressentant de la fatigue quand nous passâmes le seuil de son appartement.

J'aurais dû me réjouir, sans doute, m'agiter, parce que tant de minutes merveilleuses m'avaient été offertes, ou, au contraire, j'aurais dû m'installer sans précipitation, car je savais que maintenant je pourrais parler avec maman autant que j'en aurais envie, mais je m'assis dans un fauteuil, et tout me devint indifférent. J'avais l'impression que le temps s'était arrêté et que je me trouvais dans un endroit étrange où, au-delà du bras tendu, rien n'existait. Il y a un fauteuil, il y a un mur, sur lequel il y a une tache découpée dans du papier noir, avec de grands yeux qui me jettent un regard étonné, et il n'y a rien de plus. Ah oui, maman est apparue aussi… Elle sourit, mais d'une façon bizarre, comme si elle s'excusait de m'avoir emmené dans un monde aussi réduit. Je viens seulement de comprendre ce que nous avons accompli, elle et moi. Nous ne nous sommes pas contentés de partir de la maison sans demander la permission. Nous avons cassé quelque chose, et si nous ne l'avions pas fait, il serait probablement impossible de vivre. Comment vais-je manger, dormir, où vais-je me promener ? Je n'ai plus de train électrique, plus de petites voitures, le MADI n'est plus à côté, Boria non plus… Il y a une boîte avec mes broutilles, elle est dans la poche de mon manteau, mais à quoi bon l'ouvrir, dès l'instant que maman est assise à côté de moi ? Et où est grand-mère maintenant ? Elle ne sera plus là, elle non plus ?

Je me levai du fauteuil pour me blottir contre maman afin de compenser toutes ces pertes par un bonheur dont il n'était plus nécessaire désormais de compter les minutes, et je sentis avec terreur que le bonheur n'était pas là non plus. J'avais fui la vie, mais elle était restée à l'intérieur de moi-même et ne permettait pas au bonheur d'occuper la place qui lui revenait. Le bonheur ne retrouvait pas sa place d'autrefois. Des bras invisibles voulaient enlacer maman pour ne plus la relâcher, ils voulaient se rasséréner après une attente qui était arrivée à son terme une fois pour toutes, mais ils en étaient incapables, car ils savaient, pour quelque raison obscure, qu'ils n'en avaient pas encore le droit. Je me dis avec angoisse qu'il fallait tout récupérer au plus vite, et je compris alors que ce droit ne les quitterait plus jamais. Je me sentis au chaud, recroquevillé contre l'épaule de maman, et je fermai les yeux. Des taches rouges apparurent dans l'obscurité.

— Tu as de la fièvre, dit maman en me prenant les mains pour les tremper dans de l'eau chaude.

Je me mis à voguer. Des oiseaux noirs traversaient le ciel rouge au-dessus de ma tête. Leurs ailes étaient informes, elles ressemblaient à des chiffons. Je plongeai et je me mis à descendre le long d'un mur blanc et vertical...

Maman m'enveloppa dans une couverture sur le lit, puis elle laissa la porte entrouverte en quittant la pièce, quand Tolia rentra dans l'appartement.

— J'ai tout fait comme tu me l'as dit, lui annonça maman d'une voix émue. Ma mère est partie faire des courses, et je l'ai emmené.

— Où est-il ?

— Il est couché, il est vraiment malade, il était déjà enrhumé... Tolia, qu'est-ce que j'ai fait ? Ma mère va m'anéantir !

— Il restera avec nous, comme on l'a décidé hier. Elle va nous faire des scènes, et ce n'est qu'un début, mais surtout ne cède pas. Il faut arrêter de massacrer cet enfant ! Tu es sa mère. Pourquoi devrait-il vivre avec des vieillards cinglés ?

— Elle me le reprendra. Elle va venir et je céderai. C'est nous qui avons inventé le prétexte que nous n'avons pas d'argent et que nous ne sommes pas encore mariés… Mais j'ai peur d'elle ! Je viens seulement de comprendre à quel point j'en ai peur ! Je l'ai emmené comme si je commettais un vol. Avec le sentiment que ce n'est pas mon enfant, mais une chose qui m'est étrangère, qu'il m'est interdit de toucher. Elle va venir, et face à elle je ne m'en sortirai pas. Elle fera de moi ce qu'elle veut… Mon petit Tolia, ne t'en va pas, au moins les premiers jours ! Reste à côté de moi !

— Non seulement je ne sortirai pas, mais je considère que je dois leur parler. Tu es sous leur influence et je leur dirai ce que nous avons décidé. Ça leur est égal que nous ayons l'intention de nous marier, mais au moins je pourrai leur parler désormais. Quel droit a un concubin de dire à des grands-parents que leur petit-fils ne va plus vivre avec eux ?

— Mais moi non plus je n'ai pas le sentiment d'avoir des droits ! C'est comme si j'avais accompli un crime et que j'attendais la punition. Ils vont encore me bafouer ! Ils vont me l'arracher, comme la dernière fois, ils vont me cogner la poitrine, et ce sera fini. Et je ne dirai pas un mot contre eux, j'irai seulement ravaler mes larmes…

— Réfléchis encore une fois et dis-moi une chose : tu es vraiment décidée à le prendre et à te défendre, ou bien tu te demandes encore ce qui va se passer ? Si ta décision n'est pas définitive, il vaut mieux que tu le ramènes carrément tout de suite.

— Mais il est très malade, comment veux-tu que je l'emmène ?

— Donc tu n'es pas décidée… Alors il est inutile de discuter. Tu le leur rendras quand il sera rétabli, un point c'est tout. Mais très vite il dira qu'il n'aime pas sa maman, non seulement à sa grand-mère, mais à toi aussi.

— Comment ?

— Mais oui. C'est presque ce qu'il a dit hier…

Je m'enfonçais de plus en plus profondément. Le mur blanc et lisse s'étendait à perte de vue. Mais où était-ce donc ? Là, probablement… Non, de nouveau il n'y avait rien. Jamais, jamais je ne trouverai cette porte maintenant ! Qu'est-ce que c'est ? J'entendis en haut la sonnerie d'un téléphone. Je m'empressai de retourner à la surface : j'émergeai sous un ciel rouge et je l'entendis juste à côté de moi. Mais les oiseaux noirs faisaient un vacarme énorme avec leurs ailes, ils m'en recouvraient les yeux et m'empêchaient de comprendre où je me trouvais. Je clignai des yeux. Les oiseaux s'enfuirent, effrayés, le ciel rouge creva et je vis la porte. Mais ce n'était pas la bonne porte… Celle-ci devait se trouver dans un mur blanc, ici le mur était bleu, parsemé de taches noires avec de longues coulures. Mais j'entends la voix de maman… Elle a dit qu'elle avait pris une décision. Et une voix d'homme qui a dit que, dans ces conditions, il parlerait. Qui est-ce ? Roudik ? La sonnerie a cessé. Roudik dit : « Bonjour, Sémione Mikhaïlovitch. » Grand-père l'a laissé entrer ? Mais où est maman ? Qu'est-ce que grand-mère a fait d'elle ? La vision de la porte se dissout dans le ciel rouge. Les oiseaux noirs se rassemblent à nouveau. « Il restera chez nous, c'est décidé. » Je perçois la voix de Roudik à travers le brouhaha des ailes des oiseaux, et je replonge à la recherche de la porte dont j'ai tant besoin…

— Bonjour, Sémione Mikhaïlovitch, dit Tolia au téléphone. Oui, Olia l'a emmené. Il restera chez nous, c'est décidé. C'est ce que nous avons décidé, Olia et moi… Non, pas comme des voyous, parce qu'il était impossible d'agir autrement. Comment faire autrement ? Moi non plus, je ne sais pas… Quels médicaments ? Ceux de Sacha… Eh bien, Olia n'était pas au courant… De l'homéopathie ? Là, directement ? C'est indispensable ? Bien. Au revoir.

— Où vas-tu ?

— Ton père m'a demandé de venir chercher les médicaments homéopathiques. On m'a encore fait une scène au téléphone, encore une contre moi personnellement, mais j'espère que ce sera la dernière pour aujourd'hui. En fait, il semblait assez calme. Peut-être lui parlerai-je en tête à tête, je lui expliquerai tout. Sacha va se réveiller, préviens-le à mon sujet. Parce que jusqu'à présent il doit sans doute s'imaginer que je suis un scélérat, et que la première fois qu'on s'est vus dans la cour je l'ai soulevé par la tête et non par les épaules.

Maman referma la porte derrière Tolia, elle prit un pot d'onguent dans la table de nuit et m'en frictionna le dos.

Dans les profondeurs roses remplies de la lumière du ciel rouge, je fouillai dans le mur blanc. L'eau s'était réchauffée, je nageais dans un élément chaud. Je sentais que je ne tiendrais pas le coup longtemps. Le mur s'étendait au loin, sans fin, en haut et en bas, et je comprenais que je ne trouverais rien.

« Peut-être la porte s'ouvre-t-elle à n'importe quel endroit », me dis-je, et je criai :

— Maman ! Ouvre !

Au lieu d'une voix forte, un glouglou s'échappa de ma bouche et des bulles s'élevèrent au-dessus de moi. Je toussai, mais je continuai malgré tout de crier.

— Ouvre ! criai-je, et je cognais le mur de tout mon corps. Je veux vivre avec toi ! Il n'y a que toi que j'aime ! Seulement toi ! Ouvre !

La porte s'ouvrit… Un tunnel rond apparut devant moi, percé dans le mur, et je nageai à l'intérieur, louvoyant le long de nombreuses courbes. Je tournai une fois encore et je me figeai de terreur. Dans les ténèbres rouge sombre flottait une immense pieuvre noire. Dans chacune de ses tentacules, elle serrait une bougie, et les faisait toutes graviter lentement devant elle, tout en me regardant fixement de ses yeux ronds et méchants. La pieuvre ne m'attaquait pas, mais cette rotation muette des bougies était plus effrayante qu'une agression. Une menace se dissimulait en elle, à laquelle il était impossible de se soustraire, comme s'il s'agissait d'une espèce de sorcellerie. Mais peut-être était-ce, en effet, de la sorcellerie. Je me retournai et nageai de toutes mes forces pour retrouver la sortie. La pieuvre me suivit. Le tunnel s'éloignait vers le bas en un puits profond, et la cire des bougies me coula directement sur le dos. Je me cambrai à cause d'une sensation de brûlure insupportable, mais je parvins à m'extraire du tunnel, et ayant saisi la poignée de la porte, je la tirai vers moi pour la refermer. Je vis alors grand-mère qui nageait dans ma direction. Elle enfonça la main dans une poche et quelque chose de long ondula dans ma direction.

— Eh bien, espèce de traître, tu as oublié ta petite écharpe, me dit-elle. Je te l'ai apportée. Je te l'ai apportée et je vais m'en servir pour t'étrangler…

Je criai, me précipitai à nouveau dans le tunnel et claquai la porte. Grand-mère sonna.

— Qui est là ? demandai-je avec la voix de maman, bizarrement.

— C'est moi, pourriture ! répondit grand-mère.

— Qu'est-ce que tu veux ?

— Ouvre immédiatement !

Je repartis aussitôt en nageant à l'intérieur du tunnel et émergeai inopinément à la surface. Les oiseaux noirs volaient autour de moi et, à travers le vacarme de leurs ailes, je percevais la voix de grand-mère :

— Qu'est-ce qu'elle est allée inventer, cette chienne ! Elle l'a emmené... Oh là là ! Oh là là ! Qu'est-ce qu'elle a fait de lui ! Traverser tout Moscou au milieu d'une tempête de neige... Il a pris froid des pieds à la tête, et comment va-t-on faire maintenant pour qu'il se rétablisse ? Sacha ! Mon petit Sacha... Avec quoi tu le frictionnes ?! Avec quoi tu lui as enduit le dos, salope ?! Qu'on te frictionne le foie avec du baume du tigre ! Il y a là-dedans du salicylate et il y est allergique ! Sois maudite ! Sois maudite au nom de tous ceux qui te voient ! Sois maudite au nom de chaque buisson, de chaque pierre ! Où est son manteau ? Où est son manteau ? Ton père attend dans la voiture !

Les oiseaux noirs se regroupèrent en des masses compactes qui se jetèrent sur moi. Je les repoussais, mais ils m'attrapaient avec leur bec par les bras, par le cou, ils me tournaient dans tous les sens et disaient avec la voix de grand-mère :

— Relève-toi, mon chéri. Relève-toi, pépé nous attend. Enfile ton bras dans ta petite manche. Aide-moi, espèce de chienne, tu vois bien qu'il ne peut pas bouger ! Qu'est-ce que tu as fait de lui ! Que pour cela, ordure, tu te retrouves pliée en quatre ! Je t'ai dit de m'aider, pourquoi tu restes comme une bûche ?!

Tous les oiseaux noirs se précipitèrent sur ma tête, ils se collèrent à mon visage. Je portai les mains à mes yeux pour déchirer ce voile formé d'ailes bruissantes et je vis grand-mère. Elle m'enfilait un serre-tête tricoté. Maman, en larmes, boutonnait mon manteau.

— Mon petit Sacha, tu peux marcher, mon astre ? demanda grand-mère. On n'a qu'à aller jusqu'en bas, grand-père nous attend dans la voiture pour nous conduire. Qu'est-ce que cette traînée a fait de toi ?... Mais pourquoi tu l'as suivie, bêta ?

Le serre-tête me recouvrait les yeux, mais les oiseaux l'arrachèrent et se remirent à tournoyer au-dessus de moi. Je plongeai et décidai de leur échapper en retournant dans le tunnel.

— Tu vas m'aider à le porter, tu vois bien qu'il n'est pas capable de marcher ! fit la voix de grand-mère tandis que je disparaissais au fond d'une eau rose et chaude. Tu ne le reverras plus jamais, sale chienne ! Quand ton nabot aura fini de se balader et qu'il sera de retour, vous pourrez proliférer et engendrer des monstres à votre image, mais tu n'approcheras plus jamais de cet enfant ! Prends-le sous l'autre bras, salope, et on descend ! Quoi ?! Qu'est-ce que tu as dit ?! Tu sais ce que je vais faire de toi...

— Braves gens, au secours ! fit maman, dont le cri déchira l'air.

— Tu as peur ? Tu as raison d'avoir peur ! Tu croyais que je n'étais capable que de crier ? Je vais te casser le crâne avec cette lampe ! Je suis une malade mentale, on me trouvera des excuses. Mais ma conscience restera pure, c'est moi qui t'ai mise au monde, c'est moi qui clouerai ton cercueil. Fous le camp ! Je me débrouillerai toute seule. J'ai suffisamment de force pour porter son sac d'os, et il m'en restera assez pour toi, ordure.

Je nageai vers l'ouverture du tunnel où je voulais me cacher, mais je sentis quelque chose qui me prenait sous les bras. Je me retournai. C'était la pieuvre.

— Appelle l'ascenseur, tu vois bien que mes mains sont occupées, dit la pieuvre avec la voix de grand-mère, et, m'ayant entouré la poitrine de ses tentacules, elle m'entraîna loin du mur.

Il était impossible d'opposer une quelconque résistance. L'ouverture salvatrice du tunnel s'éloigna, elle devint aussi minuscule qu'un point, et soudain une vive lumière rouge s'alluma sur le mur gris. Le mur s'écarta comme les battants d'une porte et par l'ouverture jaillit une lumière jaune ; dans le lointain je me vis vêtu d'un manteau, avec un serre-tête, dans les bras de grand-mère. Un miroir... L'ascenseur...

— Sois patient, mon chaton, on sera bientôt à la maison, me chuchota grand-mère à l'oreille.

Elle se tourna en arrière et cria :

— Souviens-toi de ceci : je t'interdis de téléphoner ou de venir le voir. Tu n'as pas d'enfant ! Et ne va pas croire que s'il t'a suivie, c'est parce qu'il a besoin de toi. Moi, je sais ce qu'il pense de toi. Il te le dira lui-même, attends qu'il soit rétabli... Qu'est-ce que tu fais, salope ?! hurla-t-elle soudain.

Le miroir et la lumière jaune furent dissimulés par les battants et dans l'obscurité la pieuvre se mit à me ballotter en tous sens. Une petite lumière rouge sautillait devant mes yeux, puis elle disparut, et je compris que j'étais désormais entièrement à la disposition des tentacules qui me tiraillaient.

— Lâche-le, lâche-le ! Je vais te tuer ! vociférait grand-mère dans l'obscurité.

— Tue-moi, je n'ai rien à perdre !

L'étreinte de la pieuvre faiblit tout à coup, j'eus l'impression de voler.

— Il est tombé ! Il est tombé, mon Dieu ! firent des cris au loin. Qu'est-ce que tu as fait ? Regarde ce que tu as fait de ton enfant ! Psychopathe, tu frappes la poitrine de ta mère ? Ah, espèce de salope ! Voyez-vous ça, comme elle est forte ! Tous les psychopathes sont forts ! L'enfant ! L'enfant est par terre ! Ah, créature racornie… Que cette main se dessèche ! Tu as voulu avoir raison d'une vieille malade, salope ! Je vais faire venir ton père maintenant ! Essaye un peu de ne pas ouvrir la porte ! On la cassera avec l'aide de la police ! Relève l'enfant, il est sur des pierres froides…

Maman me prit dans ses bras et me porta jusque chez elle. Elle me coucha sur le lit, ôta mon manteau et mon serre-tête, étendit sur moi une couverture. Je restai dans une obscurité tranquille et je m'endormis.

— Espèce de salope, tu vas voir ce qui va t'arriver, éructait grand-mère derrière la porte de l'appartement de maman. Ton père est allé chercher une hache, on va fracturer ta porte. Quand on l'aura brisée, je te fendrai le crâne avec cette hache ! Tu ferais mieux de l'ouvrir toi-même, gentiment ! Ton père connaît du monde dans la police et au tribunal. D'ici vingt-quatre heures, on expulsera ton nabot, et ne va pas croire que tu auras le temps de lui obtenir un permis de séjour. Les juges te forceront à me rendre l'enfant, si tu ne veux pas le faire de toi-même. Ton père a déjà déposé une demande d'adoption. On te privera de tes droits parentaux. Ton père a dit qu'il ne regretterait pas que cette démarche lui coûte sa voiture, et qu'il en fera volontiers cadeau à qui il faut. Pourquoi tu te tais ? Tu entends ce que je te dis ? Ouvre la porte… Tu t'es calmée, espèce de traînée ? Je sais que tu m'entends. Eh bien, écoute-moi attentivement. Je ne m'adresserai pas à la justice. Je ferai pire que ça. Mes malédictions sont effroyables, tu ne connaîtras rien hormis le malheur si je te maudis.

Dieu m'est témoin de ton attitude à mon égard, et il fera en sorte que cela cesse. Tu viendras ensuite à genoux implorer mon pardon, mais il sera trop tard. (Grand-mère appuya ses lèvres contre le trou de la serrure.) Ouvre la porte, salope, sinon je vais proférer à ton encontre une terrible malédiction. Tu te rongeras ensuite les doigts jusqu'aux os à cause de ton entêtement. Ouvre la porte, sinon la malédiction va s'accomplir !

Maman était assise sur le lit où je dormais, la tête entre les mains, elle ne bougeait pas.

— Ouvre, Olia, ne sois pas fâchée contre moi. De toute façon, tu dois le soigner et je garde chez moi toutes les analyses, tous les certificats. Sans cela, aucun médecin ne s'occupera de lui. Je ne t'en voudrai pas, je retire tout ce que j'ai dit, qu'il reste chez toi. Mais dès l'instant que nous avons un tel fardeau sur nos épaules, portons-le ensemble ! Tu n'as pas d'argent, et ton père reçoit une bonne retraite, en plus il a du travail. Il va encore recevoir de l'argent pour des soirées. Tu obtiendras tout : l'argent, la nourriture, les choses qu'il aime. Tu n'as rien ici, en dehors de son manteau, tout est resté chez moi. Avec quoi tu vas l'habiller ? Ses manuels scolaires sont chez moi, ses jouets aussi. Sois gentille. Si tu te conduis comme un être humain, je t'aiderai, tant que mes jambes me porteront. Mais si tu joues les traînées, eh bien tu te débrouilleras toute seule avec lui. Je voudrais que tu te noies, puisque tu es une salope !... Olia, ouvre, je vais juste regarder comment il est. Je ne le reprendrai pas, comment veux-tu que je le transporte, dans l'état où il se trouve ? Et ton père est reparti, il n'a pas voulu m'attendre. Il est parti, vraiment. Il m'a envoyée au diable, et il est retourné à la maison. Ouvre la porte, ma petite, cet enfant ne peut pas rester aussi longtemps sans aide. Je vais tout de suite téléphoner à Galina Serguéïevna, son médecin. Elle va venir, elle lui posera des ventouses. Enfin, tu veux la mort de ton propre enfant ? Tu parles d'une salope ! Elle est prête à faire pourrir son enfant, juste pour ne pas faire entrer sa mère ! Enfin quoi, ton entêtement t'est plus cher que ton enfant ? Ouvre la porte ! Ou… vre… Oh… Ah… Ah-ahah…

Grand-mère s'écroula par terre en glissant le long de la porte.

— Tu m'as poussée à bout… Tu m'as achevée, salope, tu m'as tourneboulé la tête. Aah ! Je ne vois plus rien. C'est comme ça qu'on est frappé d'apoplexie. Où est ma nitroglycérine ?… J'en ai pas ! Je n'ai pas de nitroglycérine ! Ah… Je meurs ! Un médecin… Appelle les urgences… C'est une attaque d'apoplexie ! Ah… donne-moi de la nitroglycérine… Salope, tu laisses ta mère crever au pied de ta porte… Je ne vois plus rien… Un médecin… Ta mère est en train de mourir, sors pour lui dire adieu, au moins… Voilà la bouse que j'ai élevée et qui laisse sa mère au pied de sa porte, comme un chien. Dieu te châtiera pour ça ! Toi-même, quand tu seras vieille, tu ramperas aux pieds de ton fils, et il ne te permettra même pas de rester sur son paillasson. Il est comme ça ! Il m'a dit ce qu'il pense de toi. Quand tu viens, il se jette à ton cou, mais dès que tu as passé la porte, il est prêt à te confondre avec n'importe quelle immondice. Qu'il reste chez toi, je n'ai pas besoin d'un traître équivoque et encombrant chez moi. Laisse-moi juste entrer pour que je vérifie dans quel état il est, afin que j'aie la conscience pure. Pourquoi devrais-je à cause de toi porter une faute face à Dieu ? Seigneur, pourquoi m'avoir donné un tel destin ?! s'exclama grand-mère à travers les larmes. Pourquoi m'avoir donné assez de miséricorde pour trois ? Pour quelle raison m'envoies-tu de telles souffrances ? Est-ce pour cette miséricorde dont tu m'as gratifiée ? J'ai donné toute ma vie à ma fille. Quand elle avait la jaunisse, je me suis dépouillée de mes dernières affaires pour l'abreuver de jus de citron. Elle avait besoin d'une robe en terminale, et j'ai vendu mon manteau : durant deux hivers je suis sortie en haillons. Si je criais après elle, c'était de désespoir, en fait ! Ma petite fille, aie pitié de ta mère, ne lui déchire pas l'âme en la rendant coupable face à ton enfant. Écoute comme il tousse ! J'ai un médicament sur moi ! Je pourrais le lui donner tout de suite et rentrer aussitôt chez moi. Il dormirait calmement et je m'endormirais avec la conscience tranquille. Je m'endormirais, et si seulement je pouvais ne plus me réveiller… Laisse-moi entrer, ma petite Olia ! Est-ce que je dois hurler sous la porte ? Mes larmes te font plaisir, hein ? Tu veux prendre ta revanche ? D'accord, pardonne-moi ! Tu as une mère malade, est-ce qu'il faut la dénigrer pour autant ? N'importe qui est capable de dénigrer, toi, tu dois pardonner. Montrer qu'il y a de la grandeur en toi. Tu as peur que je me remette à crier ? Je ne le ferai pas… Si tu me pardonnes, je saurai que je suis indigne d'élever la voix contre toi. Je te baiserai les pieds pour un tel pardon ! Comme ta porte est sale… Je la laverai de mes larmes. Je frotterai tout le seuil avec mes lèvres, si je sais que c'est là que vit ma petite fille qui a pardonné tous ses péchés à sa mère. Ouvre la porte, prouve que tu n'es pas une loque, mais une femme avec de la grandeur d'âme. Je serai rassérénée, que ton enfant soit digne d'une telle mère, et je partirai en paix. Ouvre ! Quoi, tu veux rester comme une moins que rien ? Tu entends ce que je te dis ? Réponds-moi au moins ! Ah, salope, tu ne veux rien entendre ! Olia, ma petite Olia… Ouvre la porte ! Je n'ai aucun médicament, mais au moins je serai à ses côtés, je poserai la main sur son petit front. Qu'il reste chez toi, mais permets-moi d'être à côté de lui ! Pourquoi ton âme ne s'ouvre pas à moi ? Ouvre, salope, ne me tue pas ! Sois maudite ! Tu ne connaîtras rien d'autre qu'un noir chagrin ! Que tous te trahissent, que tous te laissent seule pour le restant de tes jours ! Ouvre la porte ! Laisse-moi l'approcher…

Grand-mère se mit à cogner la porte avec ses pieds.

— Tu t'es enfermée, eh bien qu'une pierre tombale t'emprisonne ! Je te maudis ! Je te maudis et te maudirai tout le temps ! Je m'enroule comme un serpent pour que tu ouvres cette porte, ce serpent que tu m'as envoyé pour me mordre le cœur ! Je n'ai pas besoin de ton pardon, salope, mais comprends ma douleur ! Comprends que j'aurais mieux fait de mourir jeune, plutôt que de vivre cette vie sans amour. Toute ma vie je me suis donnée aux autres, j'espérais obtenir de la reconnaissance ! Moi-même, j'ai aimé comme une enragée, mais on m'a fuie comme une pestiférée, on m'a couverte de crachats ! Comme toi, comme ton père, comme ton pitoyable éclopé. Mon petit Aliocha m'aimait, lui, et il a quitté la vie alors qu'il n'était qu'une toute petite chose. Qu'est-ce qu'une petite chose peut savoir de l'amour ? Mais si j'avais su que toute ma vie serait ce qu'elle a été avec toi, j'aurais préféré qu'une telle vie n'existe pas ! Tu crois que je ne vois pas laquelle de nous deux il aime ? Si au moins une fois il m'avait regardée comme il te regarde, si au moins une fois il m'avait enlacée comme il t'enlace ! Je ne connaîtrai jamais une chose pareille, cela ne m'a pas été donné ! Et comment puis-je l'accepter, alors que je l'aime à en mourir ! S'il me dit « ma petite mémé », au fond de moi je suis toute bouleversée, c'est comme une larme brûlante, une larme de joie. La poudre que j'ai sur moi va lui dégager la poitrine, il me regardera avec soulagement, et au nom de son amour je suis contente de l'accepter. Qu'il en soit ainsi, de toute façon, il n'y en aura pas d'autre. Vas-tu finir par comprendre que toute ma vie, même un pas avant la mort, je n'ai satisfait ma faim qu'avec des miettes ? Et même cette miette toute rêche, tu me la prends. Sois maudite pour cela ! Olia... Ma petite Olia ! Rends-le-moi ! Quand je mourrai, de toute façon il te reviendra. Et en attendant, tu viendras le voir autant que tu veux. Je crierai, mais n'y fais pas attention. Je te maudirai, eh bien sois patiente avec une mère qui est folle, tant qu'elle est encore en vie. Elle s'en ira toute seule, ne la pousse pas dans la tombe avant le terme. Il est mon dernier amour, je crève sans lui. Je suis monstrueuse dans cet amour, mais quelle que je sois, je voudrais vivre encore un peu. Je voudrais avoir encore un peu d'air. Je voudrais qu'il me regarde, juste une fois encore, avec soulagement, qu'il me dise peut-être « ma petite mémé », une seule fois... Ouvre-moi. Laisse-moi le voir...

Maman se tenait près de la porte. Elle porta la main à la serrure et la tourna.

— Nina Antonovna, qu'est-ce que c'est que ce numéro que vous nous faites ? fit la voix de Tolia. Sacha reste avec nous, c'est décidé. Quant à vous, Sémione Mikhaïlovitch vous attend à la maison.

Qu'est-ce que vous faites avec nous ? Vous essayez de m'attirer, comme un petit garçon, à qui vous demandez de fracturer la porte. Rentrez donc chez vous, ce n'est pas une scène de théâtre ici. Vous avez suffisamment joué les Anna Karénine pour aujourd'hui.

— Vous êtes de mèche ! Vous êtes de mèche avec le traître ! Je savais que jusqu'au bout il me trahirait ! Je le sentais ! Soyez tous maudits ! Soyez maudits pour les siècles des siècles d'avoir agi avec moi de cette façon ! J'espère que vous recevrez tout l'amour qui existe au monde, puis que vous le perdrez, comme on me l'a retiré ! Qu'à cause de ce jour tous les jours soient pour vous semblables à ce jour ! Soyez maudits ! Soyez maudits à jamais ! Soyez maudits…

Tout en criant et en pleurant, grand-mère prit l'ascenseur pour descendre. Tolia entra dans l'appartement.

Je me réveillai au milieu de la nuit ; je vis que j'étais couché dans une pièce sombre, et je sentis qu'on me caressait la tête. C'est maman qui me caressait. Je le compris tout de suite : grand-mère ne pouvait me caresser aussi délicieusement. Et je compris que, tandis que je dormais, mon espoir s'était réalisé. J'étais sûr que je resterais pour toujours chez maman et que je ne retournerais plus jamais chez grand-mère. Était-il possible que maintenant je m'endorme en sachant que maman était à côté de moi et que je me réveille en la trouvant de nouveau à mes côtés ? Était-il possible que le bonheur devienne la vie ? Non, il manquait quelque chose. La vie était comme auparavant à l'intérieur de moi-même et le bonheur ne se décidait pas à prendre sa place.

— Maman, tu as été vexée quand j'ai dit que je voulais vivre avec grand-mère ?

— Voyons ! Je comprends que tu as dit cela pour moi, pour qu'on ne se dispute plus.

— Je ne l'ai pas dit pour toi. Je l'ai dit parce que tu partais, et moi je restais. Pardonne-moi… Pardonne-moi aussi tu sais pour quoi ? J'ai ri quand grand-mère a versé sur toi tout le contenu de la casserole. Je ne trouvais pas ça drôle, mais j'ai ri. Tu me pardonnes ?

Constatant que maman me pardonnait, je lui demandai pardon pour tout le reste. Je me souvenais comment j'avais ri des expressions de grand-mère, comment j'avais singé certains moments des querelles entre elle et maman. Je pleurais et je lui demandais de m'excuser. Je ne pensais pas être très coupable, je voyais que maman ne se fâcherait pas et comprendrait même pourquoi j'avais agi ainsi, mais je pleurais et je demandais pardon, parce que c'était la seule façon de mettre le bonheur à la place de la vie. Et il prit sa place. Des bras invisibles enlacèrent maman une fois pour toutes, et je compris que la vie chez grand-mère appartenait désormais au passé. Mais si tout prenait fin soudain, maintenant, alors que le bonheur était devenu la vie ? Et si soudain je ne guérissais pas ?

À travers les vitres, un réverbère diffusait une lumière bleuâtre sur le plafond où se projetait l'ombre du châssis de la fenêtre, comme une croix. Une croix ! Un cimetière !

— Maman ! lui dis-je en me serrant contre elle. Promets-moi une chose. Promets-moi que si soudain je mourais, tu m'enterrerais à la maison sous le carrelage.

— Quoi ?

— Enterre-moi sous le carrelage de ta chambre. Je veux te voir pour toujours. J'ai peur du cimetière ! Tu me le promets ?

Mais maman ne me répondit pas. Elle pleurait en me serrant contre elle. Derrière la fenêtre, il neigeait.

Il neigeait sur les croix du vieux cimetière. En un geste coutumier, des fossoyeurs versaient de la terre avec leur pelle, et il était étonnant de voir se combler aussi vite la fosse qui avait semblé si profonde. Maman pleurait, grand-père pleurait, je me blottissais de terreur contre maman. Nous enterrions grand-mère.

Table

Augusten Burroughs

Courir avec des ciseaux

Augusten a toujours su qu'il était différent. Mais différent
de qui, de quoi ? De l'Amérique des années 70 ? De sa mère,
poétesse psychotique ? De son père, alcoolique, qui testerait
bien le couteau à pain sur la gorge de sa femme ? De son
psy et tuteur légal, qui lit l'avenir dans ses étrons, une Bible
à la main ? Augusten verra bien. En attendant, il vit, tout
simplement. Il pense à l'avenir. Il sera star, ou docteur, ou
coiffeur. Il arrêtera de manger des croquettes pour chats.
Ou pas. Récit d'une adolescence pas comme les autres
dans une époque pas comme les autres.

n° 3955 – 8,60 €

Brady Udall

Le destin miraculeux d'Edgar Mint

Edgar, enfant métis d'un père absent et d'une mère indienne alcoolique, n'a pas été gâté par la vie. Mais que dire quand la Jeep du facteur de la réserve lui écrase la tête ! Miracle : sa seule séquelle est de ne plus pouvoir écrire. Muni de sa seule machine à écrire, Edgar veut retrouver le facteur responsable, pour lui pardonner. C'est le début d'une folle odyssée peuplée de personnages pittoresques. Véritable souffre-douleur, il affronte calvaires et coups bas, l'espoir chevillé au corps. Comique et bouleversant, ce petit bijou littéraire nous conte l'histoire d'un enfant qui cherche à accomplir un dernier miracle : trouver un sens à sa vie.

10
18

domaine étranger

Brady Udall
Le destin
miraculeux
d'Edgar Mint

n° 3527 – 9,40 €

Impression réalisée par

La Flèche (Sarthe), 58912
N° d'édition : 4262
Dépôt légal : avril 2010
Nouveau tirage : juillet 2010
X05021/02

Imprimé en France